VERLAG WORTREICH

W0385443

Christian Mähr

Aber das Bild war noch da

Roman

VERLAG
WORTREICH

Umschlagmotiv:
© Alice Haring

1. Auflage 2017

Satz: Verlag Wortreich
Umschlaggestaltung: Judith Nicolussi
Lektorat: Mag. Johann Auer
Druck und Bindung: CPI books GmbH, Leck
Printed in Germany
ISBN 978-3-903091-26-9

Informationen über das Verlagsprogramm und Veranstaltungen
www.verlag-wortreich.at
facebook.com/verlagwortreich

Mit Unterstützung des Bundeskanzleramts Österreich KUNST und des Landes Vorarlberg.

BUNDESKANZLERAMT ÖSTERREICH
KUNST

Vorarlberg
unser Land

Aber das Bild war noch da

Bloß weil du nicht paranoid bist, heißt das noch lange nicht
dass sie nicht hinter dir her sind.

(R.A. Wilson)

1

Du hast es verkauft?«

»Nein, ich biete es zum Verkauf an, das ist ein Unterschied …« Er spürte, wie verstimmt sie war. Er hatte das Eingeständnis nicht als »Eröffnung« geplant, da gab es überhaupt nichts zu eröffnen, verdammt noch mal, das war sein Beruf, er lebte davon, dass er die Sachen, die er mit seinen eigenen Händen machte, auch verkaufte. Aber das schien sie nicht zu interessieren. Sie rückte von ihm ab. Das war nicht neu. Früher hatte sie sich an ihn geschmiegt und war in seinen Armen eingeschlafen.

»Was hast du?«, fragte er. »Wir brauchen das Geld, das weißt du, ich kann es mir nicht leisten …«

»… ich brauch überhaupt kein Geld von dir,« unterbrach sie ihn. Ihre Stimme war leise, aber scharf. »Also schieb mich nicht vor. Ich brauch kein Geld. *Du* brauchst es.«

Er biss sich auf die Unterlippe. Das Geld zu erwähnen war ausgesprochen blöd gewesen. Geld war kein guter Gesprächsstoff zwischen ihnen. In einem Magazin hatte er gelesen, die meisten Streitigkeiten bei Paaren hätten mit Geld zu tun, mit fehlendem Geld, nahm er an, so genau konnte er sich an den Artikel nicht mehr erinnern. Obwohl natürlich die meisten

Geldstreitereien, über die man etwas zu hören bekam, von vorhandenem Geld verursacht wurden, von im Überfluss vorhandenem, dessen Menge sich ein Normalmensch nicht vorstellen könne, hatte ihm seine Bankberaterin gesagt. Die Reichen stritten um Geld, das da war, viel verbissener als die Armen um das Geld, das nicht da war, so die Fama. Da er keine reichen Leute kannte – keine wirklich reichen – konnte er das nicht nachprüfen. Wahrscheinlich war es eines der Märchen über die »armen, reichen Leute«, die man den Massen erzählte, um sie ruhig zu stellen.

Bei ihnen war es anders. Herta hatte Geld. Geerbt, gut angelegt. Sie hätte nicht mehr hier wohnen müssen. Es ging, das hatte er im Gefühl, nicht ums Geld. Worum aber dann? Es war sein Beruf, zu verkaufen, was er hergestellt hatte. Möglichst teuer. Daran haperte es sowieso: Er bekam nicht die Summen, die er erwartete. Es war halt schwierig … Weil es nicht die Summen waren, die *Sie* erwartete. Gesagt hatte sie nie etwas. Sich nie geäußert über erzielte Erträge. Daraus schloss er, sie seien zu gering. Warum sonst sollte sie zu diesem Thema Schweigen bewahren? Dieses gleichsam dröhnende Schweigen seiner Frau setzte ihm mehr zu als die Beträge selbst. Deshalb verstand er ihre Reaktion nicht; jetzt, da endlich ein halbwegs anständiger Preis … »Du hast es verkauft?« Was hätte er denn sonst damit machen sollen?

Er müsste es klären. Wenn man etwas nicht versteht, muss man nachfragen. Aber das konnte er nicht. Seine Kehle war zugeschnürt, sein Mund trocken. Das Schweigen dauerte auch schon zu lange, *sein* Schweigen. Er wälzte sich aus dem

Bett, murmelte etwas von Arbeit und stand auf. Er war froh, dass sie nicht nachfragte, warum er um halb drei Uhr früh rüberging. Sie drehte sich um und zog die Decke hoch.

Drüben machte er Licht, sah sich in dem großen Raum um. Alles lag und stand, wie er es verlassen hatte. Sie kam selten hierher und wenn, bemühte sie sich, nichts zu berühren. Sie ließ ihm seine Ruhe, er schätzte das. Bis jetzt. Eine Freundin hatte sich – vor langer Zeit – immer für seine Arbeit interessiert. »Was machst du jetzt, was wird das hier?« Und so weiter … Es war ihr nicht klar gewesen, dass unter solchen Umständen niemand arbeiten konnte. Und er schon gar nicht. Vogelgezwitscher störte ihn, der Wind in den Bäumen. Darum hielt er die Fenster geschlossen, obwohl die Luft immer schlechter wurde; gesund war das nicht, er wusste es, aber er konnte nichts dagegen tun. Er brauchte Ruhe, Ruhe, Ruhe. Keine Ablenkungen. Jene Dame war nicht lang seine Freundin geblieben.

Aus den Riesenfenstern drängte die Schwärze der Nacht in den Raum, schien herein zu sickern wie Schmieröl, das elektrische Licht kämpfte dagegen an. Er öffnete die Tür zur Terrasse. Kälte strömte herein. Er stellte sich in den Luftzug und atmete tief durch. Im Garten alles dunkel. Neumond. Er beruhigte sich. Wie immer an seiner Arbeitsstätte. Es war gut hier. Alles, wie es sein sollte. Die Glasfront nach Norden. Nicht alle Kollegen durften unter solchen Bedingungen arbeiten. Er spürte den Neid, wenn sie zu Besuch kamen. Und die Wohnung gleich nebenan! Das war auch nicht die Regel.

Natürlich beneideten sie ihn nur um den Raum, nicht um das, was er darin schuf. Das war Kitsch. In seinem Metier ist es so: Was man selber macht, ist Kunst; was die Kollegen machen, Kitsch. Davon sprach jeder nur im kleinsten Kreis. Aus dem sickerte es dann in den nächstgrößeren und so weiter, bis es alle wussten, die sich überhaupt dafür interessierten. Aber nach außen hielten sie zusammen, organisiert in einer »Berufsvereinigung«. Nach außen wurde nicht schlecht über Kollegen geredet, nur über mangelnden Kunstverstand der Kommissionen, der Landesregierung, der Gesellschaft als solche.

Er machte die Tür wieder zu. Der Terpentingeruch hätte sich sonst verflüchtigt. Er setzte sich in den abgewetzten Sessel in der Mitte des Raumes. Er hatte keine Lust zu arbeiten. Es war auch zu kalt. Die Lücke an der Wand fiel ihm nun auf. Dort war es gestanden, angelehnt, links und rechts daneben andere Arbeiten in Stapeln.

Das Bild.

Das Bild, das er verkauft hatte. Stimmte gar nicht: verkaufen wollte. Das übersah sie konsequent. Wenn eine Arbeit aus dem Haus war, hatte er »verkauft«, in ihrer Diktion. Dabei hingen die Bilder erst beim Galeristen. Oft sehr lang. Dieses eine Bild hatte sie immer gemocht, das war schon so; sie hatte es immer betrachtet, wenn sie ihn im Atelier besuchte. Aber nie etwas Besonderes darüber gesagt. Sie äußerte sich selten über seine Arbeiten. Er fragte auch nicht nach. Ihr Mann war eben Künstler. Maler. Er hätte auch Finanzbeamter sein können oder Filialleiter. Darum hatte ihn ihre Reaktion so aus der Fassung gebracht. Wegen dieses einen Bildes …

Er fror, kehrte aber nicht ins Schlafzimmer zurück. Er nahm ein heißes Bad, zog sich an und ging aus dem Haus.

***

Martin Fries dachte, es sei ein glücklicher Moment, denn er erblickte Oswald Obwalter, bevor der seiner gewahr wurde. Oswald kam ihm auf der anderen Straßenseite entgegen, den Blick auf den Boden gerichtet, die Hände in den Manteltaschen vergraben. Es gab einen Haufen anderer Leute auf der Straße, auf beiden Gehsteigen – mit ein bisschen Glück könnte er an Oswald vorbeilaufen, ohne erkannt zu werden. Wer aber Oswald Obwalter so gut kennt, wie Martin Fries das tat, der vertraut nicht auf Glück, kein bisschen.

Sondern er weicht einer möglichen Begegnung aus und betritt das nächstliegende Geschäft, die nächste Einfahrt, was immer ihn aus Oswalds Gesichtskreis bringt. Deshalb verschwand auch Martin Fries in einem Laden, den er sonst nicht betreten hätte. Nicht, weil er Oswald Geld schuldete. Bei Geld wäre er froh gewesen. Er schuldete Oswald viel mehr als Geld. Ein Gutachten. Eine »schonungslose« – das hatte sich Oswald ausbedungen – Analyse von Oswalds Romanmanuskript, das seit einem Monat in der untersten

Schublade von Martins Schreibtisch lag. Dort hätte es, wenn es nach Martin Fries gegangen wäre, liegen bleiben können bis an der Welt Ende, aber Oswald Obwalter würde so lang nicht warten wollen; schon nach einer Woche hatte er angerufen und sich erkundigt. Martin musste aus dem Stand eine Arbeit erfinden, die keinen Aufschub dulde, und hatte so zwei weitere Wochen herausgeschunden, die waren nun auch um. Oswald hatte sich nicht mehr gemeldet, das hieß aber nicht, dass er die Sache vergessen hatte. Leider vergaß er überhaupt nichts.

Martin Fries sah sich in dem Laden um. Ein großer Raum ohne Möbel, an den Wänden hingen Bilder. Eine Galerie. Das hatte ihm noch gefehlt. Er war noch nie in einer Galerie gewesen. Er wusste nicht, ob man da so einfach reingehen konnte. Brauchte man einen Termin wie beim Bankberater? Oder war das so ähnlich wie in einer Buchhandlung? Da konnte man ja auch hineingehen und sich umsehen, ohne ein Buch zu kaufen.

In der Schule hatten sie Oswald »O.O.« genannt, beide »Os« getrennt gesprochen, das waren einfach die Initialen. Die trafen es aber genau, wenn man Oswald kannte. »O.O.« als Ausruf, als Klagelaut. Kein Spitzname hätte besser zu Oswald Obwalter gepasst.

Er war eine Nervensäge.

Schon die Stimme. Hoch und gleichförmig. Widerlich. Diese Stimme benutzte er den lieben langen Tag. Man entkam ihr nur, wenn man in alles einwilligte, was er von einem verlangte. Und verlangen tat er viel. Natürlich nicht für sich, oh nein! Sondern für die Allgemeinheit. Die Klassengemeinschaft, die Schulgemeinschaft – das nannte er tatsächlich so: Schulgemeinschaft. Normale Menschen sprachen von der Schule, Oswald von der Schulgemeinschaft. Der nächstgrößere Kreis war nicht etwa die Stadt, sondern die soziale Gemeinschaft, in der wiederum zahlreiche Lebensgemeinschaften heranwuchsen. Für alle diese Gemeinschaften galt es, sich zu engagieren. Projekte, Arbeitsgruppen, Aktionen. Alles Kokolores, aber das sagte ihm keiner. Man kam gegen Oswald nicht an. Er war ein Frühentwickler, eins neunzig groß, Supersportler, guter Schüler, Liebling aller Lehrer. Weil er ihnen Arbeit abnahm. Und natürlich war er über seine ganze Familie politisch vernetzt. Klassensprecher war er sowieso, außerdem Schulsprecher und so weiter und so fort. Er half, wo er konnte. Und er konnte viel. Er organisierte Skripte und Konzertkarten und Nachhilfe und Klassenreisen und Diskussionen und alles andere unter der Sonne. Jeder und jede war ihm wegen irgendeinem Scheiß verpflichtet. Später studierte er natürlich Jus und saß als Vertreter der herrschenden Partei im Landtag.

Und nun hatte er beschlossen, Schriftsteller zu werden. O.O. als Schriftsteller. Ja, genau so einer. Einen Roman hatte er geschrieben. Und seinem Schulfreund Fries zur Begutachtung gegeben. Denn, nicht wahr, wer könnte besser über ein Manuskript urteilen als einer, der selber berufsmäßig Manuskripte verfasst, zwar nur Kriminalromane, aber eben, wie gesagt, berufsmäßig, denn diese Romane erschienen regelmäßig und wurden gern gekauft – so etwa hatte sich O.O. ausgedrückt. »Gern gekauft«, an den Ausdruck erinnerte sich Martin, auf so etwas konnte in Verbindung mit Romanen nur Oswald kommen. Der Roman handelte von einem Politiker, der es sehr schwer hatte. Mit seiner Partei, seiner Ehefrau, seinen Kindern und seinen Wählern. Am Ende schmeißt er alles hin und wird Mönch. Kein Scheiß, er wird Mönch!

Martin Fries stellte sich vor eins der Gemälde und betrachtete es. Abstrakt. Düstere Farben. Dann fiel ihm auf, dass die Galerie ein großes Schaufenster hatte, freier Ausblick auf die Straße davor. Ein Riesengemälde, ein bewegtes Bild, dachte Martin Fries. Und interessanter als alle Bilder, die im Raum drinnen hingen. Wenn man von innen hinausschauen konnte, dann konnte ein anderer auch von außen hereinschauen. Oswald Obwalter zum Beispiel. Nicht so gut wegen der Reflexe in der Scheibe, aber eben doch. Wenn er jemand Interessanten in der Galerie gesehen hatte. Durch die Scheibe. Warum sonst nämlich sollte er stehen bleiben und die Straße überqueren, wie er es jetzt tat?

Die Grundidee von Obwalters Roman war nicht einmal schlecht; viele Details von der Art, die man nicht erfinden kann, weil sie jeder Glaubwürdigkeit entbehren, nach aller Erfahrung, über die Martin Fries verfügte, also schlichter Wahrheit entsprachen. Nicht uninteressant wäre das gewesen, wenn: Ja, *wenn* O.O. nur über ein rudimentäres Gefühl für Sprache, eine Ahnung von Stil verfügt hätte. Er schien auch zu glauben, ein »Roman« sei einfach ein Buch, in dem etwas erzählt wird. Mit mindestens hundertachtzig Seiten oder so. Er verstand nicht, dass die Sachen, die erzählt werden, zusammenhängen müssen, dass die Hauptfigur eine Entwicklung durchmachen sollte, dass die Leser einen Spannungsbogen erwarten. Aber bitte, wer redet von Spannungsbögen ... In O.O.s Elaborat gab es überhaupt keine Spannung, nicht die Spur; Oswald hatte es tatsächlich geschafft, den eigentümlichsten Begebenheiten ein kaum fassbares Maß an Langweile einzublasen. Wenn man diese Handlungsteile exzerpierte, auf ein paar Zeilen eindampfte, klangen sie vielversprechend, harrten einer schreibenden Hand, die sie mit Leben erfüllte. Was sie bekamen, war Oswald Obwalter, der ihnen alles Lebendige austrieb. Oswalds Manuskript war ein Kuriosum für die Literaturwissenschaft, aber daran hatte Oswald kein Interesse. Er wollte sein Werk gedruckt sehen. Da kann er warten, bis die Hölle zufriert, dachte Martin. Niemand wird dieses Manuskript annehmen, kein Verlag auf dieser Erde und keiner in den endlosen Weiten der Galaxis.

Und genau das müsste er Oswald jetzt sagen, etwa in einer halben Minute.

Martin Fries fluchte vor sich hin und sah sich um. Vom Hauptraum führten zwei Durchgänge in weitere Ausstellungsräume. Wie groß war die Galerie? Wie groß waren Galerien überhaupt? Dehnten sie sich über ganze Stockwerke wie Museen – oder waren ein, zwei Ausstellungsräume der Normalfall? Martin Fries wusste das nicht. Aus verschiedenen Gründen. Zum Beispiel, weil er sich nicht für die bildende Kunst interessierte. Aber schon gar nicht. Infolgedessen sah man ihn nie auf Vernissagen, er kannte keine Maler, Bildhauer und so weiter; wenn etwas über einen in der Zeitung stand, blätterte er weiter wie über die Reklameseiten. Der Gerechtigkeit halber muss man zugeben, dass er auch bei Schriftstellern, Schauspielern und Regisseuren so verfuhr. Nur nicht bei Opernleuten – allen, die mit der Oper zu tun hatten. Der war er verfallen. Aber wieder bei Leuten, die Vorträge über lebenskundliche Fragen hielten oder über die Anden. Mit Dias. Er wurde deshalb nie eingeladen, eine sogenannte »Vernissagerede« zu halten, ein Privileg, in dessen Genuss Schriftsteller manchmal kommen, einfach aus Gründen der Tradition.

Oswald Obwalter verschwand in der Eingangstür der Galerie, Martin Fries im nächsten Raum. Der hatte keinen zweiten Ausgang. Martin stellte sich neben die Tür und ergab sich in sein Schicksal.

Dann sah er das Bild.

Es hing an der linken Wand und beherrschte sie. Ein großes Bild. Dargestellt war ein Haus. Man sah auf die Giebelseite. Vorn eine breite Einfahrt auf zwei Garagentore zu. Hellgrau in der weißen Hauswand. Im ersten Stock zwei Fenster, so breit wie die Tore darunter, absurd breit, die Einteilung der Scheiben konnte man nicht sehen, weil die Außenrollos heruntergelassen waren. Orange. Aber da fing es ja schon an: Dieses Orange hatte Martin Fries noch nie gesehen, so wenig wie das Grau der Einfahrt. Und die Hauswand war auch nicht einfach »weiß«.

Er trat näher heran. Im Giebeldreieck ein drittes Fenster, auch von einem Rollo verdeckt. Und neben dem Haus: links bewaldete Berge im Hintergrund, rechts eine Landschaft mit Bäumen, Zäunen, Umrissen von Häusern ... waren das Häuser? Winzige Details im Kontrast zu den Riesenfarbflächen der Bildmitte – doch halt, so stimmte das nicht, denn diese Flächen der geschlossenen Garagentore, verhängten Fenster, zeigten skrupulös gemalte Schrammen, Abblätterungen, kleine Fehler, wie sie durch Wind und Wetter im Lauf der Jahrzehnte zustande kommen.

Aber im Ganzen passte das Haus nicht in die Landschaft. Die verlor sich im Abenddunkel, das Haus stand aber in der Sonne, die von oben links ins Bild hinein schien. Und es war auf eine merkwürdige Weise asymmetrisch, dieses Haus. Auf der rechten Seite ragte der erste Stock zwei Meter über das Erdgeschoss hinaus, sodass dort ein überdachter Gang entstand, der aber nur auf der Hausseite durch eine Wand geschützt war. Lag dort der Eingang? Je länger er das Bild betrachtete, desto unwirklicher kam es ihm vor. Trotz der fotorealistischen Malweise.

Martin Fries hatte das Empfinden, lange Minuten vor dem Bild gestanden zu sein, das war auch so. Was tat Obwalter so lang? Warum zögerte er, seinen Schulfreund in den zweiten Raum zu verfolgen? Es lag daran, dass Oswald Obwalter mit dem Galeristen eine geschäftliche Transaktion durchzuführen hatte. Einen Kauf. Wenn Martin Fries nicht so starr das Bild fixiert hätte, wenn er nachgeschaut hätte, wo Obwalter blieb, wäre vielleicht alles ganz anders gekommen – nein, sicher wäre alles anders gekommen. Aber Martin Fries wollte nicht wissen, wo der andere blieb. Er wollte von Obwalter überhaupt nichts wissen. Das war ein Fehler, ein allgemeiner sowieso, aber auch ein spezieller bei einem Schriftsteller: Mangelnde Neugier. Bei stärkerer Neugier hätte er an der Tür um die Ecke geschaut und festgestellt, dass Obwalter im Büro des Galeristen verschwunden war; er hätte die Galerie verlassen können, ohne dass Obwalter von seiner Anwesenheit etwas mitbekommen hätte. – Aber das tat Martin Fries nicht. Und als Obwalter seine Transaktion mit dem Galeristen erledigt hatte, betrat er den zweiten Ausstellungsraum.

»Tolles Bild«, sagte er mit seiner Kinderstimme, »ich hab gar nicht gewusst, dass du dich für Kunst interessierst.«

»Tu ich auch nicht«, antwortete Martin Fries, ohne sich umzudrehen. Seine Stimme klang gepresst. Er zitterte. Heiße, zerstörende Wut begann in ihm aufzusteigen, von irgendwo in der Körpermitte, es war etwas in ihn gefahren, so stellte er es sich später vor, durch den Eindruck, den das Bild auf ihn machte und die widerliche Präsenz von Oswald Obwalter, den Gegensatz, den entsetzlichen Widerspruch des einen Eindrucks zum anderen. Entweihung fiel ihm dann ein, Lästerung, Obwalter war nicht würdig, vor diesem Bild etwas zu sagen, nicht einmal, sich ihm zu nähern, das war, als ob man Scheiße auf einen Porzellanteller häufte.

»Und weißt du, warum?«, fuhr er fort. »Weil das meiste unter diesem Titel reiner Müll ist, unter dem Titel Kunst, meine ich. So wie das, was hier so rumhängt. Bis auf das natürlich.« Er deutete auf das Bild. Dann drehte er sich zu

Oswald Obwalter um. »Aber das verstehst du nicht. Du kannst ein Kunstwerk nicht von einem Loch im Boden unterscheiden, und wenn du direkt davorstehst.«

»Moment, ich wollte doch nur …«

»Lass mich gefälligst ausreden!« Martin Fries hatte die Stimme erhoben. »Das alles gilt auch für Literatur, verstehst du? Ich bitte dich inständig, ich beschwöre dich, lass die Finger davon! Lösch es auf dem Computer, lösch das Schreibprogramm, damit du nicht in Versuchung kommst, noch etwas zu schreiben. Was du geschrieben hast, ist reiner, unverdünnter Scheißdreck – ich hab gar nicht gewusst, dass etwas Geschriebenes so miserabel sein kann. Ein dressierter Affe hätte …« Hier wurde Martin Fries unterbrochen. Er fragte sich später, was genau O.O. veranlasst hatte, so heftig zuzuschlagen. Martin Fries stürzte zu Boden, schrie aus Leibeskräften, was ihn nachher selber wunderte. Er hatte den Schlag kommen sehen, noch bevor der Abgeordnete Obwalter dazu ausholte; eine Art Voraussicht, die Martin bisher nie an sich festgestellt hatte. Und er schrie nicht vor Schmerzen und nicht aus Wut, denn die hatte ihn mit seinem verbalen Ausbruch verlassen; er schrie einfach, um nicht laut zu lachen. Denn als er auf dem Boden lag und sich den Kopf hielt, sah er hinter Oswald einen älteren Herrn mit wilder Mähne in einem grauen Anzug stehen, der ihn an Albert Einstein erinnerte, es war aber nur Dr. Hermann Pictet, der Galerist, neben ihm eine junge Frau in Jeans und Pullover, die alles mit der Handykamera dokumentierte. Das war, wie sich später herausstellte, die Assistentin Frances Cope, Studentin der Kunstgeschichte, die in den Ferien bei Pictet arbeitete, weil er ihr politisch nahestand, das heißt, die herrschenden Konservativen verachtete. Generationsspezifisch rief Pictet die Polizei an, Cope stellte ihr Handyvideo ins Internet, wo es sich wie ein Virus verbreitete. Oswald flüchtete ohne weitere Äußerung, die Polizei kam zugleich mit der Rettung, die Frances verständigt hatte. Martin Fries ließ sich vom Boden aufhelfen, machte seine Aussage, erstattete Anzeige wegen tätlichen Angriffs, die Galeristen bestätigten als Augenzeugen, was er sagte. Denn sie hatten den Raum schon bei der lautstarken Rede Martins betreten und alles Folgende gehört und gesehen. Martin Fries kam ins Spital, wo man Blutergüsse vom Sturz feststellte und eine Rötung der Wangenpartie. Daraus entstand das Gerücht, der völlig durchgedrehte Anwalt habe den am Boden liegenden noch mit Tritten traktiert, als die Handykamera aus war. Davon stimmte nichts, es war aber schon egal, die Karriere Obwalters ging nach kurzem Straucheln in den freien Fall über. Die Medien setzten sich auf das Thema, auch überregionale. Obwalter war nicht irgendein Hinterbänkler, sondern eine tragende Säule der allein regierenden Volkspartei und durch zahlreiche unsichtbare Fäden mit anderen Mitgliedern der Gesinnungsgemeinschaft verbunden, es ging um finanzielle Dinge, Umwidmungen, Grundstückskäufe und so weiter, die Journalisten aus Wien mussten gar nicht tief bohren, die Quelle sprudelte gleichsam schon zehn Zentimeter unter der Oberfläche, soll heißen, es wurde ihnen mehr zugetragen, als sie verwenden konnten. Von Vorarlberg sagt ein Sprichwort, der älteste Einwohner dieses Bundeslandes sei der Neid. Neider hatte der Abgeordnete Obwalter genug, aber in den nächsten Wochen und Monaten musste er feststellen, dass die Steigerungsreihe Feind – Todfeind – Parteifreund einem realen Sachverhalt entsprach. Nach einem sehr intensiven Gespräch mit dem Clubobmann und Parteichef legte er sein Abgeordnetenmandat nieder – »bis zur juristischen Klärung der Angelegenheit«, wie es hieß. Die erwähnten Fäden, mit denen viele an seine Person gebunden waren, wurden büschelweise durchschnitten, verständlich, denn niemand wollte mit in die Tiefe gerissen werden. Diese Ablösungsprozesse verliefen allerdings nicht so lautlos, wie sich das die Betroffenen gewünscht hätten. Es wurde viel Unschönes bekannt, was auf die Partei ein schlechtes Licht warf. Man ließ ihn fallen wie eine heiße Kartoffel, und das ganze Land bekam es mit. Das nützte ihm nichts, schadete aber dem Ansehen der Politik und kostete der herrschenden Partei bei der Landtagswahl die entscheidenden Stimmen, die zum Erhalt der absoluten Mehrheit erforderlich gewesen wären – zumindest sahen das Kommentatoren in den Medien so.

Bei der Verhandlung sagte er aus, er wisse nicht, was an jenem Nachmittag in der Galerie in ihn gefahren sei, er bedaure natürlich seine Handlung, könne sie sich aber nicht erklären. Das übernahm ein international anerkannter Psychiater, der bei Oswald Obwalter das konstatierte, was allgemein unter dem Begriff »Burn-out« subsumiert wird; er sei aber voll zurechnungsfähig. Das war ungefähr das schlechtest mögliche Gutachten. Einerseits voll verantwortlich, andererseits jemand, der einen an der Waffel hatte, denn was, bitte, heißt schon: Burn-out? Mehr als einer aus seiner Umgebung erklärte, er habe das schon lange kommen sehen. Martin Fries sagte aus, er habe nicht die Absicht gehabt, Oswald zu schaden, er habe ihm einfach die Meinung gesagt, so deutsch und deutlich, wie er konnte. Denn verklausuliertes Rumgerede hätte Obwalter, so weit kenne er ihn leider, nicht davon abgebracht, seine Romanidee weiter zu verfolgen.

Obwalter wurde zu einer Geldstrafe und Schmerzensgeldzahlung verurteilt. Seine politische Karriere war zerstört. Oswald Obwalter war ruiniert. Er tat Martin leid. Aber er konnte nichts für ihn tun. O.O. verschwand aus der Öffentlichkeit. Eine Kur in Norddeutschland, hieß es. Gott sei Dank hatte die Familie Geld, wie man wusste.

Martin Fries war es gelungen, früh aufzustehen. Er machte sich einen starken Kaffee und setzte sich an den Computer, um die Morgenfrühe zu nutzen und zu schreiben. Am Morgen ging das nach seiner Erfahrung am besten; er schaffte dann bis zehn so viel wie sonst an zwei oder drei normalen Tagen. Aber das war selten. Er kam nicht aus dem Bett. Weckerstellen nützte nichts, der harsch geweckte Martin war ein anderer als der fleißig schriftstellernde Fries. Er stellte den Wecker ab und schlief bis elf. Dann war es sowieso schon wieder egal. Wenn es ihm gelänge, dachte er oft, jeden Morgen aufzustehen, könnte er Produktion und Einkommen leicht verdoppeln. Aber es sollte nicht sein.

Die Arbeit gelang nicht, er war abgelenkt. Die Galerie mit dem Bild des furchtbaren Hauses ging ihm nicht aus dem Kopf. Er nannte es »das furchtbare Haus«, denn im Inneren ging etwas Furchtbares vor, davon war er überzeugt. Was das war, musste er aufklären. Die Aufklärung der Dinge oder Geschehnisse in jenem Haus würde zeitaufwendig, schwierig und auf eine vage Art unangenehm sein, das sagte ihm sein Gefühl, das ihn in solchen Dingen niemals trog.

Er ging wieder in die Galerie. Das Bild war noch da. Das enttäuschte ihn; er hatte, wie er sich eingestehen musste, bis zu diesem Augenblick gehofft, jemand hätte es gekauft. Denn dann wäre es weg gewesen. Der Galerist hätte ihm den Käufer nicht verraten, aus Gründen des Datenschutzes oder so. Seine Nachforschungen wären ins Stocken geraten und, wie in anderen Fällen, versandet. Damit wäre er aus dem Schneider gewesen, von der selbstgestellten Aufgabe entbunden aus sachlogischen Gründen. Einen Wagen, der im Dreck steckt, kann der Fahrer nicht allein befreien, kein Mensch macht ihm deswegen einen Vorwurf. Und ja, Martin Fries neigte zu einer gewissen neurotischen Überspanntheit, Künstler halt.

Aber das Bild hing noch da. Lang allein blieb er damit nicht. Dr. Hermann Pictet, der Einsteinverschnitt, trat an Fries heran, er hielt sich seit dem Obwalter-Vorfall jetzt mehr in den Ausstellungsräumen auf und weniger im Büro.

»Was sagen Sie dazu?«, fragte er seinen Besucher.

»Ungewöhnlich«, antwortete Martin Fries. »Ich meine, anders als die anderen hier.«

»Wie meinen Sie das?« Martin drehte sich um.

»Der es gemalt hat, ist ein Maler. Oder eine Malerin. Die anderen, die hier hängen ...«

»Ja ...?«

»Die anderen Werke stammen von ... wie sag ich's am besten ... von Schmierern, genau! Die malen nicht, sondern schmieren Farbe auf die Leinwand. Wie Kleinkinder. Oder dressierte Affen.« Das hatte er gut hingekriegt, das gelang selten so konzentriert. In einem Satz so viele Leute gleichzeitig zu beleidigen. Die Schöpfer der ausgestellten Werke, den Galeristen, der sie ausstellte. Alle Eltern. Und vielleicht sogar die Tierschützer. Wegen der Affen. Dr. Pictet lächelte.

»Das hör ich oft«, sagte er, »das mit den dressierten Affen, meine ich. Nur nicht grad hier drin, von Besuchern der Galerie. Und das mit der Kinderschmiererei ist auch eher selten. Die meisten Banausen scheuen sich vor dem Vergleich. Haben Sie Kinder?«

»Ich hasse sie«, sagte Martin Fries.

»Ah ja. In Anbetracht Ihrer Ansichten zu zeitgenössischer Kunst sind Sie ...«

»Ja, ich bin nur wegen dieses einen Bildes gekommen. Wie heißt es?«

»Höchst 1b.«

»Ist das eine Adresse?«

»Kann sein. Ich hab den Maler nicht gefragt.«

»Und wer ist das?«

»Er heißt Cannizzaro.«

»Ein Italiener?«

»Nein, gebürtiger Vorarlberger. Die Vorfahren sind aus Italien eingewandert.« Nun entstand eine Pause. Martin Fries hatte sich wieder dem Bild zugewandt und betrachtete es.

»Es scheint Ihnen zu gefallen«, begann der Galerist.

»Ja. Was kostet es?«

»Fünfzehntausend Euro.«

»Aha. Wie kommen Sie auf diese Summe? Gibt´s da einen Schlüssel – nach Material, nach Fläche – so und so viel pro Quadratdezimeter oder so?«

»Es geht wie überall nach Angebot und Nachfrage. Künstler wie Cannizzaro erzielen eben Preise in dem erwähnten Rahmen. – Bis das Wunder geschieht.«

»Welches Wunder?«

»Der Kunstmarkt entdeckt sie. Dann verzehnfachen sich die Preise.«

»Aber davon ist dieser Cannizzaro noch weit entfernt ...«

»Das kann man nicht sagen. Es kann in zehn Jahren passieren oder morgen oder überhaupt nicht.«

»Lassen Sie mich raten: *Überhaupt nicht* ist am wahrscheinlichsten!«

»So ist es. Aber das ist alles Spekulation. Im Sinne von Zockerei wie an der Börse, verstehen Sie? Man sollte Bilder kaufen, weil sie einem gefallen. Jemand erschafft ein Kunstwerk, jemand anderem gefällt es, und er erwirbt es. Der Kunsthändler ...«

»... ja, ja, ist der ehrliche Makler, der die beiden zusammenbringt und so weiter und so fort, das weiß ich alles. Ich bin kein Kunstspekulant, Herr Dr. Pictet. Mich interessiert nur das Bild. Und der Maler. Wie kann ich ihn erreichen?«

Dr. Pictet nickte, verschwand in seinem Büro und kam mit einer Visitenkarte zurück. »Ludwig Cannizzaro« stand drauf, darunter eine Telefonnummer. Keine Adresse, keine Mailadresse, keine Homepage. Am auffälligsten war das Fehlen einer Berufsbezeichnung.

»Cannizzaro lebt sehr zurückgezogen«, erklärte Pictet, der die Verwunderung seines Gegenübers bemerkt hatte. »Auch ich habe nur diese Handynummer, das ist manchmal mühsam …«

»Wenigstens hat er ein Handy …«

»Ja, aber oft lässt er es irgendwo liegen, wo er es tagelang nicht hört. Dann muss ich hinfahren, wenn es dringend ist.«

»Sie wissen, wo er wohnt?«

»Natürlich. Aber das darf ich niemandem mitteilen. Er will seine Ruhe haben. Sie müssen also anrufen …«

»… und hoffen, dass seine Gnaden geruhen, mich zu empfangen, schon verstanden.« Dem Galeristen wurde das Gespräch unangenehm, das war ihm anzusehen.

»Hören Sie, ich kann nichts dafür, wie meine Künstler sich verhalten. Ich soll ihre Bilder verkaufen, damit hat es sich. Cannizzaro ist eh noch harmlos …« Martin Fries spürte, dass Enthüllungen über Marotten anderer Künstler bevorstanden, das ersparte er sich, dankte für die Visitenkarte und verabschiedete sich. Draußen traf ihn die Hitze wie ein Schlag. Eine Marotte des Vorarlberger Frühsommers, gegen die die Eigenheiten der Vorarlberger bildenden Künstler zur Harmlosigkeit herabsinken. Fries zog das Jackett aus und hängte es über die Schulter. Der Tag sprang in ein paar Stunden von April bis Juli, das führte zu Erkältungen bei denen, die dafür anfällig waren. Fries war anfällig. Er hasste die Unbeständigkeit des Wetters. Er flüchtete unter die Lauben der Marktgasse, die keine Gasse war, sondern ein breiter Platz in der Stadtmitte. Übrigens der »schönste Platz nördlich der Alpen«, wie ihn Enea Silvio Piccolomini, der nachmalige Papst Pius II., genannt hatte. Schon vor mehr als fünfhundert Jahren, aber der Ausspruch fiel Martin Fries jedes Mal ein, wenn er die Marktgasse entlangging. Er war stolz auf seine Heimatstadt. Die Marktgasse war schön, kein Zweifel, besonders, seit man vor Jahren die Autos verbannt hatte. Piccolomini hätte das begrüßt.

In der Marktgasse bog er in die Schmiedgasse ein und betrat das *Cafe Feurstein*. Er bestellte einen großen Schwarzen und rief die Nummer an.

»Ja?«

»Mein Name ist Martin Fries. Spreche ich mit Ludwig Cannizzaro?«

»Sind Sie der Krimiautor?«

»Ja ...«

»Das ist ja toll! Ich wollte Sie schon immer einmal kennenlernen. Ich bewundere Ihre Romane, wissen Sie, ich hab alle gelesen. Und ich verschenke Sie auch!« Martin Fries wusste nicht, was die angemessene Reaktion auf diese Eröffnung wäre. So etwas hatte ihm noch nie jemand am Telefon gesagt. Von Angesicht zu Angesicht auch nicht. Am wahrscheinlichsten war, dass ihn dieser Cannizzaro durch den

Kakao zog. Also sagte er: »Das ist ja schön. Ich wollte mich mit Ihnen über ein Bild unterhalten, das in der Galerie Pictet in Feldkirch hängt …«

»Höchst 1b. Wollten Sie es kaufen?«

»Tut mir leid, ich hab nicht den Platz dafür … und um ehrlich zu sein, das Geld auch nicht.« Diese Antwort veranlasste Ludwig Cannizzaro, sich für den Preis zu entschuldigen, der einem Außenstehenden, wie er sagte, übertrieben hoch vorkommen müsse; jedenfalls sei es das, was er von Außenstehenden mehr oder minder deutlich zu hören bekomme. Und wenn er es nicht zu hören bekam, könne er es von ihren Gesichtern ablesen: Fünfzehntausend Euro für ein paar Quadratmeter bemalte Leinwand! Dabei vergesse man gern, dass ihn so ein Bild wochen- bis monatelang beschäftige, mit dem bloßen Malen sei es ja nicht getan, und auch da gehe es um mehr, als einfach nur Farbe auf die Leinwand zu spachteln … Martin Fries unterbrach ihn mit der Beteuerung, er halte den Preis in keiner Weise für übertrieben, schon gar nicht, wenn man die gewissermaßen altmeisterliche Malweise in Betracht ziehe, die man an den anderen bei Pictet ausgestellten Werken leider vergeblich suche …

Das Behagen Cannizzaros über diese Einschätzung war durchs Telefon zu spüren. Wenn der Maler ein Kater wäre, dachte Fries, würde er schnurren wie ein Hochleistungstrafo. Dann entschuldigte er sich dafür, Höchst 1b nicht erwerben zu können, man mache sich falsche Vorstellungen über die Einkünfte von Schriftstellern. Das weitere Gespräch verlief mit gegenseitigen Erklärungen der wahren Verhältnisse im jeweiligen Sektor der Kunst, des bildnerischen und des literarischen, und kam zur Conclusio und gemeinsamen Überzeugung, dass sie, die Künstler, von einer imbezillen Masse verkannt und einer Clique blutsaugerischer Verleger/Galeristen am Fortkommen und anständigen Leben gehindert würden. Martin Fries gelang noch die Frage, ob Höchst 1b ein reales Vorbild habe, nein, hieß es. Sie sollten aber die Hintergründe bei einem Treffen besprechen, schlug Cannizzaro vor, und gab die Adresse seines Ateliers preis. Am Rand von Nofels, das wiederum am Rand von Feldkirch lag. Es sei schwer zu finden, er schicke per Mail einen Zufahrtsplan, sagte der Maler. Martin Fries gab die Mailadresse durch. Sie verabschiedeten sich.

Martin Fries durchpulste ein wohliges Gefühl. Wie es entsteht, wenn man von anderen geachtet wird. Als Künstler und Mensch und so weiter. Von jemandem, den man selber achtet, achten kann. Das kam sehr selten vor. Denn verachtenswert waren viele, achtenswert kaum jemand. Martin Fries war sich der schroffen Dissozialität seiner Einstellung bewusst, seit Lydia in einer der letzten Auseinandersetzungen das so bezeichnet hatte: *Schroffe Dissozialität.* Auf so was musste man erst einmal kommen. Insgeheim bewunderte er sie dafür. Und wenn es ihm gelungen wäre, ihr das auch mitzuteilen, wären sie noch zusammen. Vielleicht. Aber eben: Wegen seiner schroffen Dissozialität konnte er ihr das nicht sagen – und deswegen und aus zweiundneunzig weiteren Gründen waren sie seit vier Jahren geschieden.

Cannizzaros Skizze kam per Mail, Martin Fries machte sich auf den Weg. Das Atelier hätte er ohne den Anfahrtsplan nicht gefunden, es lag am Rand eines Auwaldes, wo die Ill in den Rhein mündet. Ein großer Bau aus Holz und Glas, der wenig verglaste Teil als Wohntrakt. Ohne die riesigen Atelierscheiben hätte man es für eine Scheune gehalten. Die Fassadenbretter schwärzlich verwittert, das deutete aber nicht auf hohes Alter, wie Martin Fries wusste, nur darauf, dass man das Holz nicht imprägniert hatte. Unbehandelte Bretterfassaden sahen im feuchten Vorarlberger Rheintal schon nach ein paar Jahren uralt aus. Umgekehrt ließ eine nach zehn Jahren immer noch unverwitterte Holzfassade auf Chemieeinsatz schließen – und damit auf die Einstellung der Besitzer zu Ökobio und so weiter; man konnte bei der allseits beliebten und geförderten Holzbauweise die ideologischen Präferenzen des Häuslebauers am Zustand des Bretterschirms ablesen.

Vor dem Bau parkte ein grauer Audi. Martin Fries läutete. Ludwig Cannizzaro war mittelgroß und fast kahl. Zum Ausgleich trug er einen blonden Vollbart, nicht zu seinem Vorteil. Sie betraten das Atelier vom Hausflur aus. Ein einziger Raum, zwei Geschosse hoch, nach Norden vollverglast. An den Wänden Bilderstapel, in der Mitte eine Staffelei, dahinter ein Sofa und zwei Lehnstühle. Auf einem Arbeitstisch Farbtöpfe, Malutensilien, Pinselbündel in Einweckgläsern. Es roch nach Farbe. So intensiv, dass Martin bat, eine der Glastüren aufzumachen.

»Ja, ich weiß«, sagte der Maler, »ich spür es gar nicht mehr, es ist ein bisschen extrem … Kaffee?«

Martin bejahte. Er nahm auf dem Sofa Platz, Cannizzaro kam nach kurzer Zeit mit einem Tablett, servierte Kaffee, und setzte sich in den Lehnstuhl gegenüber. Und begann zu reden. Über seine Reihe »Häuser«, die er seit zwei Jahren verfolge, über seinen Zugang zur Kunst, sein Verhältnis zur Abstraktion, das ein schwieriges sei, fast genauso schwierig wie sein Verhältnis zur gegenständlichen Malerei ... er nannte Malerkollegen, die Martin Fries nicht kannte und, ginge es nach ihm, auch nie kennenlernen würde. Denn Martin Fries interessierte sich nicht für Malerei, sondern nur für ein einziges Gemälde eines Malers, von dessen Existenz er bis vor Kurzem nichts gewusst hatte. Jetzt saß er diesem Meister gegenüber und erfuhr eine Menge über Dinge, die ihm völlig gleichgültig blieben, und nichts über das, was ihn interessierte. Cannizzaro war zu einem Ende gekommen. Martin fragte: »Wenn ich richtig verstanden habe, gibt es also kein reales Vorbild für Höchst 1b?«

»Nein«, sagte der Maler, »das gibt es nicht. Es ist eben eine Mischung, eine Überlagerung vieler Häuser, verstehen Sie – das sind Häuser, die alle irgendwo existieren, herumstehen, wenn man so will ...« Er lachte laut auf. »... aber keines ist Modell für dieses Bild. Ein Fantasieprodukt. Verkürzt gesagt. Fantasie ...« Cannizzaro nahm seine Tasse und rührte mit dem Löffel um. Vielleicht, um den Kaffee abzukühlen, dachte Martin Fries, jedenfalls nicht, um Milch oder Zucker zu verteilen. Denn weder Milch noch Zucker hatte er hineingetan. Das Umrühren beanspruchte die Aufmerksamkeit des Malers, er verfolgte die Wirbel, die der kreisende Löffel in der Flüssigkeit erzeugte. Martin Fries wandte den Blick ab. Es war so peinlich.

Martin neigte zum Fremdschämen. Er konnte es nicht ertragen, Zeuge von Idiotien anderer Leute zu sein. Wie jetzt, wo er jemandem beim Lügen zuschauen musste, der das nicht konnte. Lügen. In der Tasse rühren, um Blickkontakt zu vermeiden. Und das auf der Stirn? Schweißtropfen. Meine Güte, das wurde ja immer schlimmer! Höchst 1b hatte also ein reales Vorbild, wenn auch vielleicht nicht in der Bodenseegemeinde Höchst. Es gab dieses Haus. Und das barg ein entsetzliches Geheimnis. Von dem der Maler Cannizzaro natürlich wusste. Was könnte es sein? Naheliegend: Ein abgeschotteter Keller mit weiblichen Gefangenen, das war ungefähr das Erste, was einem in Österreich dazu einfiel. Diese Version hatte den Vorteil des realen Vorbildes für sich. Man musste nur den Namen »Fritzl« bei Google eingeben. So etwas hatte es »in echt« gegeben, warum also nicht ein zweites Mal?

Martin Fries trank seinen Kaffee aus. Seine Gedanken schweiften in träger Bahn um das Haus, das Bild des Hauses, den Maler Cannizzaro und den Galeristen Pictet. Der Maler blickte ihn an. Aus diesem Blick, dachte Fries, spricht der reine Trotz. Der wird mir nichts sagen, der Lügenbeutel … Martin Fries sprang auf und wandte sich einem Stapel Bilder an der Längswand zu.

»Sie haben eine ganze Reihe von Häusern gemalt? Wie wird man das nennen? Die Häuser-Periode?« Er lachte. Cannizzaro lächelte über den Scherz. »Vielleicht«, sagte er.

»Wir werden sehen ...« Martin Fries blätterte in dem Stapel wie in einer Kartei mit Riesenkarteikarten. Lauter Häuser. Einfach Häuser. Aber keines der Bilder umgab das Fluidum, das von Höchst 1b ausging.

»Beeindruckend«, sagte er. »Mit welchem haben Sie angefangen?«

»Warten Sie ...« Cannizzaro trat neben ihn. »Mit dem da, ›Altach 4‹, glaub ich. Ja, das war's ...« Er hätte sich auch ein Schild umhängen können mit der Aufschrift: »Möchte lügen, kann aber nicht!« Fries beobachtete ihn von der Seite. Altach 4 war nicht als erstes gemalt worden, sondern viel später – genau wie all die anderen, schoss es ihm durch den Kopf. Um von dem ersten abzulenken, das die Reihe begründet hatte. Höchst 1b. Um Höchst 1b in der Masse der anderen Bilder zu verstecken. Und das, was damit verbunden war. Die Erinnerungen an das Haus, das reale Haus, das irgendwo in der Gegend herumstand.

Cannizzaro hatte zu reden begonnen. Über seine Malweise, sein Verständnis von Kunst, das Verhältnis der bildenden Kunst zu den anderen Künsten, insbesondere zur Literatur, die er überaus schätze ... und so weiter und so fort, ein warmer, einlullender Strom bedeutungslosen Geredes, das der Maler wahrscheinlich noch über Stunden produzieren könnte, wenn es darauf ankam. Martin nickte und stellte Zwischenfragen mit der »Ich bin ja absoluter Laie, frage mich aber doch ...« - Attitüde, die bei jedem *Meister* gut ankommt, ganz gleich, ob es ein Meister im Kunstmalen, im Romanschreiben oder im Forellenräuchern ist. Dabei hätte Martin Fries lieber etwas ganz anderes gemacht. Sich einen Kanister Lackverdünner geschnappt, das Zeug auf den Boden gegossen, sein Feuerzeug angezündet und gesagt: »Ich frag dich jetzt zum letzten Mal, Klecksel! Wo ist dieses Haus?« Halt wie hard-boiled Ermittler in amerikanischen Detektivromanen vorgehen. Die damit auch durchkommen, ohne eingesperrt oder sonst wie behelligt zu werden. Aber im realen Vorarlberg konnte man nicht so brachial vorgehen, man würde angezeigt und angeklagt und vom berühmten Primarius Haller psychiatriert und dann eingesperrt. Alles für eine Adresse. Wo sich nichts weiter finden würde – als eine Indoor-Hanfplantage, ja genau! Drum waren die Rollos auch immer unten! Martin lächelte bei dem Gedanken. Er würde Cannizzaro nicht mit einer Feuersbrunst drohen. Die scheiterte schon am Feuerzeug. Er hatte keines dabei, seit er nicht mehr rauchte.

»All diese Gebäude sind also reine Fantasieprodukte?«, fragte er.

»In dem erwähnten Sinn der … der Umarbeitung und bildnerischen Modifizierung. Ja, könnte man so sagen …«

Hieß im Klartext: Die Häuser sahen genauso aus wie auf den Bildern und ebenso die Häuser im Hintergrund. Die Bäume und die Berge zum Beispiel. Das bot gewisse Möglichkeiten.

Das Gespräch versandete. Martin Fries hatte offensichtlich nicht das Geld, eines der Häuserbilder zu erwerben. Was wollte er also hier? Die Frage stand im Raum. »Wissen Sie«, sagte er, »Ich bin auf der Suche nach einem Sujet.«

»Ein Sujet … für … für einen Roman? Nennt man das so?«

»Also, ich nenn es halt so! Es ist etwas allgemeiner als der Begriff ›Thema‹. Das erinnert mich immer an Schulaufsätze. Das ist so festgeschnürt, so starr …«

»Verstehe. Sie suchen etwas weniger Festgelegtes …«

»Ja, ein thematisches Feld, auf dem das Ganze spielt. Das wäre in diesem Fall die bildende Kunst. Ganz allgemein. Ich beginne ganz unten, verstehen Sie? Ich war ja bis heute noch nicht einmal in einem Atelier, können Sie sich das vorstellen?«

Cannizzaro betonte, das könne er sich nur zu gut vorstellen, ein Normalbürger besuche doch auch keine Seifenfabrik zum Beispiel …

»Sie suchen also etwas Kriminelles im Bereich der Kunst?«, fragte er.

»Notgedrungen«, sagte Martin, »ich bin Krimiautor, der Verlag erwartet das. Ich kann nicht mit einem Künstlerroman voller Kunstphilosophie und Symbolik ankommen, das würden die mir nicht abnehmen.« Man erörterte die Möglichkeit des Kriminellen auf dem Feld der Bildenden Kunst und kam vom einfachen Kunstraub sehr bald auf das weite Gebiet der Fälschung, und von da auf verwickeltere Zusammenhänge. Fälschung als Begleitdelikt der Kunstrestitution, Kunstwerke als Vehikel für Drogenschmuggel, Kunst als Träger verborgener Botschaften in der Spionage, Kunst schließlich als Artefakt außerirdischer Intelligenzen – das stammte von Cannizzaro und erstaunte Martin, das war wirklich eine originelle Idee. Picasso als

Alien, das würde vieles erklären ... Das Gespräch versandete wieder, Martin stand auf, dankte für den interessanten Gedankenaustausch und verabschiedete sich. Cannizzaro gab ihm einen Bildband mit, Höchst 1b war auch drin.

Martin Fries wurde von einer ungewohnten Unruhe erfüllt. Er versuchte, sich an seinen neuen Roman zu setzen, es misslang. Das heißt, sitzen, vor dem Computerbildschirm sitzen im technischen Sinn tat er schon, aber das war es dann auch. Es ging nichts weiter. Pro forma verbesserte er ein paar Absätze, dachte nach, suchte nach neuen Formulierungen, schrieb sie hinein, las das Ganze wieder durch und löschte die Verbesserungen. Es waren keine. So lief das immer, wenn er sich ohne den unbedingten Willen zum Tun an die Arbeit machte. Es kam nichts dabei heraus. Schreiben hieß nicht verbessern, Sätze umstellen und über die Berechtigung eines Semikolons zu grübeln. Schreiben hieß: Schreiben. Etwas auf den Bildschirm bringen, das da vorher nicht gewesen war. Erschaffen. Erfinden. Also Arbeit, einfach Arbeit. Arbeit macht Mühe. Das war immer so und würde so bleiben. Bei jeder anderen Arbeit würde ein intelligenter Mensch die Mühewaltung als Wesensmerkmal bestätigen, nur bei der Kunst reichte das nicht, da galten andere Bestimmungen, da kam es drauf an, dass die Arbeit »leicht oder schwer von der Hand ging«, »Erfüllung brachte« und ähnlicher Kokolores. Das alles hatte mit schöpferischer Arbeit nichts zu tun. Er schaltete den Computer aus und ging in die Stadt. In die Galerie des Herrn Pictet natürlich. Er wollte das Bild sehen.

Es war weg.

»Wo ist das Bild?« Er hatte, als er in das Büro des Galeristen stürmte, nicht so laut werden wollen. Jetzt war er es doch geworden und Dr. Pictet war erschrocken. Dabei hatte er seinen heißen Kaffee verschüttet und leise geflucht. Martin Fries tat es leid, wir sollten im Kabarett auftreten, dachte er, der Galerist und der verrückte Kunstfan …

»Verzeihung, ich wollte nicht … haben Sie sich was getan?«

»Nein, lassen Sie nur, nichts weiter passiert – solche Begeisterung für Kunstwerke gibt es nicht oft. Was ist dagegen eine Verbrühung zweiten Grades?« Darauf antwortete Martin nichts. Dr. Pictet gehörte einer Generation von Altlinken an, die in jeder Situation den Obercoolen spielen müssen, darauf konnte man nichts sagen, weder dafür noch dagegen. Ignorieren.

»Das Bild, das so sehr mit Ihrem Schicksal und dem Ihres Schulfreundes verbunden ist – habe ich verkauft.«

»An wen denn?«

»Das darf ich Ihnen nicht sagen, es sei denn, der Käufer erteilt die Erlaubnis.« Martin Fries drehte sich um und verließ das Büro ohne ein weiteres Wort.

***

Lukrezia Obwalter rechnete. Sie tat das schon seit zwei Stunden in ihrem Büro. Lukrezia war Obfrau eines Vereins, der sich »Kunst« nannte. »Kunst«, sonst nichts, Lukrezia hatte zu den Proponenten gehört. Den Verein gab es noch nicht so lang wie den alteingesessenen VBKV – »Verein Bildnerischer Künstler Vorarlbergs«, mit dem »Kunst« natürlich verfeindet war. Die Gründung von »Kunst« lag aber auch schon einige Zeit zurück, das fiel ihr ein, als sie die Zahlen durchging, wieder und wieder. In jenen fernen Tagen war es Mode gewesen, zu den bestehenden Kulturvereinen Alternativen zu gründen, weil die Alten zu verknöchert, zu konservativ waren und so weiter … ach, lang ist´s her! Inzwischen … sie verdrängte den Gedanken, das brachte nichts.

Ihre Zahlen hatten nichts mit Kunst zu tun. Sie benutzte nur das Büro des Vereins für ihre Rechnereien, weil hier nicht die Gefahr bestand, dass Oswald auftauchte und sich einmischte. Er hatte die Angewohnheit, sich überall einzumischen, nicht von vornherein schlecht für einen Politiker, aber Politiker war er nun nicht mehr. Das machte das Zusammenleben mit ihm nicht einfacher. Es war ein Graus. Aber es half ja nichts. Sie konnte nicht abspringen. Ihre Leben waren zu sehr miteinander verflochten. Nicht wegen des Interesses für die Kunst, der körperlichen Anziehung, nicht wegen der beiden Kinder, die brav studierten, beziehungsweise »fertig machten«.

Sondern wegen des Geldes.

Das Geld verband sie mehr als alles andere. Das andere trennte sie eher. Er verabscheute ihren Verein, sie stritten oft deshalb, aber rituell natürlich. Es war eine Simulation von Auseinandersetzung, eine Quelle humoriger Äußerungen, die weitergetragen wurden. Gemacht wurden, damit sie weitergetragen wurden.

Die Kunst trennte sie, das Geld verband sie. Weil sie beide welches hatten. Geerbt natürlich. Geld, das nur einer hat, wirkt trennend, davon war Lukrezia überzeugt. Oswald und Lukrezia gehörten derselben Gesellschaftsschicht an, der viel besitzenden Klasse, die untereinander heiratet, damit das Geld nicht weniger wird. Denn obwohl diese Leute das buchstäblich schon seit tausend Jahren so machen, ist ihr Geld immer in Gefahr, woanders hin zu fließen. Wie eben jetzt.

Sie starrte auf die Exceltabellen. Da stand es in klar lesbaren, sauberen Ziffern. Das Geld war geflossen. Von ihnen weg. Nicht ein Rinnsal, nicht ein Bächlein, auch kein Bach oder Flüsschen. Sondern ein Fluss war das gewesen; so einer, den man nicht einmal so eben mit aufgekrempelten Hosenbeinen durchqueren konnte. Wenn man Pech hatte, verlor man in den wirbelnden Wassern das Gleichgewicht und ertrank. Die Wahrheit war klar und einfach. Oswald hatte sich verspekuliert. Schuld war ihr Schulfreund Martin Fries … nein, dachte sie, ehrlich bleiben, Fries war nur die Folge eines tiefer liegenden Geschehens. Schuld war Oswalds Idee gewesen, einen Roman zu schreiben. Obwohl er das nicht konnte. Er konnte überhaupt nichts außer reden. Sie warf ihm das nicht vor. Lukrezia war eine kluge, gebildete Frau. Sie hätte nie einen Mann geheiratet, der etwas *konnte.* Außer reden. Denn dann hätte immer die Gefahr bestanden, dass der Betreffende auch etwas tun musste. Bei Oswald war das ausgeschlossen. Er ging keiner Arbeit nach, er beschäftigte sich. Mit Politik hauptsächlich. Das war akzeptabel. Anstrengend, nervenaufreibend, soll alles sein. Aber eben keine *Arbeit.* Nur hatte ihm das leider nicht genügt. Er musste sich ja unbedingt auf einem Gebiet beweisen, von dem er erstens nichts verstand. Zweitens fehlten ihm alle Voraussetzungen dafür. Auf dem Gebiet der Produktion. Er wollte etwas machen, etwas herstellen. Einen Roman schreiben.

Alles andere hätte er beginnen können. Autorennen fahren. Reiten. Auf Berge steigen. Tauchen. Reisen. Was eben reiche Leute tun, wenn ihnen langweilig wird. Wenn es unbedingt ein Buch sein soll, engagieren sie einen Ghostwriter, das kann man heute machen, es ist nichts Ehrenrühriges dabei. Aber Oswald Obwalter musste ja selbst tätig werden.

Sie erkannte die Zusammenhänge erst jetzt, als es zu spät war. Sie hätte dieses Romanprojekt mit allen Mitteln verhindern müssen. Sie hatte versagt. Sie konnte ja selber nichts außer Kunstgeschichte. Die erste Generation baut auf, die zweite erhält, die dritte studiert Kunstgeschichte. Auf Lukrezia Obwalter, geborene Grignard, traf das zu. Grignard wie Grignard & Söhne, die Schrotthändler. Lukrezia hasste jede Art von Dreck, Schrott besonders.

Sie begann zu weinen. Die Tränen rollten ihr über die Wangen, ruinierten das Make-up und tropften auf die Seidenbluse. Sie zitterte. Etwa fünf Minuten oder so, dann fasste sie sich. Weinen hatte etwas Kathartisches. Sie fühlte sich besser. Konzentrierte sich auf den Bildschirm, der aus dem Tränenschleier auftauchte. An den Zahlen war nichts zu ändern. Oswalds Manuskript hatte zu seinem Ausraster mit dem Schreiberling Fries geführt, dieser Ausraster zum politischen Skandal, der zum Verlust seiner Stellung und Reputation und dies wiederum zu einem leicht vorhersehbaren, für Versager typischen Verhalten: Die Befassung mit Dingen, von denen er auch nach den ohnehin gemäßigten Standards, wie sie für Politiker üblich sind, überhaupt nichts verstand. Mit finanziellen Investitionen. Sie verstand nicht, wieso er sich von Finanzschwaflern hatte über den Tisch ziehen lassen – wo er doch selber ein Schwafler von Gnaden war. Aber vielleicht war das kein Widerspruch; diese Experten glaubten ihre eigenen Ergüsse, wie ja auch er die eigenen Sager für die reine Wahrheit gehalten hatte.

Aber nun war es, wie es war. Sie hatte nur nicht gewusst, dass es so schlimm stand. Ohne Selbstbetrug und Beschönigung: Sie waren pleite. Nicht sofort, aber in absehbarer Zeit, zu bestimmten Terminen, wenn gewisse Zahlungen fällig wurden. Ja, sie würden aus dem Debakel schon herauskommen. Wenn sie alles verkauften, was sie hatten. Die Häuser. Die Grundstücke. Die konnten nicht von gleich auf jetzt zu Geld gemacht werden, die Bank würde helfen, keine Frage, aber danach wären sie nicht mehr reich. Nicht einmal mehr vermögend. Danach wären sie – gar nichts. Dr. Lukrezia Obwalter sammelte sich. Sie hatte Angst gehabt, in Panik zu verfallen, aber die Panik war ausgeblieben. Arm werden – das war definitiv keine Option. No way. Sie würde es verhindern. In dem Augenblick, als ihr die ganze Tragweite des Problems zu Bewusstsein kam, war ihr auch die Lösung eingefallen. Keine Spanne dazwischen. Kein Suhlen im Elend, keine Verzweiflung. Nervenanspannung, gewisse Emotionen, ein paar Tränen, das ja, aber nichts darüber hinaus. Vielleicht das Schrotthändler-Gen. Handel muss rasch gehen, kein Wenn und Aber, Vorsicht und Rücksicht. Schnell und hart. Ihre Lösung war auch keine unter anderen, keine mit *vielleicht* beschwerte, nur halb geglaubte, sondern die einzig mögliche, die machbare. Sie wartete darauf, diese Lösung, dass sie durchgezogen wurde. Professionell. Natürlich war sie verrückt. Jeder und jede in ihrem Umkreis hätte das gesagt: verrückt, das kannst du nicht machen, um Gottes Willen! Aber sie würde niemandem davon erzählen, Oswald schon gar nicht.

Sie löschte die Tabellen auf dem Bildschirm, ging ins Internet. Sie suchte eine Adresse. Zehn Sekunden später hatte sie alles gefunden, was sie brauchte.

Sie rief an.

2

Die Stadt Feldkirch wird von der Schattenburg beherrscht, deren Name nicht vom Schatten kommt, indem sie etwa läge (sie liegt meistens in der Sonne), sondern vom mittelhochdeutschen *schaten*, was soviel bedeutet wie Schutz. Das hat auch einigermaßen funktioniert; sie wurde in ihrer siebenhundertjährigen Geschichte nur einmal erobert – da standen aber auch die Stadtbürger auf der gegnerischen Seite. Die Schattenburg wurde auch nicht zerstört, weshalb in der Gegenwart eine sogenannte Schlosswirtschaft und ein Heimatmuseum darin Platz finden. Erwähnung findet sie hier, weil sich der Burg gegenüber, auf dem Ardetzenberg, das Anwesen des Oswald Obwalter befand, der von der Terrasse des Hauses aus den besten Blick auf die Schattenburg und das darunterliegende Feldkirch hatte; eine Aussicht mit einer gewissen Ambivalenz. Er hätte nämlich – das hatte er noch nie jemandem zugegeben, nicht einmal seiner Frau – gern selber auf der Schattenburg gewohnt. Nicht als exzentrischer Bewohner, sondern als *Burgherr* im alten, wörtlichen Sinn: Herrscher über Burg und Stadt. Nein, nicht wegen pubertärer Machtfantasien, natürlich nicht, sondern um die Dinge »zu gestalten«. Besser zu gestalten als die Kretins im Rathaus. Oswald Obwalter war von der tiefen Überzeugung erfüllt, er sei dazu imstande, alles besser zu machen als der Feldkircher Stadtrat. Dies wiederum hatte er nicht nur seiner Gattin Lukrezia, sondern auch jedem anderen erzählt, der gewillt war, ihm zuzuhören. Er fügte dann immer hinzu, seine Ansicht gründe nicht auf eigenen besonderen Fähigkeiten, sondern auf der festen Überzeugung, ungefähr jeder zweite, den man auf der Straße aufgable, gebe einen besseren Bürgermeister ab als den gegenwärtigen. Bedingt durch die Ereignisse der jüngsten Vergangenheit hatte die Zahl seiner Zuhörer abgenommen, fast auf null. Dem gegenwärtigen Bürgermeister waren Obwalters verbale Ausfälle nicht verborgen geblieben. Sie hatten keine unmittelbaren Auswirkungen, denn beide hatten zur selben Partei gehört, waren also »Parteifreunde« gewesen. Der Begriff wurde nur noch von den Medien, im abwertenden Sinn, verwendet, innerparteilich sprach man, wenn es sein musste, von »Gesinnungsgemeinschaft«. Der Bürgermeister wurde alle paar Jahre in seinem Amt bestätigt wie der Landtagsabgeordnete in dem seinen; die Sticheleien des Oswald Obwalter hatten keinen anderen Effekt, als das Klima zu vergiften.

Unter diesem Klima hatte er nun zu leiden. Niemand sprach ihn auf die Ereignisse an. Er spürte nur die Blicke im Rücken; jeder, der ihn auf der Straße erkannte, redete über ihn; wenn keiner zum Reden da war, rief derjenige jemanden an oder verschickte eine SMS. Er konnte es nicht beweisen; es war etwas Subtiles, eine Stimmung, die er aufnahm, eine

Atmosphäre schadenfroher Niedertracht. Und er konnte nichts dagegen tun. Er ging nicht mehr in die Stadt hinunter.

Oben auf dem Berg, im Haus, war es besser. Es lag von der Straße abgewandt hinter einer Mauer am Berghang, zugänglich über einen schmalen Weg, den ein elektrisches Tor verschloss. Tor mit Kamera. Früher hatten sie mitten in der Stadt gewohnt, in einem alten Bürgerhaus, das seiner Familie gehörte; nun pries er seine Voraussicht, vor ein paar Jahren auf dem Ardetzenberg gebaut zu haben. Modern. Ein befreundeter Architekt hatte entworfen. Wegen einiger Unzulänglichkeiten war man inzwischen nicht mehr so befreundet. Große Räume, viel Glas, Terrasse, Pool, Pelletsheizung, Solar, Photovoltaik, alles vom Feinsten. Kein Passivhaus, das hielt Oswald für eine Spinnerei der Grünen, aber doch von jener Art High-Tech-Öko, die unter den vermögenden Bauherren in den ersten Jahren des neuen Jahrhunderts zum Standard geworden war. Superfenster, die Wände mit einem K-Wert von Null-Komma-Irgendwas, wahnsinnig niedrig eben.

Oswald Obwalter schätzte die relative Abgeschiedenheit seines Anwesens. Heute mehr als je zuvor. Er konnte nach ein paar Längen im Pool auf der Terrasse in der Sonne sitzen und auf die Stadt hinunterschauen. Hinunter, darauf kam es an. Weiter hinunter als der Herr der Schattenburg blicken konnte, denn die lag tiefer. Er konnte sogar auf die Burg hinabschauen, er, Oswald Obwalter, aus altem Feldkircher Geschlecht. Und der Herr der Schattenburg müsste zu ihm aufschauen – wenn es ihn denn gäbe, es gab ihn aber nicht, schon lang nicht mehr, nicht einmal den Vogt der Nachbesitzer gab es mehr, Verwalter einer gewissen Familie Habsburg, mit denen es seit neunzehnhundertachtzehn auch abwärts gegangen war … Solche Gedankenflüge trösteten Oswald über die triste Gegenwart hinweg. Lange hielt der Trost allerdings nicht an, die Gegenwart verlangte ihr Recht, wie sie es in den vergangenen vierhundert Jahren von den Obwalters, Feldkircher Patriziern und Kaufleuten, fortwährend verlangt hatte. Die einen hatten die Anforderungen in glänzender Weise erfüllt, andere weniger glänzend. Aber ein richtiger Versager, einer, der den Karren an die Wand fährt – so einer war nicht darunter gewesen. Bis jetzt. Oswald hatte die Familiengeschichte studiert. Und war zu einer unangenehmen Schlussfolgerung gelangt: Wenn es denn in jeder Familie so ein schwarzes Schaf geben musste, dann bestand eben jetzt eine gewisse Wahrscheinlichkeit, dass er dieses Schaf sein würde. Das erste seit vier Jahrhunderten. Das wollte er unter allen Umständen vermeiden.

Die Gegenwart meldete sich als Klingelton. Er holte die Torkamera aufs Handy und öffnete das elektrische Tor, wenig später machte er die Haustür auf. Der Besucher trat grußlos ein.

»Möchten Sie was trinken?«, fragte Oswald.

»Nein. Ich möchte eigentlich nur wissen, was Sie von mir wollen. Wenn es sich wieder um eine tolle Geldanlage handelt, muss ich Sie enttäuschen, Herr Doktor Obwalter, weil ich keins mehr habe. Geld nämlich. Dank Ihrer letzten Idee.«

»Das sagten Sie schon am Telefon, verehrter Meister, und wenn ich mich recht erinnere, hab ich Ihnen gesagt, es gehe mir ähnlich. Also, wozu diese Wiederholungen? Schauen wir lieber in die Zukunft. Wenn Sie mir freundlicherweise folgen wollen …« Er schritt zu einer Tür, die in den Keller führte. Weil seine Klage unterbrochen war, folgte der Besucher. Sie betraten einen Hobbyraum, erkenntlich an einer Werkbank, einem Wandbrett mit Werkzeugen und einer Tischkreissäge. Alles bedeckt von feinem Staub, der, durch die Besucher aufgewirbelt, im Licht der Neonbeleuchtung tanzte. Oswald zog eine Schublade einer alten Kommode heraus, entnahm ihr eine große Mappe aus schwarzem Leder. Er legte sie auf die Hobelbank und reichte dem Meister ein paar weiße Handschuhe. Der zog sie an und öffnete die Mappe. Drehte die Blätter darin eines nach dem anderen um.

»Gar nicht schlecht. Niederländer?«

»De Bruyn und van Ekenstein hauptsächlich. Siebzehntes Jahrhundert.«

»Nie gehört …«

»Sehen Sie, Meister, das ist auch das Hauptproblem bei der Sache! Wenn mehr Leute von de Bruyn und Konsorten gehört hätten, dann – bräuchte ich Sie gar nicht.«

»Verstehe ich nicht …«

»Wird sich gleich geben. Blättern Sie weiter!« Der Besucher tat, wie ihm geheißen. Es war mehr oder weniger immer das Gleiche. Landschaften, Porträts, Rötel, Kreide, einige Drucke bescheidener Qualität. Verwaschen, also oft gedruckt. Cannizzaro hatte die bei Künstlern eher seltene Fähigkeit, mit materiellen Werten symbolisch zu operieren. Er konnte sie abschätzen und addieren. Das machte er automatisch. Was er hier vor sich sah, war finanziell ganz nett, aber nicht problemlösend. Auch wenn er die beiden niederländischen Kleinmeister nicht kannte, gab es sicher irgendwen, der solche Zeichnungen sammelte und interessiert wäre. Der ließe sich finden. Nur würde er nicht annähernd bezahlen, was nötig wäre, um Obwalters Verluste zu neutralisieren. Wenn denn diese Verluste so hoch waren, wie er angedeutet hatte. Was sollte diese Vorführung? Wollte ihm Obwalter diese Zeichnungen schenken? Denn zur Deckung seiner Verluste würde es eventuell reichen …

Über diesen Grübeleien hätte er das Blatt fast übersehen. Er hielt es in der Hand, wollte es schon auf dem linken Stapel ablegen. Aber dann entglitt es ihm, setzte sich wieder auf der rechten Seite ab. Eine Zeichnung von ungefährem DIN A4-Format, aber eben nur ungefähr. Von einer deutschen Industrienorm war zu den Zeiten, als dieses Papier geschöpft wurde, noch keine Rede gewesen. Landschaft mit Haus, schwarze Tusche auf Papier. Das Haus sah man von der Giebelseite. Eine Tür, zwei Fenster im Erdgeschoss, im ersten Stockwerk zwei weitere Fenster, enger beieinander wegen der Dachschrägen, geschlossene Läden. Rechts vom Haus ein Laubbaum, im Hintergrund bewaldetes Gebirge.

Cannizzaro beugte sich über das Blatt, nahm es auf, hielt es ins Licht. »Das ist doch nicht …«

»Doch«, antwortete Obwalter. »Ist es.« Der Maler legte die Zeichnung zurück. Seine Hände zitterten. Er lehnte sich gegen die Werkbank, schnappte nach Luft. Man sollte Leute seines Alters nicht so erschrecken. »Das ist doch …«, flüsterte er, der Rest blieb Gemurmel, die Stimme setzte aus, kam wieder, setzte aus. Er hatte noch nie so ein Blatt in der Hand gehalten, sein ganzes Leben nicht. Er riss sich zusammen, es war ein Schwindel, ganz klar, Obwalter konnte so etwas nicht besitzen. Denkunmöglich.

»Es muss ein Irrtum sein«, sagte er dann mit leiser Stimme. »Von einem Schüler vielleicht. Oder überhaupt eine Fälschung.«

»Da muss ich Sie enttäuschen. Ich hab es prüfen lassen, sehr diskret natürlich. Man hält es für echt.«

»Wieviel …«

Obwalter schüttelte den Kopf. »Kann man nicht sagen. Dreihunderttausend? Werden ja schon für Radierungen zigtausend bezahlt.«

»Na schön, Herr Doktor Obwalter, dann gratulier ich halt! Ihre Sorgen mit dem Investment dürften sich damit auflösen. Tut mir leid, aber dazu fällt mir das Sprichwort ein … wie ging das gleich? Sie wissen schon – der Teufel und der große Haufen …«

»Ja, ist mir bekannt. Sie klingen sehr bitter, Meister Ludwig, dazu besteht kein Anlass.«

»Ich glaube schon. Es ist Ihre Zeichnung, nicht meine …«

»Bleiben wir gleich bei dem Punkt: Wenn es Ihre wäre, würden Sie sie verkaufen?«

Cannizzaro lachte laut auf. »Verkaufen? Sie fragen einen Maler, ob er das … wofür halten Sie mich denn? Niemals!«

»Na eben. Sie sind Maler, ich bin Sammler. Sammler kaufen, aber sie verkaufen nicht. Sonst sind es Geschäftemacher. Er war ja auch Sammler, haben Sie das gewusst?« Er deutete auf die Tuschezeichnung. Cannizzaro seufzte.

»Ich bin Absolvent der Kunstakademie in Wien. Ja, mir ist bewusst, dass er auch gesammelt hat …«

»Und nach seinem Bankrott hat er gleich wieder eine neue Sammlung angefangen! – Nein, das Haus wird nicht verkauft!«

»Das Haus?«

»Ich nenn es so. Weil ein Haus drauf ist. Ein Titel ist nicht überliefert.«

»Interessant.« Der Maler löste sich von der Werkbank. »Sie verkaufen also nicht. Schön. Schön auch, dass ich es sehen durfte, obwohl mir immer noch nicht klar ist, warum Sie es mir gezeigt haben…«

»Ich dachte, das sei klar! Sie sollen es natürlich kopieren.«

»Ich soll was …?!«

»Ein Duplikat herstellen, was denn sonst. Ich habe Ihnen doch eben gesagt, ich verkauf es nicht. Brauche aber Geld, also …«

»… wollen Sie die Fälschung verkaufen.«

»Ich versuche, dieses Wort zu vermeiden, aber gut, wenn Sie so wollen: Ja, es ist dann eine Fälschung, und nein, ich will es nicht verkaufen, sondern ich werde es verkaufen. Und das Original behalte ich.«

Obwalter tat ihm leid. Solche Geldmenschen verkraften den Verlust nicht wie Normalsterbliche. Schon, weil er viel höher ist, der Verlust. Oswald Obwalter hatte den Verstand verloren. Was sollte er nun tun, was machte man in so einer Situation? Den Verrückten nicht widersprechen, heißt es immer.

»Sie brauchen einen Käufer.«

»Hab ich schon. Einen russischen Tycoon, dem der Arsch auf Grundeis geht. Wegen der politischen Situation, verstehen Sie? Bei denen ist nichts mehr sicher. Da wird halt in Kunst investiert.«

»Aha. Alles gut durchdacht, wie mir scheint …«

»Natürlich. So viel an Planung können Sie schon von mir erwarten.«

»Ich habe nur einen winzigen Einwand: Woher wissen Sie A: Dass ich das Ding kopieren kann und B: Dass ich es mache, selbst, wenn ich es könnte? Bezüglich Punkt A brauchen Sie sich keine weiteren Gedanken zu machen. Ich kann es nicht. Und was Punkt B betrifft …«

»Ja, ja, schon gut, Meister Ludwig, beruhigen Sie sich. Sie kommen sich wahrscheinlich wahnsinnig originell vor mit Ihren Punkten A und B. Ich darf Ihnen versichern: Sie sind es nicht! Ich höre seit Jahrzehnten auf jeden Vorschlag diese Punkte A und B. Und noch weitere, C, D und so weiter. Wir sind ja in Österreich, da nimmt es nicht wunder. Sage noch einer, so etwas wie den Nationalcharakter gebe es nicht! Es gibt ihn allerdings, und der herrschende Zug darin ist die Fähigkeit, bei allem Denkbaren aufzuzählen, warum etwas nicht geht. Bei solchen Begründungen wird erheblicher intellektueller Einsatz geleistet. Wenn wir in diesem Land nur zehn Prozent der Geistesschärfe auf die Überlegung verwenden würden, wie etwas doch geht, wären wir Innovationsweltmeister!«

Gegen die Wahlkampfrhetorik fiel Ludwig Cannizzaro nichts ein. Er seufzte.

»Abgesehen vom Offensichtlichen, dass ich so etwas nicht kopieren kann …«

»… wenn ich sagte ›kopieren‹, dann hab ich das nicht im landläufigen Sinn gemeint, also nicht als Tätigkeit, die heutzutage von einem Fotokopierer übernommen wird, verstehen Sie? Sie sollen einfach eine Zeichnung in diesem speziellen Stil anfertigen, wo ein Haus drauf ist. Es muss nicht dieses Haus sein, einfach irgendein Haus, natürlich ohne Sat-Schüssel!« Er begann zu lachen. Blanke Hysterie.

»Keine Angst, die Sat-Schüssel könnte ich mir verkneifen …«

»… und kommen Sie mir jetzt nicht damit, Sie können nicht zeichnen und solchen Quatsch! Sie können das sehr gut! Sagt Ihr Galerist, sagen alle, die Sie kennen. Sie machen penible Studien, Vorzeichnungen und das alles, bevor Sie ein Gemälde anfangen. Das ist überhaupt der Grund, warum ich mich an Sie wende. Und nicht an einen dieser Clowns von der Vereinigung! Weil Sie der einzige mir bekannte Maler sind, der so etwas überhaupt kann – zeichnen, meine ich. Wen soll ich denn sonst fragen? Den Polzenius? Oder – den Kraus?« Jetzt lachten sie beide. Die Vorstellung, Gerhard Polzenius oder Anton Kraus, die beiden schwerverdienenden Großkünstler des Landes, an eine Zeichnung zu setzen, erfüllte Cannizzaro mit bitterer Heiterkeit.

»Kraus«, sagte Obwalter, »kann doch nicht einmal mit einem Lineal eine grade Linie machen!« Das war der Satz, mit dem er den Maler auf seine Seite zog. Die schmeichlerische Erwähnung seines Talents und Sachverstands hatten Vorarbeit geleistet – kein Künstler ist gefeit gegen Lob – aber die Abwertung der beiden Maler gab den Ausschlag. Von da an dachte Cannizzaro über den Plan nicht als wahnwitzige Idee, sondern als reale Möglichkeit nach. Obwalter hatte gewusst, wie Cannizzaro zu Polzenius und Kraus stand. Dazu war keine besondere Hellsicht nötig. Cannizzaros Ansicht deckte sich mit der aller anderen bildenden Künstler. Polzenius und Kraus waren Kitschiers und schlimmer: Geschäftemacher.

Eine Weile blieben beide still. Cannizzaro blickte auf die bewusste Zeichnung, dann auf Obwalter, wieder auf das Blatt. »Und das Papier?«, fragte er dann. Da wusste Obwalter, dass er gewonnen hatte.

»Das Papier ist nun gar kein Problem!« Er trat an einen Schrank und entnahm ihm ein großformatiges Buch. Dunkelbrauner Ledereinband. Er schlug es auf.

»Bitte: Das Hauptbuch der Obwalters, ihres Zeichens Textilhändler zu Feldkirch.« Cannizzaro trat näher. »Vorsatzblätter?«

»Genau. Und leere Seiten weiter hinten. Und, was das Wichtigste ist: Sechzehnhundertdreißig!« Ludwig Cannizzaro musste schlucken. Er strich mit den Handschuhfingern über das leere Blatt. Papier aus Lumpen, die Ränder bestoßen. Das Format stimmte in etwa. Keine Flecken.

»Man müsste es nicht einmal bleichen«, murmelte der Maler.

»Eben. Nur leimen natürlich.«

»Ich schätze, drei bis vier Mal …«

»Haben Sie das nötige Material dafür?« Cannizzaro nickte. »Was haben Sie sich bei der Tinte vorgestellt?«, fragte er.

»Das überlasse ich Ihnen. Tusche, Eisengallustinte, Bister, was immer Sie wollen. Nehmen Sie, was am meisten behagt, mit dem Sie am besten zurecht kommen. Es muss nur authentisch sein.«

***

»Hör zu«, sagte sie, »ich muss dich dringend sprechen, ich weiß nicht, wen ich sonst fragen soll, und nein, es ist nicht wegen Oswald, ich mach dir keine Vorwürfe!« Er erkannte sie sofort. Sie hatte ihren Namen nicht genannt. Sie ging davon aus, dass er wusste, wer sie war. Lukrezia Obwalter. Oft im Fernsehen in der Kulturberichterstattung. Sie schlug einen Spaziergang in der Nofler Au vor, er sagte zu, ohne nachzudenken. Im geistigen Normalzustand hätte er stutzig werden müssen. Was sollte dieser Treffpunkt in einem Natura 2000 Schutzgebiet? Man durfte nicht einmal mit dem Auto hineinfahren, es liefen Naturwächter herum, oder wie die hießen, und auch sonst ein Haufen Naturburschen und -mädel; Jogger, Wanderer, der Rest auf teuren Titanrädern. Es war klar, dass sie ihn nicht in die Obwalter'sche Villa einladen konnte. Aber das Treffen dann gleich kilometerweit in die Botanik zu verlegen, klang bizarr.

Der Schotterweg führte parallel zur Ill am Damm entlang. Er fuhr soweit man mit dem Auto fahren durfte, etwa fünfhundert Meter, stellte den Wagen an den Straßenrand und wartete. Sie kam in einem unauffälligen Kleinwagen, wahrscheinlich das Einkaufsauto der Hausangestellten, und parkte hundert Meter weiter. Er sah sie aussteigen und ohne zurück zu schauen in Richtung Illmündung gehen. Er folgte ihr in leichtem Laufschritt. Als er sie eingeholt hatte, bog sie in den Wald ab, blieb nach hundert Metern stehen. Dichtes Unterholz. Er atmete schwer, als er bei ihr ankam. Er war das Laufen nicht gewohnt, sie schon, natürlich. Frauen ihres Schlages treiben Sport und ernähren sich bewusst. Er versuchte, nicht allzu hörbar zu keuchen.

»Und? Ist das jetzt sicher genug?«, fragte er.

»Hoffentlich. Setz dich.« Er nahm auf dem moosigen Untergrund Platz, sie neben ihm. Sie trug Jeans, Laufschuhe, ein schwarzes Top und ein blaues Haarband. Sie sah gut aus. Tadelloses Make-up, makellose Haut, die, man wusste es, dank Botox und Chirurgie niemals durch ein Fältchen verunziert werden würde. Gleich stieg das alte Gefühl in ihm auf, eine merkwürdige Nähe. Sie waren in dieselbe Klasse gegangen, hatten sich aber voneinander ferngehalten wie zwei Tierarten, die wohl im selben Biotop vorkamen, die aber nichts verband. Weder war einer des anderen Beute noch konkurrierten sie um dieselben Nahrungsquellen. Sie lebten in der Schule, sie waren einander ein vertrauter

Anblick. Ein Abbild von damals. Lukrezia stammte aus reichem Haus. Das tat er nicht. Wenn ihr Blick zufällig auf ihn fiel, spürte er etwas wie leichte Verachtung. Aber das war vielleicht Einbildung.

»Was willst du?«, fragte er.

»Du musst mir helfen.«

»So? Muss ich?«

»Ich weiß nicht, wen ich sonst fragen soll.« Für Ironie hatte sie keine Antenne. »Ich hab lang darüber nachgedacht. Es gibt natürlich andere, aber denen kann ich nicht trauen, das sind alles Freunde von Oswald.«

»Aha. Die würden ihm verraten, was du vorhast.«

»Ja, sicher.«

»Willst du ihn umbringen?« Das brachte sie zum Lachen. »Umbringen, wieso denn? Wie kommst du da drauf?«

»Ganz einfach: Der Kontext. Du hast etwas vor, von dem dein Mann nichts wissen darf. Ich fang halt oben an und arbeite mich nach unten!«

»Wo oben …?«

»Mit den Möglichkeiten, mein ich. Es kann nur besser werden …« Ihrem Blick war anzusehen, dass sie nicht verstand. Sie waren wirklich nicht kompatibel.

»Vergiss es«, sagte er. »Also kein Mord. Was ist es dann?«

»Du sollst ihm etwas stehlen.«

»Was!?«

»Eine Kleinigkeit eigentlich, es ist sicher nichts …«

»Nein, ich meine … ich hab nicht gefragt, was ich stehlen soll, ich hab gefragt, ob ich richtig verstanden habe! Nicht

›was soll ich stehlen?‹, sondern: Was soll ich tun? Mit Betonung auf dem was. Verstehst du?« Nein, tat sie nicht. In ihren grauen Augen stand nur blanke Verwunderung. Er kannte diesen Blick von einem Nachhilfeschüler, dem einzigen, den er je gehabt hatte. Er sollte ihm Physik beibringen. Martin Fries hatte erkennen müssen, dass es ihm nicht gegeben war, anderen etwas beizubringen. Das Verständnis für Physik hatte bei seinem Schüler nicht zugenommen, nur bei ihm selbst der Wunsch, den Trottel totzuschlagen. Bevor es dazu kam, hatte er die Nachhilfe abgebrochen und sogar das Geld zurückgezahlt. Martin wusste, dass es an ihm selber lag. Besagter Schüler hatte bei jemand anderem Nachhilfe genommen, die Physikprüfung bestanden, maturiert und studiert. Nicht grade Physik, aber BWL, und einen guten Job bei einer Bank bekommen …

»Du bist seltsam, weißt du das?« Sie blickte ihn forschend an.

»Ja, kann sein.« Er seufzte. »Warum bestiehlst du deinen Mann nicht selber? Du bist doch näher dran.«

»Aber ich wäre doch die Hauptverdächtige, darum geht es ja! Deswegen brauch ich dich doch!« Er gab auf. »Also gut, was ist es?«

»Bilder. Ein paar kleine Bilder.«

»Ein paar kleine Bilder? Wie klein?« Sie deutete mit den Händen DIN A4-Format an, vielleicht etwas größer. »Fünf oder sechs.«

»Fünf oder sechs, aha.« Fast hätte er gesagt: Wenns weiter nichts ist! Was lief in seinem Kopf ab? Was tat er hier überhaupt? Er hatte das Gefühl, die Situation würde immer surrealer, sogar der Wald, der sie umgab. Er konnte ihr nicht entkommen.

»Was ist denn drauf auf den Bildern?«, fragte er.

»Landschaften, Porträts, das Übliche halt. Streng genommen sind es Rötelzeichnungen, keine Ölgemälde oder so …«

»Aha. Zeichnungen. Na dann …« Er hatte den Faden verloren. Ein paar Rötelzeichnungen, was immer das war, mit Landschaften, kein Problem für einen geübten Dieb wie ihn. War da noch was? Ach ja …

»Und wo sind die? In einem Museum?«

»Museum? Wie kommst du da drauf?«

»Weiß nicht, es klang so, vielleicht der Kontext. Sie sind doch wertvoll, diese Rötel, oder? Ich meine, üblicherweise sind Sachen, die man stiehlt, wertvoll …«

»In unserem Keller …«

»Wie bitte?«

»Die Zeichnungen – im Keller. Von unserem Haus.« Aus ihrem Blick sprach ein gewisser Zweifel, ob dieser Schulkollege vielleicht doch nicht der Richtige für den Plan war. Er schien nicht der Hellste zu sein.

»Wieso bewahrt ihr wertvolle Zeichnungen im Keller auf?«

»Wieso, wieso! Das ist doch egal …«

»Ich mein ja nur, die könnten doch Schaden leiden, Wassereinbruch oder so …«

»Wassereinbruch war noch nie, das Haus ist neu und war nicht billig …«

»Sind sie wenigstens versichert?«

»Was? Natürlich nicht, wo denkst du hin!«

»Ah ja … offen gestanden, fehlt mir ein bisschen Kontext …«

»Herrgott, überleg doch eine Sekunde!« Ihre Stimme wurde schrill, das kannte er von früher. Die Mittagspausen im Café Zanona in der Feldkircher Altstadt, als sie sich zu fünft oder sechst an einen Tisch gezwängt und die Zeit bis zum Nachmittagsunterricht totgeschlagen hatten. Mit Streiten um Kaisers Bart. Lukrezia konnte man leicht auf die Palme bringen, wenn man sich blöd stellte. Blöd konnte sie nicht leiden. Martin hatte nie verstanden und verstand noch immer nicht, wieso sie dann den Kameraden Obwalter geheiratet hatte, der mit vielen Eigenschaften glänzte, aber nicht mit herausragendem Intellekt.

»Nun?«, fragte sie.

»Bitte?«

»Verstehst du jetzt, warum die Dinger nicht versichert sind?«

»Trotz intensivem Nachdenkens bin ich nicht draufgekommen, verzeih mir.«

»Macht nichts, es ist eigentlich einfach.« Sie merkte nie, wenn sie auf den Arm genommen wurde, eine spezielle Art von Dummheit, von der er immer Abstand gehalten hatte, so attraktiv sie auch gewesen war. War sie immer noch …

»Eine Versicherung verlangt wahnwitzige Sicherheitssysteme, das kostet ein Vermögen, das kann sich ein Privater gar nicht leisten.«

»Dann tut es doch in einen Banksafe!«

»Es ist Kunst, Martin! Kunstwerke, verstehst du? Die will man ab und zu anschauen. Da renn ich nicht jedes Mal zur Bank. – Und ehe du dich weiter wunderst: Nein, in ein Museum geben wir die Bilder auch nicht. Wir hängen das nicht an die große Glocke, dass wir diese Bilder besitzen.«

»Verstehe. Weil Opa Obwalter sie vor ungefähr siebzig Jahren recht günstig von einem Vorbesitzer erwerben konnte – weil der das Geld zur Ausreise brauchte. Stimmt's?« Sie seufzte.

»Ja, so ungefähr …«

»Jetzt, wo immer mehr von Restitution und so die Rede ist, käme es gar nicht gut, wenn der bekannte Politiker Oswald Obwalter zugeben müsste…«

»Das kannst du dir sparen! Und von wegen Politiker: Das ist er nicht mehr. Daran bist du schuld!«

»Was?« Sie erklärte ihm ihre Sicht der Dinge. Der Roman, Martins schroffe Ablehnung, Oswalds Ausraster, der Skandal und alles Weitere. Er wollte protestieren, aber sie ließ sich nicht unterbrechen. Und sie hatte recht. In gewissem Sinne. Sie erzählte ihm von den finanziellen Eskapaden ihres Mannes, an denen – so gesehen – auch er, Martin Fries, schuld war. Er habe den armen Oswald aus dem Gleichgewicht gebracht, sagte sie; das sei bei jemand, der noch nie gestrauchelt war, geschweige denn gestürzt, sehr gefährlich. Wie überbehütete Kinder, die nie mit anderen spielen dürfen, nicht wissen, wie man hinfällt, und sich schwer verletzen, wenn sie endlich doch einmal fallen. Das war ein raffiniertes Argument, das er ihr nicht zugetraut hätte. Er verstand nun auch, wieso sie bei dem Plan auf ihn verfallen war. Ja, klar, auf wen sonst? Er war die Ursache all ihrer Leiden, er musste sie beheben.

»Ich soll also bei euch einbrechen und die Bilder klauen. Und dann …«

»Nein, nicht nur die Bilder! Das wäre zu auffällig, wenn sonst nichts fehlt. Die Bilder existieren ja gar nicht! Du stiehlst Bargeld, eine Standuhr, den neuen Fernseher. Solche Sachen halt. Ich mach dir eine Liste. Danach gibst du mir die Bilder, das andere Zeug lässt du verschwinden. Ich verkaufe, das Geld rettet unsere Existenz, und du hast ein gutes Werk getan und die Folgen deiner unbedachten Kritik … äh … korrigiert. Was sagst du?«

Dazu sagte er erst einmal gar nichts. Wie sie es darstellte, hörte sich alles logisch an. Wieso war er nicht selber draufgekommen? »Was sind denn das für Zeichnungen?«, fragte er, »ich meine, von wem?«

»Niederländer. Lobry de Bruyn, van Ekenstein.«

»Nie gehört …«

»Macht nix, ist nur für Spezialisten.«

»Wenn die aber so unbekannt sind … wie soll dann Geld reinkommen? Apropos Geld: von welchen Summen reden wir überhaupt?«

»Ich hoffe auf zwei Millionen …«

»Euro?«

»Nein, Piaster. Herrgott, natürlich Euro! Wenn ich die nicht kriege, sind wir ruiniert!«

»Soviel hat er verblasen?«

»Was denkst du denn? Du kennst ihn doch. Wenn er was in die Hand nimmt, dann richtig. Es geht dann auch gleich richtig schief.«

»Aber wie willst du das Zeug zu Geld machen? Sind solche Kunstwerke nicht alle registriert?«

»Bei so ... unklarer Herkunft eben nicht. Es gibt genug Sammler, die nicht fragen, woher es stammt, verstehst du? Echt muss es sein, das zählt. Und echt ist es, dafür hat man diskrete Gutachter ...«

»... die du kennst. Und Käufer vermutlich auch.«

»So ist es.«

»Na schön. Jetzt würde mich eines noch interessieren: Angenommen, dein Plan geht auf, du kannst die Dinger verkaufen – wie erklärst du die Herkunft des Geldes? Des Geldes, das ihn retten wird?«

»Das ist kein Problem. Wie du weißt, hab ich eine verzweigte französische Verwandtschaft.« Dunkel erinnerte er sich, wie sie in der Schule immer damit angegeben hatte. Lukrezia war eine geborene Grignard, die Grignards hatten angeblich Verbindungen zu den Bourbonen; auf Grund komplizierter Familienzerwürfnisse war ein Vorfahr vor Zeiten nach Österreich ausgewandert und hatte den französischen Namen in Feldkirch verwurzelt. Irgendwann im 19. Jahrhundert. Wenn man nicht aufpasste, erklärte einem Lukrezia die Hintergründe mit allen Details von geradezu exemplarischer Langeweile. Aktuell konnte sich Lukrezia auf den Fond eines Großonkels berufen, aus dem ihr Mittel zustünden ... keine wasserdichte Ausrede, aber einem geschenkten Gaul würde Oswald Obwalter ebenso wenig ins Maul schauen wie jeder andere, der dem Verhängnis gesellschaftlicher Vernichtung grad noch so eben entgangen ist. Martin war zufrieden mit der Erklärung. Blieb noch ein Punkt.

»Wieviel Jahre krieg ich, wenn sie mich erwischen?«, fragte er.

»Die erwischen dich nicht, wenn du dich an meinen Plan hältst! – Und falls doch, höchstens fünf, glaub ich.«

»Beruhigend. Hätt ich mir schlimmer vorgestellt.« Ihr Gesicht blieb unbewegt. Er gab es auf. Für Ironie war sie nicht empfänglich. Sie tat ihm leid. Er verstand nicht, wie sie auf diesen hirnrissigen Plan … nein, das war falsch: Er verstand es doch. Er musste nur ein bisschen darüber nachdenken. Dann schaltete sich das Schriftsteller-Gehirn ein – oder vielleicht nur das Schriftsteller-Modul, ein Teilhirn zur Erzeugung und Manipulation von Fiktionen. Das, was Leute, die keine haben, Fantasie nennen. Fantasie ist nötig, aber nie das Problem. Das Problem ist Konsistenz. Es muss alles Hand und Fuß haben, ineinandergreifen wie die Räder einer mechanischen Uhr, das war seine Auffassung von der Schriftstellerei. Und er war gut darin. Ihm fiel gleich eine Verbesserung ein. Ehe er darüber nachdachte, sprach er sie aus.

»Ich werde in eurem Haus nichts stehlen. Außer den Bildern natürlich. Das andere Zeug lass ich da. Ich mach es nur kaputt, den Fernseher, Geschirr und so was alles.«

»Warum?«

»Dann ist es nur Vandalismus, aber kein Diebstahl. Einbruch und Sachbeschädigung. Begangen aus einem Gefühl tiefer Wut und Verletzung heraus.«

»Oswald hat dich verletzt?«

»Ja, und wie! Durch seinen Angriff körperlich, viel schlimmer aber seelisch wegen des Skandals, verstehst du? Die Gerichtstermine, das Aufsehen, das öffentliche Interesse. Das hat mich aus der Bahn geworfen, eine Schreibblockade verursacht. Hab seit dem Vorfall nichts Vernünftiges mehr geschrieben. Folge: Finanzielle Probleme, weil ich einen Liefertermin beim Verlag nicht halten konnte. Ich stehe existenziell auf der Kippe. Dann, eines besonders trübsinnigen Abends mit viel Alkohol, beschließe ich, Oswald zur Rede zu stellen, fahr hin. Niemand zu Hause. Ich brech ein und verwüste die Wohnung. Von irgendwelchen Zeichnungen ist nicht die Rede, es gab kein finanzielles Interesse. Wenn mich jemand sieht, ist das die Geschichte, die herauskommt.«

Sie starrte ihn an. »Das ist wirklich bescheuert!«, sagte sie nach einer Weile. »Du kannst dir genauso gut ein Schild umhängen mit der Aufschrift ›Ich war's!‹ Nein, nein, das machen wir anders: Du nimmst alle Bilder mit, die an den Wänden hängen, durchwühlst die Schubladen und so weiter. Auf der Suche nach Bargeld.«

»Wieso krieg ich dann keinen vandalistischen Anfall und hau alles kurz und klein? Versteh ich nicht …«

»Weil du ein erfahrener Einbrecher bist. Ein Profi. Aus Serbien, Ungarn oder halt sonst wo aus der Ecke. Wahrscheinlich eh Zigeuner …«

»Zigeuner sagt man nicht mehr. Außerdem sind deine Zuweisungen ziemlich rassistisch!«

»Oh jemine! Was hab ich bloß gesagt?« Sie lachte. »Was hast du denn erwartet? Ich bin eine Bürgerliche, wie sie im Buche steht. Was denn sonst soll ich sagen?«

»Die Bilder: Warum stehle ich die Bilder?«

»Weil halt sonst nichts Gescheites da ist. Die Bilder kann man später irgendwie verhökern. Vielleicht was Wertvolles dabei. Der Gewohnheitseinbrecher kennt seine Klientel und rastet nicht aus, wenn die Beute anders ist als erhofft.«

»Du meinst, der Geiz einer gewissen Spielart der Bourgeoisie, ablesbar an der fast schäbigen Einrichtung, ist ihm nicht fremd?«

»Nicht, wenn er beruflich in Westösterreich unterwegs ist. Starker Einfluss eines gleichsam kryptoprotestantischen Arbeits- und Sparsamkeitsethos unter der offiziellen katholischen Decke.«

»Ich sehe, du hast dir das alles gut überlegt … was mach ich dann mit den Bildern?«

»Du zerschnippselst sie in kleine Stücke und lässt die verschwinden. Außer die Zeichnungen natürlich.«

»Ich hab noch nicht ›ja‹ gesagt!«

»Doch, hast du schon.« Sie hatte recht.

Später überlegte er, wie sie ihn überreden konnte. Nein, das konnte sie nicht. Weil sie ihn nicht überreden musste. Er hätte ihr immer geholfen, wenn sie ihn darum gebeten hätte. Schon in der vierten Klasse. Aber sie hatte ihn nicht gefragt. Jetzt, so viele Jahre später, erkannte Martin Fries, dass er ihr Vasall gewesen wäre, weil sie die Queen war, damals. Und heute war sie es noch, auch wenn sie Oswald Obwalter geheiratet hatte; was sollte man machen, gelebter Feudalismus halt … und jetzt war er ihr Vasall, keine Frage.

Als sie sich trennten, bestand ein ausgearbeiteter Plan zur Rettung des Hauses Obwalter.

3

Dr. Hermann Pictet ahnte Übles, als Herta Cannizzaro seine Galerie betrat. Er konnte dieses Üble an ihrem Gesicht ablesen. Herta war eine schmale, hochgewachsene Frau; mit schönen, gleichzeitig interessanten Zügen. Frauen dieses Schlages gehen – nein, schreiten oder wandeln lange Zeit alterslos durchs Leben. Jahrzehnte verändern sie nicht. Dann wandelt sich alles, gleichsam über Nacht, das Interessante gewinnt die Oberhand über das Schöne. An diesem Punkt stand Herta Cannizzaro.

Er kannte sie natürlich. Der Galerist kennt die Familie seiner Klienten und Klientinnen, jedenfalls in diesem Ländchen war das so, wo man alle künstlerisch Tätigen in einem kleinen Kinosaal unterbringen konnte – die künstlerisch Tätigen, die mit ihrer Kunst mehr als ein Jausenbrot verdienten. Herta war dem Dr. Pictet immer unsympathisch gewesen, er verstand nicht, was den Cannizzaro dazu veranlasst hatte, ausgerechnet diese Frau zu heiraten, Tochter eines Finanzbeamten. Kleinbürgertum. Kunstfern, um das Wenigste zu sagen. Andererseits: Wen sollte ein Maler denn sonst heiraten, hierzulande? Die vermögenden Kreise, die Fabrikanten und ihr Anhang schotteten sich ab, die blieben unter sich. Bei der Künstlerbande war es mit der Partnersuche so schwierig wie bei den Scharfrichtern im Mittelalter, die nur untereinander Familien gründen durften. Es gab einfach viel zu wenig davon. Blieb die breite, kleinbürgerliche Masse.

Bei Herta hatte er immer das Empfinden gehabt, sie verachte den Beruf ihres Mannes, seine Kollegen und überhaupt jeden, der mit der bildenden Kunst zu tun hatte; er vermutete, wegen des geringen Einkommens. Er traf sie natürlich auf Vernissagen – aber beim Small Talk machte sie ihm den Eindruck, als bemühe sie sich, abfällige Bemerkungen zu unterdrücken. Über die gehängten Bilder, die Künstler, ihre Frauen, die Galeristen, die Kritiker, über jeden Anwesenden. Und über ihren Mann. Pictet hatte von ihr nie eine Äußerung solcher Art gehört, aber wenn sie den Raum betrat, erfasste ihn üble Anspannung: Heute, jetzt und hier, konnte es sein, dass sie doch etwas sagte, etwas so Zersetzendes und Verletzendes, etwas so Vernichtendes, dass danach nichts mehr wäre wie zuvor, ihrer aller Selbstwert und Leben zu Schanden wäre. Weil – weil es nämlich wahr wäre, was sie sagen würde.

Er war jedes Mal froh, wenn sie ging.

»Ich muss mit dir reden«, sagte sie beim Eintreten ins Büro. Frances wuselte hinter ihr her. »Mit ihm«, sagte Herta, »nicht mit Ihnen, Miss Cope!« Sie machte der Assistentin die Tür vor der Nase zu. Pictet stand auf.

»Es ist jetzt grad nicht so günstig, Herta, ich hab eigentlich gleich einen Termin …«

»… eigentlich, so so! Ich will dir sagen, was du eigentlich gleich hast, du Depp! Massive Probleme, das hast du – eigentlich!«

»Herta, ich weiß wirklich nicht …«

»Wem hast du das Bild verkauft?«

»Welches Bild?«

»Stell dich nicht blöd, das steht dir nicht! Höchst 1b. An wen? Sag schon!«

»Du weißt doch genau, dass ich über meine Kunden Außenstehenden keine Angaben machen darf, ich denke, das sollte …«

»Wie bitte? Außenstehende? Ich bin eine Außenstehende?«

»Nun ja, genau betrachtet …«

Sie begann zu lachen. Das irritierte ihn mehr als ihre wütende Suada.

»Mir gehört das Bild, du Arschloch! Er hat es mir geschenkt!«

»Beglaubigt ist das aber nicht …«

»Ich geb dir gleich von wegen beglaubigt! Er hat es mir geschenkt. Vor langer Zeit, ja, aber geschenkt ist geschenkt! Und du hast das Bild ohne mein Wissen verkauft. Es gehört mir, ich will es wiederhaben.«

Jetzt wurde er wütend. Bei ihm dauerte das immer ein bisschen. »Glaubst du, ich bin blöd, oder was?! Ich verkauf doch kein Bild, von dem ich nicht weiß, wo es herkommt. Weißt du was? Du beschuldigst mich der Hehlerei! Das lass ich mir nicht gefallen, ich werde …« Er kam nicht mehr dazu, zu erläutern, was er tun werde, – vermutlich etwas mit »rechtlichen Konsequenzen« oder so – denn sie hatte ihm mit Wucht gegen das Schienbein getreten, in seinem Schrei erstickte die Gegenrede. Als er sich bückte, um mit beiden

Händen das malträtierte Schienbein zu umklammern, packte sie seinen Kopf und hob in einer spielerisch leichten Bewegung das rechte Knie. Es traf die Nase, ein Blutstrom spritzte auf den Schreibtisch, er brach zusammen.

»Du hast im guten Glauben gehandelt, Hermann, das glaub ich dir ja.« Ihre Stimme klang sanft. »Also, sag mir jetzt, an wen du das Bild verkauft hast, dann bereinige ich die Sache mit dem Käufer. Es ist ja nur ein Missverständnis, letzten Endes.«

»Oswald Obwalter«, wimmerte er.

»Ah, der Typ, der den Schreiberling verdroschen hat? War das nicht hier drin?« Die Vorstellung schien sie zu erheitern. Er antwortete nicht. Nach einer Weile sagte er: »Verschwinde, sonst ruf ich die Polizei.«

»Ja, sicher«, sagte sie, »die Polizei.« Sie ging zur Tür, öffnete. Frances Cope stand dahinter, sie musste den Tumult mitbekommen haben. Sie war weiß im Gesicht.

»Ihr Chef hat sich verletzt«, sagte Herta Cannizzaro, »holen Sie ein Tuch mit kaltem Wasser. Er ist wirklich ungeschickt, haut sich die Nase am eigenen Schreibtisch an! Ein Glück, dass er Galerist geworden ist und nicht Handwerker, meinen Sie nicht?« Miss Cope gab keine Antwort, es wurde auch keine erwartet. Herta verließ die Galerie, Frances eilte ihrem Chef zu Hilfe. Auf dem Schreibtisch glänzte eine Blutlache.

»Schließen Sie ab vorne«, befahl Pictet, »das hier braucht niemand zu sehen …« Frances sperrte die Eingangstür, Pictet wankte aufs Klo und suchte die Blutung mit einem Handtuch und kaltem Wasser zu stillen.

»Ich rufe die Polizei«, sagte sie.

»Das tun Sie nicht!«

»Warum? Sie hat doch …«

»… warum, warum? Weil ich es sage, verdammt nochmal!«

»Jetzt, wo sie weg ist, fluchen Sie, spielen … wie sagt man? … Den starken Mann! Warum nicht vorher?« Er richtete sich vom Waschbecken auf. »Sie sind doch intelligent, Miss Cope. Warum habe ich mich nicht verteidigt? Überlegen Sie also! Und wenn Sie fertig sind, dann behalten Sie die Ergebnisse Ihrer Überlegungen für sich, verstehen Sie das?« Sie nickte. Er setzte hinzu: »Die Galerie bleibt für heute geschlossen. Sperren Sie ab, wenn Sie gehen.« Er zog den Mantel an, drückte sich ein Papiertaschentuch an die Nase und verließ den Raum.

Frances Cope brauchte nicht lang nachzudenken. Wenn sich ihr Chef von Herta Cannizzaro so behandeln ließ, hatte sie ihn in der Hand. Herta wusste etwas, das bedeutend unangenehmer wäre als eine blutende Nase, wenn es bekannt würde. Erst recht, wenn es der Polizei bekannt würde. Bisher hatte sie im Geschäftsgebaren des Dr. Pictet nicht die geringste Unregelmäßigkeit festgestellt. Aber sie kannte nicht alle Aktivitäten ihres Chefs. Die Sache begann sie zu interessieren. Mit dieser Herta zu reden, hatte wohl keinen Zweck. Aber vielleicht mit ihrem Mann, dem Maler.

***

Martin Fries kannte Matthias Kolbe von der Schule her. Kolbe hatte Physik studiert und entwickelte in einem Vier-Mann-Unternehmen spezielle Schaltungen für die Industrie. Für welche Industrie, blieb dabei im Dunkeln, und Martin Fries fragte auch nicht nach. Ihn erheiterte die Vorstellung, Kolbes Elektronikbasteleien überwachten die Funktion gewisser Zentrifugen in abgelegenen Wüsten des Mittleren Ostens, wohin sie über fünf Ecken gelangt waren – warum nicht nützliche Apparätlein im sich selbst als »Ländle« miniaturisierenden, die eigene Harmlosigkeit beschwörenden Vorarlberg bestellen? Wenn man sie woanders nicht bekommen konnte, ohne unliebsames Aufsehen zu erregen? Mit dieser These stimmte überein, dass Matthias Kolbe schwerreich zu sein schien. Er residierte in einem villenartigen Neubau im Montafon in der Nähe von Vandans, das waren rund fünfzig Kilometer mit dem Auto, aber Martin Fries brauchte nicht dorthin zu fahren. Er schickte seinem Schulfreund Höchst 1b per Mail zu, vom Bildband des Malers abfotografiert.

»Sieht ein bisschen komisch aus«, sagte Matthias. »Willst du das etwa kaufen?«

»Ich will nur wissen, wo es ist. Der Maler behauptet, es ist reine Phantasie, ich hab da meine Zweifel ...«

»Ist nach einem Foto gemalt, glaub ich. In dem Fall wären die Häuser im Hintergrund auch echt.«

»Siehst du, genau das hab ich mir auch gedacht! Wenn man davon ausgeht, dass dieses ganze Ensemble existiert, dann könnte man doch …«

»… mit dem Computer und Google Earth herausfinden, wo es ist«, vollendete Kolbe den Satz. »Das ist kein Problem. Ich setz den Joe dran, der ist gut bei solchen Sachen. Wir suchen aus Datenbanken ein paar vernünftige Angaben zu Fensterbreiten, Traufhöhen und so weiter und lassen das Ganze vom Computer aufrichten, dann haben wir die Vogelperspektive mit dem Haus im Vordergrund und den anderen weiter hinten. Die bilden ein charakteristisches Muster. Das sucht der Computer dann auf Satellitenaufnahmen. Ganz einfach im Grunde. Brauchst du das für einen Roman?«

»Ja, natürlich. Ich schreib dich auch in die Danksagung.« Eine kurze Weile schwieg Matthias Kolbe. Dann sagte er: »Das tust du nicht.«

»Ja, klar, verstehe … trotzdem danke! Du meldest dich?«

»Morgen, spätestens übermorgen. Mach´s gut!« Matthias verstand es, eine Atmosphäre des Zwielichtigen und Illegalen um seine Firma wabern zu lassen. Martin Fries kam sich wie ein Verschwörer vor. Es konnte natürlich auch sein, dass Kolbe-Elektronik nichts Aufregenderes tat, als die Verkehrsampeln in Abu Dhabi zu schalten. Oder überhaupt nur die in Luzern. Das würde man nie wissen.

Matthias Kolbe meldete sich zwei Tage später.

»Ich hab's gefunden«, sagte er. »War nicht so einfach, wie ich dachte, ich musste da ein bisschen an den Schrauben drehen …«

»Was für Schrauben?« Die Frage war idiotisch, das wusste Martin Fries, als er sie ausgesprochen hatte. Aber er arbeitete an einer kniffligen Dialogstelle; wenn ihn das Telefon unterbrach, aus der Arbeit riss, bekam er zunächst nichts mit. Wer, was und warum überhaupt. Zum Beispiel wusste er nicht, wer der Anrufer war, und wovon der redete. Matthias Kolbe hatte die Unart, am Telefon nie seinen Namen zu nennen. Er ging davon aus, es müssten ihn alle kennen.

»Und?«, fragte Martin. Den anderen reden zu lassen war die richtige Strategie. Unterbrechungen beim Schreiben hatten bei ihm Auswirkungen wie ein psychischer Jetlag. Verwirrtheit, extrem schlechte Laune, sogar Wut. Vor allem, weil er nachher nur schwer wieder in seinen Text hineinkam.

»In Höchst hat das Programm nichts gefunden«, erzählte Matthias Kolbe. »Dieses Haus steht definitiv nicht in Höchst.«

»Aha …« Die Lage begann sich zu klären.

»Ich habe also die Suche auf andere Orte ausgedehnt.«

»Super.« Mit »Haus« konnte nur das gemalte gemeint sein, jetzt identifizierte er auch den Anrufer. Gleich ging es ihm besser.

»Das hat natürlich ein bisschen gedauert«, setzte Kolbe fort. »Ich meine, ich kann die Maschine nicht ununterbrochen nach deinem Haus suchen lassen, ich hab auch noch anderes …«

»… ich stehe in deiner Schuld«, sagte Martin, »tut mir leid, dass du dich da vergeblich bemühen musstest.«

»Wieso vergeblich? Brauchst du das Haus nicht mehr?«

»Doch! Aber du hast doch gesagt, du hast es nicht gefunden …«

»Das habe ich eben nicht gesagt! Du hörst auch nie richtig zu … gesagt habe ich, es steht nicht in Höchst.«

»Na eben!«

»Es steht in Gisingen.«

»Was?«

»Gisingen. Im Oberland. Gehört zu Feldkirch.«

»Ich weiß, wo Gisingen liegt! Wie kommst du denn auf Gisingen?«

»Sag einmal, trinkst du jetzt schon am Vormittag? Es bin doch nicht ich auf Gisingen gekommen! Das Programm, der Computer – die Maschine, die wo so schnell rechnen kann!« Er lachte. Martin lachte nicht. »Und wo in Gisingen?«, fragte er.

»Hildebrandstraße 8. Schau´s dir an. - Und ich hab´s gern getan. Du weißt, ich tue alles für die Kunst!« Er legte auf, bevor Martin sich bedanken konnte. Der letzte Satz war reine Frotzelei, Matthias Kolbe hielt nichts von Kunst, gleich welcher Art. Noch weniger von Künstlern. Schriftsteller, sofern sie »ordentliche Bücher« schrieben, fielen nicht unter das Verdikt, die betrachtete er als ehrliche Handwerker, wie er selbst einer war. Martin Fries als Krimiautor gehörte zu den »ordentlichen« Schreibern. Der ordentliche Schreiber Fries notierte sich die Adresse auf der Rückseite eines

Briefs vom Finanzamt, den er nicht geöffnet hatte, weil seine Stimmungslage das eben jetzt nicht zuließ. Dann sicherte er den Roman und suchte die Adresse auf einer Computerkarte von Feldkirch, verglich die Vogelperspektive der Satellitenaufnahme mit dem Bild des Hauses Höchst 1b. Die kurze Einfahrt davor, die Häuser im Hintergrund, der Flachbau hinten rechts, wahrscheinlich eine Garage – das konnte schon sein. An der Straße war nichts Besonderes. Eine typische, verhüttelte Vorarlberger Wohnzone, lauter kleine Häuser.

Er versuchte, auf der Computerkarte ähnliche Konstellationen zu finden. Es gelang ihm nicht, es strengte nur die Augen an. Er druckte einen Ausschnitt aus und machte sich auf den Weg. Hildebrandstraße 8, Gisingen. Soll sein. Er würde sich das ansehen. Gleich jetzt.

***

»Sie werden einsehen, dass ich darauf nicht ohne Weiteres eingehen kann.« Seine Stimme widerhallte in dem weitläufigen – ja, was war das, ein Wohnzimmer? – sie fühlte sich unwohl; der Raum vermittelte nicht den geringsten Anflug von Geborgenheit. Wie ein Bahnhof. Ein Architektenfurz, hätte ihr Vater gesagt.

Sie saßen an einer Sitzgruppe, den Glastisch dazwischen. Obwalter hatte beide Arme über die Lehne der Couch gebreitet. Er schien sich wohl zu fühlen. Warum, verstand sie nicht. Sie verstand überhaupt wenig von diesem Menschen. Das Haus, hatte er einleitend erwähnt, sei von einem berühmten Architektenduo entworfen worden – basierend auf Vorschlägen »meiner Wenigkeit, des Bauherrn«. Allein, sollte man verstehen, hätten die das nie so toll hingekriegt. Ohne die genialen Ideen »seiner Wenigkeit«. Nein, verrückt war er nicht, das verwarf sie nun. Er war nur eitel. In einem Ausmaß, dass sie bisher nicht gekannt und daher beim ersten Kennenlernen gar nicht als Eitelkeit identifiziert hatte. Es war aber die einfachste Erklärung für sein Verhalten.

Jetzt sah er über sie hinweg. Das war keine Missachtung, er war überhaupt freundlich, nicht herablassend und so weiter, nur eben eitel. Er blickte über sie hinweg auf das Bild. Es dominierte die Wand.

»Ich muss Sie ersuchen, liebe Frau Cannizzaro, auch meine Situation zu verstehen. Ich habe grade erst fünfzehntausend dafür ausgegeben …«

»Sie sollen es mir nicht schenken, Herr Doktor!«, unterbrach sie ihn. »Ich wollte doch nur …«

»… und da stellt sich mir doch die Frage«, setzte er fort, ohne auf die Unterbrechung einzugehen, »warum Sie diese Dinge nicht vorher mit Ihrem Mann besprochen haben! Ich meine, ich besitze dieses Gemälde jetzt grad eineinhalb Wochen und da kommen Sie daher und wollen es zurückhaben!«

»Zurückkaufen!«

Darauf ging er nicht ein. »Ich muss Ihnen leider sagen, dass Ihr Mann, der Schöpfer des Gemäldes, jedes Recht zur Veräußerung hatte! Rechtlich gesehen. Ich hoffe, Sie verstehen das.« Er schwieg. Jetzt hatte er zu einer so schönen Rede angesetzt mit Landtagsstimme und Landtagsrhetorik, aber er kam nicht weiter. Die Sache bot keine Möglichkeiten, rednerisch zu brillieren. Dazu war sie zu simpel. Er hatte das Bild rechtmäßig erworben, mehr gab es dazu nicht zu sagen.

»Ich möchte ja nur«, sagte sie, »dass Sie das Bild nicht an jemand anderen weiterverkaufen.«

»Aber Sie wollen es doch wiederhaben! Warum eigentlich?«

»Ich bin dort aufgewachsen.«

»Was? In diesem Haus?«

»Ja, es ist mein Elternhaus.« Sein Mund stand offen, er kam eine Sekunde zu spät darauf, dass es besser wäre, ihn zuzumachen.

Sie hatte es schon gesehen. Die schlichte Verblüffung über eine für unmöglich gehaltene Tatsache. Dass wirklich und wahrhaftig eine real existierende Person in so einer Scheußlichkeit gelebt hatte; in der Karikatur eines Vorarlberger Einfamilienhauses. Er war konsterniert.

»Ich dachte ... also, ich bin davon ausgegangen, es handelt sich um ein Kunstprodukt ... nein, verzeihen Sie, natürlich ist es ein Kunstprodukt, als Gemälde, meine ich ...«

»Sie haben gedacht, es ist fiktiv?«

»Ja, fiktiv, der Fantasie des Künstlers entsprungen, genau!«

»Glauben Sie mir, Herr Doktor Obwalter, so etwas kann man sich gar nicht ausdenken. Es ist real, und es steht noch. Er hat es nach einem Foto gemalt.«

Er räusperte sich. Die Sache nahm eine unangenehme Wendung. Irgendein verkorkstes Psychozeugs. Er hätte sie gleich rausschmeißen sollen. Da hing ihm noch der joviale Politiker nach, der er nicht mehr war. Nur Politiker und Sozialarbeiter reden mit Wirrköpfen. Er seufzte.

»Warum sind die Rollos unten?«, fragte er.

»Weil sie immer unten waren. Keine Angst, hat keine symbolische Bedeutung.«

»Wie meinen ...?«

Sie holte tief Luft. »Die Fenster deuten nicht an, dass sich dahinter entsetzliche Dinge abgespielt haben! Und kommen Sie mir jetzt nicht damit, daran hätten Sie nie gedacht! Natürlich haben Sie das. Jeder denkt daran, wenn er das Bild sieht. Was spielt sich wohl hinter diesen Rollos ab? Muss ja einen Grund haben, dass die unten sind! Um die Sache abzukürzen: Nein, mein Vater hat uns nicht verprügelt. Und nicht missbraucht! Unter dem Haus befindet sich auch kein geheimer Keller, in dem in Blutschande gezeugter Nachwuchs versteckt gehalten wird! – Die Rollläden sind unten, damit die Sonne nicht die Tapeten ausbleicht.«

»Frau Cannizzaro, ich wollte nicht andeuten …«

»Ach, sparen Sie sich das! Ich mache Ihnen auch keinen Vorwurf. Die Faszination eines Bildes beruht ja auf den Gedanken, die es erzeugt, oder nicht?«

»Da haben Sie sicher recht. Ich verstehe nur immer noch nicht, warum Sie das Bild zurück haben wollen – ich meine, wo das Haus selber doch noch da ist.«

»Ja, ist es. Ich kann nur nicht dorthin. Es wurde verkauft, verstehen Sie, ich würde es nicht ertragen …«

Er starrte über ihren Kopf hinweg auf das Bild und sagte nichts.

»Es ist … kompliziert«, setzte sie fort. »Ich bin von zu Hause fort. Im Unfrieden. Und nie zurückgekehrt. Wir hatten keinen Kontakt. Dann ist mein Vater plötzlich gestorben, mit siebenundfünfzig. Herzinfarkt.«

»Und Ihre Frau Mutter?«

»Die ist viel früher gestorben, ich war siebzehn, meine Schwester zwölf. Das linke Fenster war ihr Nähzimmer – das von der Mama, nicht von der Schwester.«

Na schön. Er war auf sicherem Boden. Das übliche Vorarlberger Elend, Mutter früh gestorben, an Krebs wahrscheinlich, verbitterter Vater, dessen Energie und Lebenskraft dabei draufgegangen ist, ein viel zu großes, hässliches

Haus zu bauen. Wodurch keine Energie für eine Familie übrig blieb. Oder einen familienähnlichen Zustand. Er kannte solche Geschichten. Die Einzelheiten variieren, aber ein Haus spielt immer eine Rolle.

»Lassen Sie mich raten: Ihr Zerwürfnis mit dem Vater hing mir Ihrer Berufswahl zusammen?«

»Nein.«

»Dann mit der Wahl des Lebenspartners?«

»Mein Vater war dagegen, dass ich Cannizzaro heirate, absolut dagegen. Ein Künstler, Sie können sich ja vorstellen …«

»… ja, kann ich.«

»Mein Vater war beim Finanzamt, ich hätte auch …«

»… zum Staat gehen sollen, wegen der Sicherheit, ich verstehe. Das haben Sie aber nicht getan. Sondern den Meister Ludwig geheiratet.«

Sie blickte ihn an. Kein ironisches Lächeln; er meinte das ernst mit dem »Meister Ludwig«.

»Ich habe gedacht, er hat es für mich gemalt. Ich hatte ja sonst nichts mehr. Von früher. Nur das Bild mit dem Haus. Und dann verkauft er es …«

»Er hat, glaube ich, das Geld gebraucht, ziemlich dringend …«

»Wieso? Davon hat er nichts gesagt.«

»Es geht, glaube ich, um einen Nachschuss bei einer Transaktion …«

»Ich verstehe nicht …«

»Nun, er hat wohl ein wenig Geld in ein Papier investiert, das sich dann nicht so wie erwartet entwickelt hat. Bei bestimmten Investments muss man dann nachschießen, also Geld, verstehen Sie, daher der Ausdruck …«

»Also gutes Geld dem schlechten hinterherwerfen! Bei einer Fehlspekulation, das ist es doch, das wollen Sie doch damit sagen!«

»Ihre Wortwahl, Frau Cannizzaro, ist ein wenig hart … aber im Prinzip haben Sie recht. Es war wohl eine Fehlspekulation. Sie sollten darüber aber mit Ihrem Mann reden, nicht mit mir. Sie sollten, wenn ich einen Rat geben darf, überhaupt mehr miteinander reden, dann könnten solche Missverständnisse vermieden werden.« Er verstummte. Nach einer Weile sagte sie: »Was hat er denn sonst noch erzählt, wovon ich nichts weiß?«

Oswald Obwalter beeilte sich, Positives zu berichten. »Er wollte Sie überraschen, glaube ich. Mit dieser Investition. Als zusätzliche Einnahme. Für einen Urlaub oder so …« Das Letzte war frei erfunden, Oswald konnte sich an die Intentionen des Malers nicht mehr erinnern. Wofür die Leute Geld brauchten, interessierte ihn nicht. Menschen, die Geld für etwas brauchten, hatten sowieso die falsche Einstellung dazu. Geld musste vermehrt werden, nicht ausgegeben. Das war die Bestimmung des Geldes, der ihm innewohnende Daseinszweck, nicht der Tausch gegen Konsum irgendwelcher Art. Aber das konnte er nicht der Frau Cannizzaro erklären, deren Gatte sich auf Dinge eingelassen hatte, von denen er nichts verstand.

»In Anbetracht der biographischen Umstände und des ideellen Wertes bin ich bereit«, sagte er dann, »Ihnen das Bild zu verkaufen. Und ich verlange nicht einmal mehr dafür, als ich selbst bezahlt habe! Für die künstlerische Reputation ihres Gatten ist das natürlich nicht so gut!« Er lachte über den Einfall. »Ich meine, bei jedem Weiterverkauf sollte der Preis doch steigen, oder?« Kein Lächeln umspielte ihre Züge, nicht der Hauch eines Lächelns. Sie stand auf.

»Also gut. Ich treibe das Geld irgendwie auf. Ich melde mich dann.«

»Fünfzehntausend …«

Darauf sagte sie nichts mehr, sondern wandte sich ohne Gruß zum Gehen. Auch ihm fiel nichts mehr ein. Kurz darauf hörte er die Haustür ins Schloss fallen. Er schaltete den Monitor der Türkamera ein. Ihre schmale Gestalt erschien am unteren Bildrand, bewegte sich nach oben, auf das Tor zu. Sie schritt hindurch und verschwand nach links hinter den Büschen, die an der Umfassungsmauer wuchsen.

Sie hatte sich nicht umgedreht.

***

Gisingen ist ein Ortsteil von Feldkirch, vom Stadtkern durch eine Hügelkette abgesondert grenzt es an den Alpenrhein und die Ill, die hier in den Rhein mündet. Der Ort wird schon im sechsten Jahrhundert als »Gisingasca« urkundlich erwähnt, war aber bis zur Industrialisierung nichts anderes als ein Dorf und hat, wie Martin Fries von der Homepage der Stadt Feldkirch erfuhr, in vierzehnhundert Jahren keine bedeutende Persönlichkeit hervorgebracht. Das stand zwar dort nicht wörtlich so, konnte aber aus den Angaben erschlossen werden, wenn man eins und eins zusammenzählte. Das ärgerte ihn, immer mehr, je länger er darüber nachdachte. Das hatten die Gisinger nicht verdient. Welches andere beliebige Dorf in Vorarlberg hat denn berühmte Künstler hervorgebracht? In Feldkirchs Geschichte drängeln sich natürlich die Humanisten wie auf einem Jahrmarkt. In Gisingen dagegen: dreizehnhundert Jahre Leibeigene, dann hundert Jahre Fabrikarbeiter, in den letzten Jahrzehnten alles Mögliche.

Martin Fries wohnte in Göfis, einer Gemeinde in der Nähe von Feldkirch, aber auf der anderen Seite, mancher wird sich fragen, wieso ihm das bewusste Haus im Nachbarort nie aufgefallen ist. Es ist schon wahr; der einzige Grund, Gisingen aufzusuchen, war immer schon das »Waldbad«

gewesen, eine großzügig dimensionierte Freibadanlage, wo die Freischwimmerabzeichen erworben und die ersten Kontakte zum anderen Geschlecht angebahnt wurden, ein psychohistorisch aufgeladener Ort. Sonst, das musste man zugeben, war an Gisingen nicht viel dran.

Er fand die Hildebrandstraße auch ohne Navi. Er kannte die Gegend. Hier war er immer durchgefahren. Mit dem Fahrrad, auf dem Weg ins Schwimmbad. Später Vormittag. Auf der Hildebrandstraße war nicht viel los. Er stellte das Auto hundert Meter weiter ab und lief zurück. Das Haus sah anders aus als auf dem Bild. Die Läden waren offen, auch die eine Garagentür, die rechte. Ohne die heruntergelassenen Rollläden sah das Haus normal aus. Nicht schön, aber auch nicht bedrohlich. Nicht einmal geheimnisvoll. Man musste genau hinschauen, um das Besondere zu bemerken. Denn es war ohne Zweifel doch da, das Besondere. Die Zufahrt zum Beispiel. Nicht gepflastert wie bei Nachbarhäusern (bei allen, wie er später feststellte), sondern mit rötlichem Split bedeckt, den Martin Fries noch nirgends zuvor gesehen hatte; von genau dem Farbton wie auf Cannizzaros Gemälde, ein Changieren zwischen Bleigrau und schmutzigem Rot mit hellen Spritzern, wo die Sonne auf Kristallflächen traf. Er ging die Einfahrt entlang. Die offene Garage stand leer. Nicht nur kein Auto, sondern auch nichts Autoassoziiertes. Keine Reifen, keine Behälter mit Putzmitteln. Und hinten keine Tür. Martin Fries wandte sich nach rechts, wo auf dem Bild der Anfang eines Wegs zu erkennen war, der wohl zum Eingang führte. Er bog um die Ecke und betrat Gelände, das auf dem Bild nicht dargestellt war. Von dieser Seite sah das Haus einladender aus, nicht so hässlich. Er unterdrückte den Impuls, das Gesicht an die Scheibe der Haustür zu drücken, das Seitenlicht mit den Händen abzuschirmen. Es war ohnehin verrückt genug, was er tat. Er hatte sich nicht überlegt, was er tun sollte, wenn das Haus gefunden war. Er hatte daran keinen Gedanken gewendet, keinen einzigen. Seit er das Haus gesehen hatte, lief er wie auf Autopilot. Das Anhalten, Aussteigen, Zurücklaufen – alles ohne Überlegung und ohne Hast, ohne Emotion. Er war ganz ruhig. Er wollte wissen, wer da wohnte, wie es in dem Haus aussah. Das würde er jetzt herausfinden. Die Eingangstür aus einem hellen Holz. Wahrscheinlich Eiche. Sah massiv aus. Die Türen hiesiger Häuser, das war ihm oft aufgefallen, schienen haltbarer als die Gebäude selbst. In der Mitte ein längliches Fenster aus Wellglas, gelb getönt. Gelb wie Pisse. Davor ein Gitter aus gedrehten Eisenstreben. Das war nichts Besonderes. Solche Türen verschlossen die Vorarlberger Eigenheime zu Hunderten. Dieses Gelb im Glas. Warum, um alles in der Welt, gelb? Warum nicht blau oder rosa? Oder grün, wie früher die Bierflaschen? Darüber dachte er nach, als er den Klingelknopf drückte. Das Geräusch erinnerte ihn an den Physikunterricht. Der Klingeltransformator. Wie der funktionierte, wusste er nicht mehr, er hatte sich nur das Wort gemerkt. Er hatte sich gewundert, dass man einen eigenen Transformator nur für Klingeln erfunden hatte, nur, um diesen schrillen Ton zu erzeugen. Oder war das ganz anders? Hieß der Transformator vielleicht nur wegen des häufigsten Einsatzzweckes so, eben in Klingeln, und war in Wahrheit für andere, aber schwer vermittelbare oder auch nur vorstellbare Zwecke entwickelt worden? Und war überhaupt der Transformator verantwortlich dafür, dass der Klöppel in rasendem Stakkato viele Male pro Sekunde auf die Glocke eindrosch und diesen Kasernenton erzeugte, den fünf-Uhr-dreißig-Weckton, den Atomkriegsalarmton? Darüber dachte er nach, als er vor dem Haus in der Hildebrandstraße wartete, dass jemand kam. Darüber, was er sagen sollte, wenn jemand kam, hatte er nicht nachgedacht, nicht eine Sekunde. Es hätte auch nichts genützt. Kein tagelanges Studieren hätte ihn mit einer adäquaten Formulierung belohnt. Was man sagt, wenn einem jemand eine Tür aufmacht, hängt von dem Jemand ab. Martin Fries sagte nichts. Er schaute nur.

Denn die Tür öffnete Gundula Hofmann.

Sie war natürlich älter. Aber keine dreißig Jahre. Höchstens dreizehn. Oder drei. Er versuchte nachzurechnen, wie lang ihre letzte Begegnung her war. Es gelang nicht. In Anbetracht der Unerfreulichkeit dieser Begegnung war das chronologische auch nicht das vordringendste Problem. Er stand nach dreißig oder zweiunddreißig(?) Jahren vor ihrer Tür und hatte noch nicht erklärt, wie es dazu gekommen war. Genau genommen hatte er überhaupt noch nichts gesagt, keinen Ton.

Sie lächelte ihn an. »Martin? Du bist doch Martin Fries, oder? Natürlich bist du´s! Komm rein!« Sie machte die Tür weit auf, ließ ihn eintreten. Er war froh, so musste er erst einmal nichts reden. Er spürte, wie ihm der Schweiß ausbrach. Gleich fang ich an zu hyperventilieren, dachte er. Peinlich. Das muss der Schock sein. Das ist diese Sache, wenn die Leute in einen Plastikbeutel atmen, damit sie nicht zu viel Sauerstoff abkriegen oder so ähnlich. Pubertierende Mädchen bei einem Rockkonzert … er stützte sich an der Tür ab. Sie schaute ihn an und war besorgt. »Was hast du denn? Komm weiter ins Wohnzimmer, setz dich.« Er ließ sich auf die Couch fallen.

»Du bist ja ganz blass!«, sagte sie. Dann machte sie ihm den obersten Hemdknopf auf. SIE MACHTE IHM DEN OBERSTEN KNOPF AUF, EINFACH SO! Das war Gundula Hofmann. Gundula fackelte nicht lang. Das Begehren erfasste ihn wie ein Stromschlag. Dreißig Jahre. Oder zweiunddreißig, es spielte keine Rolle. Weg, verschwunden, nie gewesen. Und sie sah natürlich nicht älter aus, nicht einen Tag. Sie sah genauso aus wie gestern. Als sie ihn verlassen hatte. Na ja, verlassen … sie hatte ihm den Laufpass gegeben. Wegen eines anderen. Wie hieß er noch? Es fiel ihm nicht ein. So ein Großer, Gutaussehender. Möge seine verrottete Seele in der Hölle schmoren auf ewig …

Sie kam mit einem Glas Wasser aus der Küche. Er trank in langen Zügen. Er musste aus dieser Erste-Liebe-Nummer raus, jetzt gleich, unverzüglich; das war nicht auszuhalten, wie er sich aufführte. Sie hatte es bemerkt, sicher hatte sie es bemerkt, er konnte ihr gleichsam beim Denken zusehen; dieser Blick voller Mitleid mit dem Loser, genau jetzt dankte sie der Vorsehung oder ihrem früheren Ich, dass sie sich getrennt hatte. Damals, von diesem exaltierten Typ …

Er räusperte sich. Er war nicht sicher, ob er einen graden Satz herausbrächte, ob er überhaupt reden konnte.

In seinen Beinen steckten keine Muskeln und Sehnen, geschweige denn Knochen, sondern eine Art Mehlpampe. Darauf konnte er nicht stehen, er würde umfallen, wenn sie ihn aufforderte zu gehen. Aber das schien sie nicht vorzuhaben.

»Was führt dich zu mir?«, fragte sie.

»Nichts …« Er krächzte, schluckte und trank aus dem Glas, das er umklammert hielt.

»Nichts? Aber du hast doch geläutet, ich meine …«

»Ein Missverständnis, entschuldige. Ich hab nicht gewusst, dass du hier wohnst …«

In ihren Zügen stand Enttäuschung. Enttäuschung? Aber ja doch! Eine Spur nur, aber eindeutig Enttäuschung! Martin atmete tief durch.

»Zu wem wolltest du denn?«, fragte sie.

»Zu wem? Ach … zu niemandem. Zu niemand speziell… Ich wollte einfach wissen, wer hier wohnt.« Sie musterte ihn. Voll Interesse. Ja, Interesse! Was sollte es denn sonst sein, verdammt noch eins! Mitleid war es nicht. Beim Erkennen von Mitleid in Frauengesichtern war er Fachmann. Nach einer Weile sagte sie: »Machst du das öfter?«

»Was?«

»Bei Häusern läuten, um zu sehen, wer da wohnt?«

»Nein, wie kommst du … das ist ein besonderer Fall. Ich recherchiere nämlich …«

»… für ein Buch?«, unterbrach sie ihn.

»Ja, das ist … korrekt. Ich schreibe hin und wieder, ich bin Schriftsteller …«

»Meine Güte! Das weiß ich doch. Ich habe deine Bücher gelesen. Alle, glaub ich.«

»Du … hast … bitte, du hast was?«

»Deine Bücher gelesen. Natürlich.«

Darauf fiel ihm nichts mehr ein. »Möchtest du was trinken?« Wieso fragte sie, er trank doch schon, sie hatte ihm doch eben ein Glas Wasser … ach so.

»Gern«, sagte er mit krächzender Stimme. Sie erhob sich und kehrte mit einer Flasche Wein und zwei Gläsern zurück. Zweigelt. Sie schenkte ein, sie stießen an. Sie hatte sich in den Sessel schräg gegenüber gesetzt und blickte ihn an. Voll Erwartung? Ja, eigentlich schon, so konnte man es deuten … jetzt müsste er etwas machen, etwas Bestimmtes. Einen Heiratsantrag? Käme das nicht ein bisschen früh? Andererseits. Sie hatten dreißig Jahre (oder zweiunddreißig) gewartet, da sollte man keine Zeit mehr vertrödeln … er spürte, wie er sich nicht etwa allmählich, sondern mit entschiedenen Schritten in einen kompletten Idioten verwandelte. Wie unter dem Einfluss einer starken Droge, die aufs limbische System wirkt und den corpus callosum, oder wie der heißt, zusammenhaut. Irreversible Schäden. Gleich würde er etwas Unverzeihliches von sich geben oder überhaupt anfangen zu sabbern.

»Das Buch«, unterbrach sie seine panischen Gedanken, »du recherchierst für ein Buch, hast du gesagt. Um was geht´s da? Wieso ausgerechnet dieses Haus, erzähl schon, ich berste vor Neugier!« Sie lächelte. Dieses breite Lächeln, das ihr Gesicht beherrschte, die Augen klein und verschmitzt werden, sein Herz jagen ließ; ihr Lächeln, das ihn wehrlos machte und ein großes Staunen über ihn brachte, Staunen über ein Weltwunder. Er wurde ruhiger, nahm einen Schluck Wein und begann zu erzählen. Das konnte er gut, das war sicherer Boden. Manche, die ihn gut kannten, behaupteten, seine Erzählungen über das, was er schrieb, seien besser als die geschriebene Fassung, eine subtile Bosheit natürlich, die ihnen der Neid diktierte.

Er erzählte von dem Bild in der Galerie, der Begegnung mit Oswald Obwalter, dem Skandal, seinen Versuchen, den Standort des Hauses ausfindig zu machen, den Lügen des Malers Cannizzaro, kam dann, als das Thema des aktuellen Projektes erschöpft war, auf sein letztes Buch zu sprechen, dessen Fortführung das jetzige sei – eine glatte Lüge, aber was tut ein Schreiber nicht alles für einen eleganten Anschluss. Oder einen nicht eleganten. Irgendeinen Anschluss. Da hakte sie ein, erzählte von ihrer Lektüre seiner Bücher, die sie alle gelesen hatte vom ersten weg, das vor über zwanzig Jahren erschienen war; seine Bücher gefielen ihr, nicht alle gleich, aber alle so, dass sie sie empfahl und verschenkte. Sie sprach kenntnisreich darüber, wie eine Leserin, nicht wie eine Germanistin, die sie ja war. Das heißt, er nahm an, dass sie ihr Studium beendet hatte, wissen tat er es nicht, er hatte drei Jahrzehnte keinen Kontakt zu ihr gehabt, nicht gewusst, wo sie lebte, ob sie überhaupt noch lebte. Gedacht hatte er an sie, nicht oft, aber regelmäßig, und wegen der bitteren

Erinnerungen, die diese Gedanken mit sich brachten, immer darauf verzichtet, Nachforschungen anzustellen.

Und jetzt wusste er, dass sie lebte und ihn bezauberte, wie ehedem, aber über die konkreten Umstände ihres Lebens wusste er nichts, nach wie vor, weil nun schon zwanzig Minuten nur von ihm die Rede gewesen war und nicht von ihr. Und das war gut so. Denn wenn die Rede auf sie käme, würde er nicht schätzen, was er zu hören bekäme. Dass sie verheiratet war. Frauen wie Gundula Hofmann waren immer verheiratet, es gab sie nicht solo, weil normale Männer mit durchschnittlich entwickeltem Wirklichkeitssinn, wenn eine vom Schlage Gundula ihnen ihre Gunst schenkte, sie bei der ersten Gelegenheit aufs Standesamt schleppten, bevor sie es sich anders überlegte. Denn sie wussten, dass sie als Mann, Mensch und Lebewesen eine solche Frau nicht verdient hatten und sich, sie mochten anstellen, was sie wollten, auch nicht verdienen konnten. Nie und nimmer, nicht auf dieser Welt. Das galt für normale, gewöhnliche Männer. Solche, die immer schon ein Eck abgehabt hatten, Missbildungen der Natur, die man früher in ein fürstliches Kuriositätenkabinett gesteckt hätte, solche wie ein gewisser Martin Fries (um beim Naheliegenden zu bleiben), solche vermasselten ihre Chance, verloren ihr Glück und fanden es nie wieder. Er holte tief Luft. Besser, das Pflaster mit einem Ruck abzureißen, als es selbstquälerisch herunter zu fummeln.

»Du bist verheiratet?«, fragte er.

»Geschieden. Seit zwei Jahren.« Ihr Gesicht verschloss sich. Wunder Punkt, alles klar, das heißt, es war nichts klar, er hatte keine Ahnung von ihrem früheren Leben; dies aber konnte er sagen: Ihre Antwort war besser als etwa die: »Ja, glücklich seit zwanzig Jahren! Mit Kai-Uwe. Er ist im Vorstand einer Bank. Wir haben zwei Kinder, Paul-Hermann studiert Quantenphysik, Henriette arbeitet bei der EU in Brüssel …« So eine Antwort hätte ja auch kommen können. In diesem Fall erzählte man aus reiner Höflichkeit noch ein paar Anekdoten von »damals«, und wenn man keine wusste, erfand man sie und verabschiedete sich nach dem Austausch der Telefonnummern, die man niemals benutzen würde. Am traurigsten war, dass das beide jetzt schon wussten. Dass sie nie anrufen und sich nie wiedersehen würden. Aber das mit Kai-Uwe hatte sie nicht gesagt. Gesagt hatte sie, dass sie geschieden war. Kai-Uwe existierte zwar, aber er hieß mit hoher Wahrscheinlichkeit nicht Kai-Uwe und war nicht im Vorstand einer Bank, auch keiner nur regional bedeutsamen. Eines konnte man über ihn allerdings sagen, dass er ein komplettes Arschloch war, denn wer, wenn er das nicht war, ein komplettes Arschloch nämlich, ließe sich von einer Frau wie Gundula scheiden? Am besten wäre ein Alkoholiker. Weil: Ein Alkoholiker kann nichts dafür, wegen Krankheit, das heißt, irgendwie kann er doch etwas dafür, aber nicht mehr so schlimm wie früher … das würde mich, Martin Fries, auch der Pflicht entheben, dem Schweinepriester im Dunkeln aufzulauern und ihm mit einer Rohrzange den verfluchten Schädel einzuschlagen. Warum? Weil er Gundula ein Leids getan hatte … Ich muss aufhören, schoss es ihm durch den Kopf, das ist krank, ich kenn den Mann doch gar nicht.

Hören wir doch erst, welche Verbrechen er begangen hat, dann lasset uns ein Urteil fällen, ein strenges, aber gerechtes.

»Er ist Alkoholiker, weißt du …« Er sog die Luft ein.

»Er trinkt?«

»Ja, seit Jahren. Es ging einfach nicht mehr. Er hat es eingesehen, Gott sei Dank, es war dann einvernehmlich.« Martin Fries atmete tief durch. »Tut mir leid, das zu hören … ich meine, dass du so viel durchmachen musstest, nicht das mit der Scheidung …« Was red ich da? Er spürte, wie er die Kontrolle über das, was er vor sich gab, verlor. »Durchmachen musstest«: Sie hatte keinen Ton gesagt von »durchmachen«. Und die Verwendung der zweiten Person Imperfekt hatte hohen Geschwollenheitsfaktor; es klang hohl. Es klang deshalb hohl, weil es grundverlogen war. Ihm tat gar nichts leid, er hätte jubeln mögen – aber das wäre in diesem Stadium der erneuerten Bekanntschaft nicht so gut angekommen. Der Exmann als Alkoholiker war nicht so prickelnd, wurde es aber durch die Beifügung einvernehmlich. Alkoholiker gab es ja ganz verschiedene. Einer, der sich einvernehmlich hat scheiden lassen, würde nicht axtschwingend aus den dunkelnden Vorortgärten auftauchen und dabei brüllen: »Sie gehört mir, sie gehört mir!« Sondern das Bundesland wechseln, seine Säuferkarriere verfolgen, alle restlichen Probleme mit Alkohol lösen – Frau weg, Job weg, sozialer Druck weg – und sich dem finalen Absturz entgegentrinken. In Graz zum Beispiel. Die Steirer kamen dazu nach Vorarlberg. Martin kannte solche Fälle aus Recherchen in dem Milieu.

»Trinkt er noch?«, fragte er, um das Schweigen zu brechen, das sich ausgebreitet hatte und zu lasten begann.

»Ich weiß nicht, ich hab seit einem Jahr nichts mehr von ihm gehört ...« Sie schwieg. Sie hätte jetzt erzählen müssen. Keine angenehmen Geschichten, natürlich, auch nicht angenehm zum Zuhören, aber richtig gewesen wäre es doch. Das Schwere gleich am Anfang: Alles raus, alles auf den Tisch. Schon, weil die Chance bestand, dass sie in Tränen ausbrechen würde, er sie trösten und eins zum anderen käme ... Er riss sich zusammen. Er durfte jetzt nicht durch Abgleiten in Hirngespinste die Kontrolle über die Situation verlieren. Die Situation erforderte hellwaches Agieren.

»Und du? Bist du verheiratet?«, fragte sie.

»Geschieden, schon ein paar Jahre.«

»Warum?« Ja, das war seine Gundula. Kein Drumherum, kein Gelaber, gleich auf den Punkt. Sie hatte, daran erinnerte er sich jetzt, schon damals Probleme mit der Distanz gehabt – also nicht bei ihm, er hatte ihre erfrischende Direktheit immer bewundert, aber mit anderen. Mit den anderen in der Schule.

»Ich weiß es nicht«, sagte er. »Ich weiß es wirklich nicht! Sie hat gesagt, ich bin dissozial ...«

Gundula lachte auf, es klang wie eine Explosion. »Du? Du bist dissozial? Entschuldige, aber das ist ... nein, ich will nichts dazu sagen, nur so viel: Deine Exfrau hat sich geirrt. Du warst immer einer der sozialsten Menschen, die ich kenne!«

»Was? Sagst du das jetzt bloß so, oder ...«

Es folgten Erklärungen von ihrer Seite; über Ereignisse, von wegen, was er in der Schule alles für soziale Aktionen gesetzt hatte. An keine einzige konnte er sich erinnern. Nach ihrer Darstellung hätte es die Hälfte der Klasse ohne seine Unterstützung, Nachhilfe und so weiter, gar nicht zur Matura geschafft; er sei, sagte sie, wirklich ein feiner Kerl gewesen. An dieser Stelle hätte man die Frage stellen können, wieso sie ihn dann, wenn er ein so feiner Kerl gewesen war, verdammt noch eins, hatte sitzen lassen? Aber Martin Fries konnte das Naheliegende für sich behalten. Die diskussionswürdigen Aspekte ihres damaligen Verhaltens brauchten nicht heute Abend erörtert zu werden, da sich ihr heutiges Verhältnis einer kritischen Phase näherte – und, kaum war ihm das klar geworden, sogleich in diese neue Phase eintrat, weil sie ihn zum Abendessen einlud. Damit hatte er nicht gerechnet. Es blieb ihm nur, zustimmend zu murmeln. Sie verlegten das Gespräch in die Küche, wo er sich fünf Minuten später, angetan mit einer Schürze, Salat waschend wiederfand, während sie dabei war, »eine Kleinigkeit im Rohr« zuzubereiten. Herr, betete er, lass es nichts Veganes sein, vegetarisch ist okay, aber bitte nichts Extremes! Seine Sorge war unbegründet, im Rohr schmorte eine Art Kalbsragout in einem Gusseisentopf, irgendwas Provenzalisches; er hatte ihren Erklärungen nicht genau zugehört, er konnte sich nicht konzentrieren, während er sie ansah, und seinen Blick von ihr wenden konnte er auch nicht. Weil es so war, als sehe er dem leibhaftigen Christkind beim Drapieren der Geschenke unter dem Weihnachtsbaum zu; einem Christkind, das genauso aussah, wie er es sich als

Fünfjähriger vorgestellt hatte. Blonde Locken, schimmernder Glanz, weißes Gewand, Pantoffeln und natürlich bei allen Verrichtungen zwanzig Zentimeter über dem Fußboden schwebend, während ein Hilfsengel durch das geöffnete Wohnzimmerfenster von draußen Pakete hereinreichte. Von dem ebenfalls in Hochparterrehöhe über den Gartenbeeten schwebenden Schlitten. Als Letztes zündete das Christkind die Kerzen am Weihnachtsbaum an. Sie arbeiteten schnell, damit der Vater das Fenster wieder zumachen konnte, weil sonst die ganze Wärme rausging; das war eine Wohnung mit Einzelofenheizung. Dann läutete er mit dem Glöckchen, und die übrige Familie durfte das Zimmer betreten …

»Woran denkst du?«, fragte sie.

»An Weihnachten.« Die Antwort schien sie nicht zu überraschen. »Ich erklär's dir später«, sagte er.

»Lass nur. Lass dir Zeit.« Sie machte das Backrohr auf, nahm den Schmortopf heraus, stellte ihn auf den Herd und hob den Deckel. Wohlgeruch. »Das ist, glaub ich, gut geworden. Wir können essen.«

Dann aßen sie. Draußen wurde es dunkel. Beim Essen wurde nicht mehr viel gesprochen. Danach auch nicht.

4

Es regnete. Schon zwei Tage, intensiv. Mit kurzen Unterbrechungen. Martin Fries verfolgte die Nachrichten im Fernsehen; die Wettermenschen gaben sich besorgt: Es ließ auf ernste Schwierigkeiten schließen, wenn die ihren notorischen Optimismus dämpften. Aus Niederösterreich kamen schon die ersten Überschwemmungsbilder. In Vorarlberg noch keine Gefahr, nur zwei kleine Murenabgänge im Bregenzer Wald.

Am dritten Tag erhielt er einen Anruf. »Die Post ist unterwegs«, dann wurde aufgelegt. Eine Frauenstimme. Eine wohlbekannte Frauenstimme. Fries hielt das Geheimcodegetue für Blödsinn; wichtig waren keine Schlüsselsätze. Wichtig war, dass sie ein vertragsfreies Handy verwendete, das nicht zu ihr zurückverfolgt werden konnte, da blieb nichts übrig, als ihr zu vertrauen. Am Abend nach dem Erhalt des Satzes musste er aufbrechen, egal bei welchem Wetter. Er hatte Werkzeug und Kleidung schon vorbereitet. Zeitlich war er flexibel, es entfiel auch die Konstruktion einer Ausrede für abendliches Wegbleiben für die Partnerin, weil es keine solche gab. Das Singledasein, dachte er, senkt die

Hemmschwelle für das Illegale, darüber sollte man einmal eine soziologische Untersuchung durchführen: Was erzählen Einbrecher ihren Frauen?

»Ich geh dann zur Arbeit, Schatz.«

»Bring bloß nicht wieder so einen Mist mit wie letztes Mal!«

Nein, das war kaum vorstellbar. Die Frau durfte offiziell nicht wissen, was ihr Mann so trieb; das Prinzip der »glaubhaften Abstreitbarkeit« – ähnlich wie im Weißen Haus … Er riss sich von der Vorstellung los. Es war eine berufliche Deformation, alles unter dem Gesichtspunkt der literarischen Glaubwürdigkeit zu betrachten. Es war aber kein Roman, den er schreiben, sondern einer, den er durchleben sollte. Weil ihn Lukrezia darum gebeten hatte. Die Sache hatte nur einen Haken: Gundula Hofmann war wieder in sein Leben getreten. Oder er in ihres. Das verwirrte ihn. So sehr, dass er alle Vorsicht fahren ließ und ihr die ganze Sache erzählte. Gundula kannte Lukrezia Obwalter von der Schule und als Obfrau des »Kultur«-Vereins, dessen Aktivitäten sie schätze, wie sie sagte.

»Warum erzählst du mir das alles?«, fragte sie dann.

»Weil ich deine Meinung dazu wissen will. Was du davon hältst …«

»Aber du hast ihr doch schon zugesagt.« Der Schweiß brach ihm aus. Das machte ihre neutrale Stimme. Wenn Frauen ihre neutrale Stimme einschalten, kaschieren sie damit totale Ablehnung, davon war er überzeugt. Seine Exfrau hatte im letzten halben Jahr ihrer Ehe überhaupt keine andere

Stimmlage mehr verwendet als die neutrale, was ein großer Fortschritt war im Vergleich zum hysterischen Gekeife die beiden Jahre davor. Neutrale Stimme hieß aber: Die Sache ist gegessen, nichts mehr zu machen, auch keine Emotion mehr. Aus.

»Das war vorher«, sagte er. Seine Stimme war nicht neutral. Er krächzte. »Vor unserem Wiedersehen, meine ich. Aber jetzt sind wir … nun ja …«

»… liiert«, sagte sie. »Das Wort, das du suchst, ist ›liiert‹. Es sei denn, es geht dir zu schnell. Wir sind ja erst einmal …« Sie vollendete den Satz nicht. Aber sie lächelte. Das Lächeln widersprach seiner Einschätzung einer neutralen Frauenstimme. Irgendwie lag er falsch.

»Nein, nein, es geht mir nicht zu schnell, wie kommst du auf die Idee, im Gegenteil, ich bin froh und glücklich …« Er verstummte. Ich höre mich an wie ein kompletter Idiot, dachte er. Sie zog ihn an sich und küsste ihn auf den Mund. Dann sagte sie: »Du wolltest mich in die Entscheidung einbeziehen. Weil ich ja jetzt Teil deines Lebens geworden bin. Ist es nicht so? Das hoffe ich nämlich sehr«, setzte sie fort, ehe er antworten konnte, »wenn es nämlich nicht so ist, dann sag ich: Geh einbrechen, bei wem du willst, aber hierher brauchst du dann auch nicht mehr zu kommen! Ich bin zu alt, um nur zu träumen, zu jung, um ohne Wunsch zu sein. – Also, was ist?«

»Faust«, sagte er, »Faust I. Das Zitat. Sonst: d'accord mit allem, was du gesagt hast. Das mit dem Teil meines Lebens, keine Frage, und auch das mit dem Einbeziehen.«

»Dann ist es ja gut«, sagte sie. Sie machte einen zufriedenen Eindruck. Das Neutrale in der Stimme war auch weg, es war die Gundulastimme, die ihn vor dreißig Jahren bezaubert hatte, ganz genau dieselbe Stimme.

»Versprechen muss man halten«, sagte sie. »Wann soll es über die Bühne gehen?«

»Nun ja … heute.« Sie lachte laut auf.

»Dann haben wir keine Zeit zu verlieren! Hast du schon einen Plan?«

»Natürlich. Also, ich hab mir gedacht, ich fahr … Moment: was heißt ›wir‹?«

»Wir heißt wir. Du und ich. Ich begleite dich natürlich! Ich lass doch meinen Herzensschatz nicht allein so gefährliche Sachen machen!« Sie zog ihn an sich und küsste ihn.

Später musste er oft an die Szene denken. Er erinnerte sich an jedes Wort. Sie hatte tatsächlich den Ausdruck »Herzensschatz« gebraucht. Gab es den überhaupt? Hatte sie ihn erfunden? Im ruhigen Licht der Vernunft betrachtet, war die Äußerung »Herzensschatz« durch eine hochgebildete Germanistin nicht so sehr das Problem als das Ansinnen, sich an seinem Einbruch zu beteiligen. Aber das Licht der Vernunft war erloschen, das Tableau durch den Flackerschein der Phase 1-Verliebtheit beleuchtet; ein Licht, das die Proportionen verzerrt, die Dinge mehr verdunkelt als erhellt und niemanden erkennen lässt, wie sie wirklich sind, die Dinge. Er selbst verspürte bei ihren Worten nur vages Unbehagen, das unter einem langen Kuss verschwand. *Wer war er denn, ihrem Wunsche zu widersagen?* So etwa fühlte er.

Die Szene verlagerte sich in ihr Schlafzimmer. Dort gebrauchte sie Ausdrücke, die deutlich vulgärer waren als das hochromantische »Herzensschatz«. Martin Fries war ein Wortmensch. In einem klaren Augenblick erkannte er, dass er ihr allein deswegen, dass sie ihn mit solchen Worten anfeuerte, für immer verfallen war. Nicht dem Anfang wohnt ein Zauber inne, auch nicht dem Ende, sondern den Worten, die dazwischen gesprochen werden.

Gegen elf erwachten sie aus dem Schlaf der Erschöpfung. Gundula machte Kaffee. Dann brachen sie auf. Sie hatte darauf bestanden, mit ihrem Auto zu fahren. Ein älterer Nissan X-Trail. Er staunte über den Geländewagen. »Praktisch«, sagte sie, »einfach praktisch.« Mit dem Steuer hatte sie in subtiler Weise auch die Führung des Unternehmens übernommen. Er merkte es immer erst nach jeder Teilentscheidung, die sie traf. Zum Beispiel kannte sie auf der Hügelkuppe eine Parkgelegenheit im Wald. Von dort zum Obwalter´schen Anwesen musste man zwar ein Stück laufen, aber alle näher gelegenen Parkplätze lagen im Bereich von Straßenlampen. Auf dem Ardetzenberg erstreckten sich die Gehege des Feldkircher Wildparks, dazu gehörte ein großer Parkplatz. Dort endete die einzige öffentliche Zufahrt, jene Straße, an der, etwas abseits, Oswald Obwalter wohnte. Zwar gab es auch Fußwege auf den Berg. Ungeeignet, wenn man schnell verschwinden sollte. Gundulas Wahl war ein guter Kompromiss. In einer Regennacht würde ihnen auf dem Ardetzenberg niemand begegnen. Sie hatte zwei Regenpelerinen und Einwegüberschuhe mitgenommen. Gundula war praktisch veranlagt, kein Zweifel.

Kein Gegenverkehr bei der Fahrt auf den Ardetzenberg. »Das ist schlecht«, murmelte er. »Nur ein Auto, unseres. Wenn sich jemand erinnert …«

»Niemand wird sich erinnern«, unterbrach sie ihn. »Niemand wird etwas sehen.« Er schwieg. Er wollte nicht in die Rolle des Nörglers fallen. Denn in Katastrophenfilmen geht der Nörgler drauf, oft erst, nachdem er über sich hinausgewachsen und geläutert ist und durch Selbstopfer die Restüberlebenden gerettet hat. Martin Fries wollte nicht über sich hinauswachsen und draufgehen erst recht nicht. Er würde, das hatte er sich vorgenommen, im Falle des Schiefgehens nicht den Helden spielen und sich ohne Widerstandsleistung festnehmen lassen, sollte etwa die Polizei auftauchen. Und dann würde er alles erzählen, und alle Schuld auf sich nehmen. Nur in Bezug auf Gundula natürlich. Von wegen zur bösen Tat überredet oder so. Das Ehepaar Obwalter dagegen würde er hinbrennen, dass es nur so schnalzt! Und ja, alle beide. Ihn auch. War ja sowieso unglaubwürdig, dass er nichts von dem Einbruch wissen sollte.

Der Gedanke beruhigte ihn. Noch mehr beruhigte die Anwesenheit Gundulas, die Art, wie sie den Nissan fuhr. Flott, mit einer gewissen Rücksichtslosigkeit, ohne Angst vor leichtem Touchieren. Eine Frau, die viel und gern mit dem Auto unterwegs war. Das gefiel ihm. Schon wieder ein Detail, das ihm an ihr gefiel.

Gundula parkte an der vorgesehenen Stelle, sie stiegen aus. Rauschender Regen, pechschwarze Nacht. Die Pelerinen wurden angezogen, dann machten sie sich auf den Weg. Martin Fries hatte sich übers Internet für ein paar hundert Euro ein Nachtsichtgerät gekauft, schon vor Monaten. Damals war es um Recherche für eine eher vage Romanidee gegangen; einen Krimi-Thriller mit einem Ermittler, der – natürlich – unkonventionelle Methoden anwendet. Wie sich herausstellte, waren die angedachten Methoden nicht nur konventionell, sondern altvaterisch und von Schriftstellerkollegen in ihren Werken rauf- und runterdekliniert worden; Martin Fries sah ein, dass die ganze Geschichte nichts anderes war als ein Vorwand, sich teures Männerspielzeug zu kaufen. Aber jetzt war er froh um das Ding, das man sich spezialtruppenmäßig an den Kopf schnallte. Er ging voran, der Weg war so weit erhellt, dass man ohne Stolpern marschieren konnte. Nach zweihundert Metern wurde es mit einem Schlag dunkel, das Gerät war wohl nicht für einen Einsatz bei Starkregen konzipiert. Er war froh, dass ihn Gundula begleitete, sie hatte eine Taschenlampe mit, er nicht, weil er dem Nachtsichtgerät vertraut hatte. Ohne Gundula hätte er die Aktion abbrechen müssen.

»Man wird das Licht von der Lampe sehen«, sagte er.

»Es ist niemand da, deshalb sieht auch niemand etwas.« Sie klang zuversichtlich. Sie erreichten die Zufahrt zum Obwalter'schen Anwesen. Die kam wegen der Videoüberwachung nicht in Frage; Lukrezia hatte auch einen Abschaltvorschlag Martins abschlägig beschieden, es sei zu auffällig, wenn dann ausgerechnet für den Einbruchsabend die Aufzeichnung fehle. Martin, sagte sie, müsse sich halt auf die Rückseite des Anwesens bequemen und über den Zaun steigen. Er wandte sich zum Gebüsch, Gundula blieb stehen. Er erklärte die Sache mit der Kamera.

»Seid ihr verrückt!«, rief sie. »Kein normaler Einbrecher betritt so ein Grundstück durch Büsche. Da bleiben immer Spuren hängen. Da kann er gleich ein Röhrchen mit einem Mundabstrich fürs DNA-Profil deponieren.«

»Bei einem Einbruch suchen die doch nicht nach DNA …«

»Wer weiß – bei so einem Prominenten, der entsprechend Druck macht. Und wo der Schaden so groß ist!«

»Wieso Schaden?«

»Die Zeichnungen.«

»Aber genau davon wird er doch kein Sterbenswort verlauten lassen! Wegen der zweifelhaften Provenienz, das hab ich dir doch erzählt!«

»Ja, ja, hast du …« Es klang nicht freundlich. Unser erster Streit, schoss ihm durch den Kopf. Ausgerechnet beim Einbrechen. Sie hätten sich diese Details vorher überlegen sollen. Aber vorher war ja keine Zeit gewesen, weil sie … ein warmes Gefühl breitete sich von der Körpermitte aus. Er zog sie an sich.

»Nicht böse sein«, flüsterte er. »Wir machen es so, wie du denkst. Einverstanden?«

»Wir ziehen die Kapuzen ins Gesicht und klettern übers Tor. Aber zuerst die Überschuhe.« Die zogen sie an. Über dem Schiebetor brannte eine trübe Lampe. Die Konstruktion war zwei Meter hoch und bestand aus senkrechten Stahlprofilrohren, an denen man keinen Halt fand. Damit hatten sie nicht gerechnet. Jetzt blieb doch nur das Gebüsch. Martin Fries trat auf die rechte Seite und zerschnitt den Zaun mit der mitgebrachten Drahtschere. Gundula sagte nichts. Sie schlüpften hindurch. Die Stelle war halb durch einen Hartriegelstrauch verdeckt, aber für jemand, der ans Tor herantrat, im Licht der Torlampe gut sichtbar. Wir hätten, dachte er, gleich ein Schild aufstellen können: »Einbruch - bitte nicht stören!«

Sie hasteten über den Rasen auf das Haus zu, um die Ecke auf die Rückseite, am Pool vorbei. Dort gab es ein kleines Fenster, das man mit einem Geißfuß aufhebeln könne, hatte Lukrezia behauptet. Die Terrassentür käme dafür nicht in Frage, das sei zu schwierig, Einbrecher ließen solche Türen in Ruhe. Diese Weisheiten hatte sie von der Konsultation eines Polizeiberaters vor einigen Jahren.

Das mit dem kleinen Fenster entsprach den Tatsachen, es ging beim ersten Versuch auf. Martin kletterte hinein, schaltete Gundulas Taschenlampe ein und öffnete die Tür zur Terrasse. Dann sahen sie sich um. Das Innere der Villa entsprach nicht ganz Martins Erwartungen. Er hatte an etwas deutlich Mondäneres gedacht, wie man es in angesagten Architekturmagazinen auf Hochglanzpapier abgebildet findet, in denen alles zur Kunst wird: Das Magazin selbst, die Fotos und das fotografierte Zeug. Leere Räume aus Edelhölzern, Glas und zum Beispiel Sichtbeton. Da und dort ein »Objekt« aufgestellt. Räume also, die nicht einmal ansatzweise den Eindruck erwecken wollen, es könne darin jemand leben, geschweige denn sich wohlfühlen.

So sah es aber nicht aus. Für ein cooles Magazin gab es hier zu viele Möbel, wenn auch nicht alle mit Funktion. Es gab sie, weil auch opake Wände vorhanden waren, an denen man sie aufstellen konnte, es herrschte nicht die Glasorgie, die sich Martin Fries vorgestellt hatte. Überall Teppiche, an den Wänden über den Möbeln hingen Bilder. Und nur zwei funktionslose Bauerntruhen. Sonst befremdlicher Stilmix, ein paar Stücke aus dem späten neunzehnten neben welchen aus dem späten zwanzigsten Jahrhundert. Bei manchen dachte sich Martin, dass Obwalter sie wohl geerbt hatte. Geerbte Sachen schmeißt man nicht weg, ob sie jetzt zur übrigen Einrichtung passen oder nicht. Dieses Beharren auf der Existenz einer potthässlichen Kommode hätte er ihm nicht zugetraut. Das Ding stand auch nicht in einem Flur oder unter den Treppenaufgang gezwängt, sondern im Wohnzimmer an prominenter Stelle. Es zog alle Blicke auf sich. Nicht antik, nicht Jugendstil, einfach nur Nachkriegsbarock aus Sperrholz. Das rührte Martin. Er öffnete eine Tür im Aufsatz. Porzellanteller mit abgescheuertem Goldrand. Er drehte einen um. Den Firmennamen auf der Bodenmarke kannte er nicht. Ein Restposten von einem Geschirrgeschäft?

»Was machst du da?«, wollte Gundula wissen. »Suchen wir das Zeug, ich will hier raus!«

»Gefällt's dir nicht?« Sie hatte sich schon umgedreht und lief zur Kellertreppe. Sie fanden den Werkstattraum, den alten Kasten darin und die richtige Schublade. Die Mappe mit den Zeichnungen lag an der angegebenen Stelle. Gundula wickelte sie in mitgebrachte Plastikfolie. Daran hatte er nicht gedacht – dass man die Blätter vor dem Regen schützen müsste. Das waren Details, die ihn wie alle Details nicht interessierten; in seinen Büchern kamen sie nicht vor, er hielt die Schilderung technischer Vorgänge für Faktenhuberei, mit denen Schriftsteller den Mangel an Handlungskonstruktion und Dramaturgie kaschierten. In Wahrheit war er einfach zu faul, komplizierte Sachen zu recherchieren.

»Ich fang schon einmal oben an!«, sagte sie und verschwand. Sie hatten ausgemacht, alles wie einen normalen Einbruch aussehen zu lassen. Dazu mussten sämtliche Schubladen nicht etwa durchwühlt, sondern auf den Boden gekippt werden, ein Profitrick; das Sichten geht schneller.

Im Arbeitszimmer des Hausherrn fand sich ein Desktopcomputer, der jeden Hehler in Hohngelächter ausbrechen lassen würde – Einbrecher schätzen die vorgefundene Heimelektronik im Allgemeinen richtig ein und tragen keine schweren Sachen weg, die es nicht wert sind. Den würden sie dalassen. Ein zweiter, kleiner Bildschirm zeigte den Ausschnitt der Torkamera.

Wie Lukrezia behauptet hatte, fand sich im Hause Obwalter nichts Wertvolles, kein Schmuck, keine sonstigen Preziosen. Nur viele Bilder an den Wänden. Ein paar wurden mitgenommen – wie es ein durchschnittlicher Wald- und Wieseneinbrecher ohne Kenntnisse des Kunstmarktes wohl tun würde, der nach der Einsicht, dass sonst nichts zu holen war, sonst mitgehen ließ, was man vielleicht verscherbeln konnte. Auf Vandalismus wurde verzichtet. Die Aktion dauerte nur zehn Minuten. Anderes hatten sie stehen lassen.

Es gab eine kleine Plattensammlung und eine HiFi-Anlage aus Analogzeiten, aber die war schon zu Kaufzeiten kein High-End-Produkt gewesen; heute ein Fall für den Trödelmarkt. Auch sie blieb da.

Sie verließen das Haus auf demselben Weg, den sie gekommen waren. Martin trug das Paket mit den Bildern, Gundula das mit der Mappe. Es regnete immer noch in Strömen. Sie verstauten alles in einem Müllsack, Gundula fuhr den Wagen auf den gekiesten Fahrweg, Martin übertrippelte mit seinen Überschuhen jeden Zentimeter des Reifenprofils ihrer Parkspur im weichen Waldboden. Dann entsorgte er die Plastiküberzieher in einem gesonderten Beutel. Gundula hatte es ebenso gemacht, bevor sie ihre Füße wieder ins Auto setzte. Natürlich: Spuren vom Waldboden klebten nun im Reifenprofil, das ließ sich nicht verhindern. Aber nach solchen Spuren an ihrem Auto musste erst einmal jemand suchen. Zwischen ihr und dem Ehepaar Obwalter bestand keine besondere Verbindung, sie kannte beide aus der Schulzeit, hatte sie aber seither nicht mehr gesehen. Sie fuhren nach Gisingen zu ihrem Haus. Alles wurde im Heizungskeller ausgepackt. Gundula holte eine große Schere und begann, die Bilder zu zerschneiden.

»Was hast du?«, fragte sie. »Soll ich sie etwa bei mir aufhängen? Die müssen alle weg!«

»Ja, sicher, du hast recht … alle weg.« Er ging nach oben in die Küche und machte Kaffee. Schon wieder hatte sie weiter gedacht als er. Ihn irritierte nicht so sehr, dass sie ihm dadurch aus der Klemme half – er hatte der technischen Durchführung in sträflichem Leichtsinn wenig Planung gewidmet – sondern die Umsicht und Konsequenz ihres Handelns. Denn wie sollte man das in so einem Zusammenhang anders nennen als – kriminelle Energie? Dieser Aspekt ihrer Person war ihm neu. Er musste sich eingestehen, dass er sie kaum kannte; er hatte sie dreißig Jahre nicht gesehen, ein halbes Leben. Er fragte sich, was er noch alles nicht von ihr wusste.

Sie kam aus dem Keller und schlürfte ihren Kaffee. Die Wangen glühten, ihre Augen strahlten. Sie spürte seinen Blick und lachte auf. »Es hat Spaß gemacht! Jetzt bin ich wohl auf die schiefe Bahn geraten! Und wer ist schuld?« Sie veränderte die Stimme zu weinerlichem Singsang, zog die Mundwinkel nach unten. »Ich kann nichts dafür; Herr Rat, der Martin hat gesagt, ich muss mit, weil sonst weiß er, ich liebe ihn nicht wirklich. Hat er gesagt. Da bin ich halt mit ... mir tut alles so leid!« Sie simulierte einen Tränenausbruch. Er begann zu lachen.

»Ich schieb alles auf dich. Glaubst du, damit komm ich durch?«, fragte sie und umarmte ihn.

»Du kommst doch immer mit allem durch. Jedenfalls bei mir. Beim Richter weiß ich nicht ...« Sie küssten sich. Auf dem Weg ins Schlafzimmer dachte er an die Leinwandschnipsel ihrer Bilderzerstörungsaktion. Wohin mit denen? In den Restmüll? Wenn ja, in welchen? Er kam nicht sehr weit mit seinen Überlegungen. Seine Gundula hatte sicher schon einen Plan für das Entsorgungsproblem im Keller. Sie würde wissen, was dort geschehen musste. Sie hatte ja auch einen Plan für Näherliegendes im Schlafzimmer. Da wusste sie, wie er bald feststellte, was zu geschehen hatte. Das geschah dann auch.

***

Schon, dass das Tor offenstand, ließ Oswald Obwalter Schlimmes befürchten. Früher hätte er mit seiner Frau geschimpft, weil sie vergessen hatte, das Tor zu schließen. Ja, früher. Jetzt fiel ihm diese Erklärung für das offene Tor nicht einmal mehr ein. Er dachte sofort an Einbruch. Seit seinem erzwungenen Rückzug aus der Politik hatte sich seine Wahrnehmung verändert, das merkte er selber bei vielen Gelegenheiten, alltäglichen und weniger alltäglichen, wie eben jetzt. Früher, dachte er, wäre es nichts weiter gewesen als ein Versehen, ein ärgerliches Vergessen. Nichts passiert. Aber nun war etwas passiert. Er sagte nichts, stieg aus, rannte zur Eingangstür. Die war unversehrt. Hoffnung keimte auf. Und erlosch, als er eintrat und das Licht anmachte. Die Bilder fehlten. Lukrezia erschien in der Tür. Sie hielt die Hand vor den Mund. Sie hatte sich die Geste auf der Fahrt zurechtgelegt; eine lautliche Äußerung von Schreck und Überraschung brächte sie nicht zustande, glaubte sie. Seit einem desaströsen Auftritt als Zofe in einer Schüleraufführung (den Titel des Stücks hatte sie vergessen) war sie überzeugt, keine auch nur bescheidenen theatralischen Fähigkeiten zu besitzen; wenn sie also beim Anblick der Bescherung »Ach Gott!« oder auch nur »Nein!« riefe, würde sie sich unaufrichtig, gekünstelt und damit verdächtig anhören. Sonst hatte sie alles richtig gemacht, das Wochenende in Salzburg geplant, und alles war gut gelaufen. In Salzburg hatte er sich entspannt, dort kannte ihn niemand, dort gab es keine Böswilligen, die hinter seinem Rücken Bemerkungen machten.

Sie hätte rufen können, was ihr in den Sinn kam, Oswald achtete nicht auf sie. Er rannte im ganzen Haus herum, sie hinter ihm her. Es fehlten, sofern man sehen konnte, nur die Bilder. Das kaputte Fenster auf der Poolseite wurde entdeckt.

»Ich seh noch unten nach«, sagte er. »Ruf inzwischen die Polizei!« Das tat sie. Er wusste es, bevor er die Schublade in dem alten Kasten aufzog. Die Mappe war weg. Cannizzaro. Wer sonst? Er hatte sie niemandem gezeigt. Er erinnerte sich nicht daran, die Zeichnungen überhaupt jemals in der Gegenwart eines anderen betrachtet zu haben, außer mit Lukrezia und Cannizzaro. Lukrezia durfte vom Verschwinden der Mappe nichts mitbekommen. Das war etwas, was er mit dem Maler regeln musste. Er lief schnell nach oben.

»Unten fehlt nichts«, sagte er, »unten waren sie gar nicht, glaub ich …«

»Du meinst, es waren mehrere?«

»Das sind doch immer Banden, aus Rumänien oder so. Profis halt.«

»Der neue Cannizzaro ist auch weg«, sagte sie. »So tolle Profis können das auch nicht gewesen sein. Sonst hätten sie ihn dagelassen.« Ihre Bemerkung brachte ihn zum Lachen. Das tat gut. Die Anspannung löste sich, die Wut über den Verrat des Malers hatte ein Ventil.

»Du hast recht«, sagte er dann, »es waren Trottel. Die werden schön schauen, wenn sie versuchen, das zu verscherbeln!« Sie lachte auch. Er hat es nicht gemerkt, dachte sie. Er hat es nicht einmal gemerkt. Nicht richtig nachgeschaut. Wie immer: Was er tut, das tut er halb. Weil er gewöhnt ist, dass es andere für ihn tun, während er auf dem Podium steht und redet. Sie wandte sich ab, ging in die Küche, um Kaffee für die Beamten zu kochen, die bald eintreffen würden. Er kam ihr nicht nach. Sie hatte sich davor gefürchtet, wie er den Verlust der Zeichnungen aufnehmen würde. Ob er Verdacht schöpfen würde. Wer wusste davon, außer ihr? Alles gegenstandslos. Ihr Mann hatte nicht mitgekriegt, dass man die Zeichnungen gestohlen hatte. Warum? Weil er ein Idiot war. Ein Politikertrottel. Ihr Mann war ein Idiot. Lebensuntüchtig. Die Erkenntnis kam wie ein Schlag in die Magengrube. Sie stellte die Kaffeetasse hin. Sie musste sich setzen. Im Hintergrund war ihr das immer klar gewesen, aber sie hatte sich diesem Wissen nie gestellt. Bis jetzt. Denn jetzt ging es nicht mehr anders.

Die Polizei kam und nahm alles auf. Es kam Lukrezia so vor, als ob die Beamten länger blieben als in solchen Fällen üblich war. Es gab keine verwertbaren Spuren, nichts Wertvolles war gestohlen worden, vielleicht verdankten sie den vorgetäuschten Diensteifer noch dem Ruf des Oswald Obwalter, gewesenem Landtagsabgeordneten und wichtiger Persönlichkeit der Stadt; die Polizei, dachte sie, ist konservativ und hält nichts von plötzlichen Veränderungen, das macht alles unübersichtlich und kompliziert. Und schon gar nichts, spekulierte sie, hält die Polizei vom tiefen Fall eines bürgerlichen Politikers – nur, weil er einem Schreiberling wie diesem Fries eine aufs Maul gehauen hatte.

Als die Beamten gegangen waren, verließ auch das Ehepaar Obwalter das Anwesen, aber getrennt. Beiden fiel nicht auf, dass die Ausrede des jeweils anderen, rasch aufzubrechen, eben nur dies war: eine Ausrede. Er müsse mit dem Anwalt sprechen, behauptete er, wegen der Versicherung, sie treffe sich mit einer Freundin, um alles zu besprechen. Jedem war egal, was der andere vorbrachte. Sie stiegen in ihre Autos und fuhren den Ardetzenberg hinunter in die Stadt. Lukrezia bog nach Tisis ab, Oswald in die Innenstadt von Feldkirch. Bei beiden war dies nicht das wirkliche Fahrtziel. Lukrezia gelangte nach langem Umweg in einen Wald nahe dem Ortsteil Göfis, wo sie den Wagen parkte und einen Spaziergang begann. Der Weg führte abwärts auf eine große Lichtung zu. Am Rand wartete Martin Fries, den sie noch aus dem Auto angerufen hatte, auf einer Bank. Daneben stand eine Tasche. Er stand nicht auf, als sie herantrat. Und war schlecht gelaunt.

»Noch öffentlicher hätten wir es nicht machen können, oder?«

»Wieso? Hier ist doch niemand …«

»Außer bei Schneesturm nachts um drei ist immer jemand in der Natur …«

»Du übertreibst. Wie immer. Das ist mir schon bei deinem Stil aufgefallen, du neigst zu Übertreibungen.«

»So, so, neige ich. Na, wenn du das sagst. Aber vielleicht verschieben wir das literaturwissenschaftliche Privatissimum auf ein andermal. Ich möchte das Zeug loswerden!« Sie machte die Tasche auf und nahm ein Paket heraus.

»Ist es das?«

»Wo denkst du hin? Das ist nur mein Mittagessen, ein gefrorenes Hähnchen, das ich mit mir herumtrage, damit's auftaut. Herrgott, natürlich ist es das! – Was hast du vor? Etwa Auspacken?«

»Was hast du denn gedacht?«

»Dass du die Tasche an dich nimmst und dich verdrückst. Unauffällig, verstehst du?«

»Ah, wie im Agentenfilm! Das wirkliche Leben ist aber nicht wie im Film. Auch nicht wie im Roman, wenn wir schon davon reden.« Sie öffnete das Paket und schlug die Mappe auf, blätterte die Zeichnungen durch. Dann noch einmal. Und ein drittes Mal im Eiltempo. Er beobachtete sie von der Seite.

»Was ist?«, fragte er. »Liegen sie falsch rum drin? Oder nicht Kante auf Kante? Ich hab die Mappe gar nicht aufgemacht.«

Und ob du hast, du Schweinekopf! Sie strengte sich an, die Hände ruhig zu halten, als sie die Mappe wieder zumachte. Laut sagte sie: »Alles in Ordnung. Ich wollte mich nur vergewissern …«

»Klar. Wie sagte schon Wladimir Iljitsch: Vertrauen ist gut, Kontrolle ist besser!« Darauf antwortete sie nicht. Was er da von sich gab, war einer der typischen Fries'schen Angebersprüche aus der Schule. Natürlich musste jeder wissen, dass mit Wladimir Iljitsch Lenin gemeint war. Würde er aber so einen Sager bringen, wenn er den Rembrandt gestohlen hätte? Konnte er so gut lügen? Sie hatten bei ihrem Gespräch dort weitergemacht, wo sie vor dreißig Jahren aufgehört hatten, als ob sie beide siebzehn seien. Und was das Lügen betraf: Damals wurden Lehrer angelogen und Eltern. Aus Not natürlich. Mitschüler? Wieso, weswegen hätten sie einander anlügen sollen? Und doch – dreißig Jahre verändern alles. Wenn er den Rembrandt rausgenommen hätte, würde er das nicht zugeben. Zu fragen, hatte keinen Sinn. Sie musste anders vorgehen.

»Was hast du mit den Bildern gemacht?«, fragte sie beim Aufstehen.

»Zerschnippselt und entsorgt. Keine Angst, die tauchen nirgendwo mehr auf.«

»Ich danke dir, mein lieber Martin!« Sie beugte sich vor und küsste ihn auf die Stirn. Es war affektiert und sollte so sein, das war der Stil der achten Klasse.

»Ja, jetzt bleib noch ein bisschen in dieser Haltung, damit er ein schönes Foto machen kann!«

»Wer macht ein Bild?« Sie drehte sich um.

»Na, der dort drüben auf der anderen Seite! Mit seinem Supertele.«

»Siehst du wen? Wo?«

»Die sieht man natürlich nicht, die sieht man nie, das sind Profis.« Er stand auf.

»Und du bist paranoid!«

»Mag sein. Aber wenn einer paranoid ist, heißt das nicht …«

»… dass er nicht verfolgt wird, ich weiß!« Einer seiner Standardsprüche, jetzt fiel es ihr wieder ein. Aber sie traute ihm nicht. Einfach, weil er der Einzige war, der das eine Blatt genommen haben konnte.

»Weißt du eigentlich, warum das Moor hier Gasserplatz heißt?« Sie wandte sich zum Gehen. »Nein, und es interessiert mich auch nicht.« Diesen Einwand beachtete er nicht, typisch Martin Fries.

»Er heißt so nach dem letzten Delinquenten, der hier öffentlich hingerichtet wurde. Ein gewisser Gasser, zum Tod durch den Strang verurteilt wegen dreifachen Mordes. Tausende Zuschauer ...«

»Widerlich! Wann war denn das?«

»Achtzehnhundertvierundsechzig. Aber das Beste daran übersehen die meisten: Sie haben ihn direkt vor dem Galgen begraben. Er liegt also jetzt noch dort.«

»Und wo stand der Galgen?«

»Was meinst du wohl? Wo wir gesessen sind, bei der Bank!«

Das war gelogen, sie merkte es, aber er hatte es auch absichtlich so gesagt, dass sie es merkte. Sie boxte ihm in die Seite.

»Au!«, schrie er, »Hilfe!«, und lachte dabei.

»Du bist und bleibst ein Kindskopf!«

»Danke! In unserem Alter ist das ein Kompliment ...« Sie trennten sich, sie ging zu ihrem Auto, er zur Straße Richtung Göfis. Kindskopf hin oder her, dachte sie, dreißig Jahre sind dreißig Jahre, da kann sich auch viel verändern. Er muss es gewesen sein, wer sonst? Die Frage war, warum er es getan hatte. Und woher kannte er den Rembrandt, was wusste Martin Fries von Kunstgeschichte? Der hatte ein paar Semester Biologie studiert und dann mit dem Romanschreiben begonnen. Die Zeichnung tauchte in keinem Katalog auf, nur ein ausgewiesener Spezialist würde sie erkennen. Die einzige Person, die ihr dazu einfiel, stand aber seit dem unglückseligen Zwischenfall in der Galerie sogar in Verbindung mit Martin Fries. Der Galerist, der Pictet.

Sie beruhigte sich. Noch war nicht alles verloren. Sie hatte etwas, womit sie beginnen konnte. Sie pries ihre Vorsicht. Sie hatte dem ersten Impuls widerstanden, »Diebstahl« zu rufen. Fries hätte alles abgestritten, natürlich. Er war auch nicht der Typ, so eine Sache allein durchzuziehen. Er käme nicht drauf. Sie hatte ihn für den Einbruch engagiert – und jemand anderer für den Diebstahl des Rembrandts. Wie die beiden auf die Sache gekommen waren, würde sie noch herausfinden. Das Gute an der Sache war, dass Oswald von allem, wie üblich, nichts mitbekommen hatte, nicht einmal bemerkt hatte, dass die Zeichnungen fehlten. Dafür war sie dem Schicksal dankbar. Oswald könnte mit diesem Verlust genauso wenig umgehen wie mit dem Verlust des Amtes und der politischen Stellung. Ihr Oswald war ein politisches Tier, dazu erschaffen, in der Öffentlichkeit zu stehen und das große Wort zu führen. Das konnte er, sonst nichts. Sie warf ihm das nicht vor. Man darf von einem Hahn nicht verlangen, dass er Eier legt, von einem Ochsen, dass er sich in die Lüfte schwingt. Auch sie selber hatte ihre natürlichen Begrenzungen. Zum Beispiel konnte sie nicht hingehen und aus Martin Fries und dem Schweinehund Pictet die Wahrheit rausprügeln. Aber sie kannte jemanden, der das konnte. Ihre Begrenzungen waren eben nicht so einschränkend wie die anderer Leute. Das würden diese anderen Leute bald merken.

***

Zur selben Zeit beschäftigten Lukrezias Gatten, den gewesenen Politiker Oswald Obwalter, ganz ähnliche Überlegungen. Er saß im Atelier des Malers Cannizzaro und dachte nach, während besagter Cannizzaro vor ihm die Ergebnisse seiner Versuche ausbreitete. Der Maler war sehr fleißig gewesen. Ein Blatt um das andere legte er Oswald Obwalter vor und redete dabei ununterbrochen. Oswald hörte nicht zu. Er konnte sich nicht auf das *work in progress* konzentrieren. Ihm ging nur eines durch den Kopf. Wo in diesem Atelier befand sich das Paket mit den Zeichnungen? Oder hatte er es schon verkauft? Das konnte durchaus sein, war sogar wahrscheinlich. Cannizzaro hatte die Zeichnungen gesehen, wusste, wo sie aufbewahrt wurden, und war eingebrochen? Nein, das hatte er einem Profi überlassen. Jetzt schwieg er, der Meister Klecksel. Und blickte ihn aus treuherzigen Augen an. Obwalter hatte als Kulturpolitiker oft mit Künstlern zu tun gehabt. Zu seinem Leidwesen. Ihnen eigneten viele unangenehme Eigenschaften, aber die Fähigkeit, besonders gut lügen zu können, war ihm an ihnen nie aufgefallen. Wen auch sollten sie anlügen, außer sich selbst? Insofern ihre ganze künstlerische Existenz auf einer Lüge aufgebaut war; der Lebenslüge von der eigenen, herausragenden Begabung, Bedeutung, was auch immer.

Wenn das so war, dann saß in der Gestalt Ludwig Cannizzaros der erste professionelle Künstler-Lügner vor ihm. Vielleicht konnte er ja besser lügen als Kunst fabrizieren. Jetzt sah er ihn mit großen Augen an, ja, erwartungsvoll; Oswald Obwalter sollte etwas sagen, aber er wollte lieber etwas fragen: Wo ist das Scheißpaket? Er unterdrückte das, wie er sein ganzes Berufsleben unterdrückt hatte, zu äußern, was ihm auf der Zunge lag. Wer das nicht konnte, hatte in der Politik nichts verloren.

»Ja, sehr schön«, sagte er, »wann sind Sie fertig?« Cannizzaro seufzte. »Das hab ich doch eben versucht, zu erklären. Sie haben gar nicht zugehört!«

»Ja, stimmt, ich war abwesend. Bin ich oft in letzter Zeit. Bei uns wurde eingebrochen.«

»Um Gottes Willen! Was fehlt denn?«

»Die Bilder.«

»Meins auch?«

»Ja, alle ...« Cannizzaro schüttelte den Kopf. »Haben Sie denn keine Alarmanlage?«

»Hat die Polizei auch gefragt. Nein, habe ich nicht. Wozu auch. Die Bilder waren ja nicht viel wert. Bis auf Ihres natürlich. Höchst 1b.« Cannizzaro lächelte. Er schien geschmeichelt. Er konnte das wirklich gut, das Sich-verstellen. Aber nicht gut genug. Sonst hätte er gewusst, dass der Kardinalfehler beim Lügen das Ausweichen ist. Man darf der gefälschten Wahrheit nicht ausweichen. Zum Beispiel müsste man sich nach den wertvollen Zeichnungen erkundigen, wenn man weiß, dass solche in dem Haus vorhanden waren ...

»Moment: Was ist mit der Mappe?«

»Auch weg …« Cannizzaro schlug die Hand vor den Mund. Seine Augen – nun ja, schreckgeweitet, sagte man wohl. Das sah echt aus, das musste der Neid ihm lassen.

»Na, wenigstens ist die noch da!« Der Maler deutete auf den Rembrandt, der vor Obwalter am Tisch lag.

»Ja, Gott sei Dank! Ich möchte nur wissen, wie sie draufgekommen sind, wo die Mappe liegt …«

»Die haben sicher alles durchsucht und mitgenommen, was sie verkaufen können. Oder von dem sie das halt annehmen …«

»Ja, so wird es sein.« Der Keller war aber nicht durchsucht worden, das hatte sogar die Polizei gewundert. In den Keller waren die Einbrecher nicht vorgedrungen. Schlampige Ausführung, wenn man so will. Oswald hätte jetzt aus der Deckung kommen und den Maler beschuldigen können. Aber das wäre unprofessionell gewesen. Die Zeichnungen von Lobry de Bruyn und van Ekenstein waren weg, verscherbelt, schon außer Landes wahrscheinlich, nicht einmal mehr in Europa. Niemand würde sie mehr zu Gesicht bekommen, außer dem Käufer. Nachzutrauern hatte keinen Zweck. Das brauchte man auch nicht, Oswald hatte andere Möglichkeiten. Er würde den Dieb dafür zahlen lassen. Ganz wörtlich. Er lächelte bei dem Gedanken.

»Nun haben Sie meine volle Aufmerksamkeit, Meister«, sagte er. »Also, wie weit sind Sie?«

»Na, fertig! Wenn Sie sich um eine Begutachtung bemühen würden, darum geht es jetzt.«

Oswald Obwalter betrachtete die Blätter auf dem Tisch. Cannizzaro reichte ihm eine Lupe mit eingebauter Lampe. Obwalter beugte sich vor und begann mit der Prüfung. Cannizzaro war aufgestanden und machte sich an der Espressomaschine zu schaffen. Oswald Obwalter war beeindruckt. Er fand keinen Hinweis auf eine Fälschung. Die Zeichnungen schienen identisch. Natürlich nicht im Sinne einer Fotokopie, wo jeder Strich mit dem Original deckungsgleich wäre, sondern im Sinne einer Nachschöpfung durch den Zeichner, als ob der das Haus zweimal gezeichnet hätte. Nicht irgendein Meister, sondern Rembrandt selbst. Eine bewunderungswürdige Arbeit, von der Strichführung bis zum feinen Rötelton im Glanzruß. Cannizzaro kam mit zwei Tassen zurück, stellte sie aber auf einem Tischchen ab, fern von den ausgebreiteten Blättern.

»Besser nichts riskieren«, sagte er, »Kaffeeflecken wären schwer erklärbar.« Obwalter lachte, Cannizzaro lachte auch, die Stimmung löste sich; Obwalter äußerte sich in einer begeisterten minutenlangen Eloge, das konnte er natürlich, obgleich er dem so Gepriesenen am liebsten die Gedärme rausgetreten hätte, aber das gehörte zu den Fähigkeiten, die man im politischen Geschäft haben musste. Die völlige Trennung von innen und außen, Wahrheit und Schein, eines Aspekts einer Sache oder Person von einer anderen. Und so war es doch: Jemand konnte ein begnadeter Künstler sein und gleichzeitig ein Haderlump, mitfühlender Freund und Verräter, öffentlicher Wohltäter und Kinderschänder und so weiter und so fort. Es sind immer nur Narren, die das nicht einsehen und wahrhaben wollen. Er hatte einen Plan zum *Problem Cannizzaro*, den würde er durchführen, und weiter gab es dazu nichts zu bedenken.

Cannizzaro holte eine große Mappe und steckte die Blätter hinein, Original und Kopie. »Das Original ist hinten«, sagte er, »nicht, dass Sie das verwechseln!«

»Es würde doch, verehrter Meister, keine Rolle spielen!«, rief Obwalter, der Maler zuckte die Schultern und senkte den Blick unter dem überwältigenden Lob, hatte Oswald Obwalter doch eben behauptet, Ludwig Cannizzaro könne so gut zeichnen wie Rembrandt van Rijn.

»Ich mach jetzt einmal eine Anzahlung«, verkündete Obwalter und zog zwei Fünfhunderter aus der Brieftasche. Cannizzaro nahm sie mit unverständlichem Gemurmel. Obwalter packte die Mappe in eine große Aktentasche und verließ das Atelier, ohne noch etwas zu sagen und ohne sich umzudrehen.

***

Ewald Bucherer hatte sich nicht verändert. Er saß in derselben Haltung vor Lukrezia wie bei ihrer letzten Begegnung, die zwei Jahre zurücklag. Die Schultern hochgezogen, der schwarze Schopf hing ihm in die Stirn und enthielt, wie sie mit Verwunderung und leichtem Neid bemerkte, nicht eine graue Strähne, nicht einmal ein einzelnes Haar. Dabei war er zwei Jahre älter als sie. Er trug auch dieselbe abgewetzte Lederjacke und darunter einen braunen Pullover. Sie saßen auf der Terrasse des Gasthauses »Maria Grün« und tranken Kaffee. Alle beide. Bei ihm war das neu, sie hatte seine Spinnenfinger anders in Erinnerung. Wie sie ein Bierglas umklammerten oder – seltener – einen Zeichenstift hielten. Genuss und Kunst, daran hatte er sich sein ganzes Leben gehalten.

Ewald war der Sohn von Lukrezias Tante, der Schwester ihrer Mutter; die hatte den Fabrikanten Bucherer geheiratet. Als er starb, hinterließ er Ewald ein enormes Vermögen, das jeden Antrieb, sich den Lebensunterhalt zu verdienen, verkümmern ließ. Ewald studierte eine Weile in der Welt herum und brachte nichts zu Ende, was er angefangen hatte. Er pflegte aber auch keine teuren Hobbies oder gar Laster, weshalb er die Erwartung, die sich landläufig an solche Menschen knüpft, dass sie ihren Besitz durchbringen, auch nicht erfüllte. Er war einfach nur da und zeichnete gern. Das Trinken, sagte er Lukrezia, habe er stark eingeschränkt. Warum? Wollte sie wissen. Er zuckte die Achseln. »So halt …« Er besaß Talent für viele Dinge und nutzte es nicht. Nach dem Tod der Mutter bewohnte er die Stadtrandvilla allein. Er war seit vielen Jahren mit einer Lehrerin liiert, deren Namen sich Lukrezia nicht merken konnte. Es schien eine unauffällige, kühle Beziehung zu sein, Ewald verbreitete sich nicht darüber.

Für das, was sie vorhatte, hätte sie einen Menschen vorgezogen, den sie besser kannte, aber denen, die sie gut zu kennen glaubte, vertraute sie nicht. Und die Vertrauenswürdigen wollte sie nicht in ihre Pläne hineinziehen. Am ehesten hatte Martin Fries den Anforderungen entsprochen, das gab sie sich offen zu. Martin Fries war in punkto Vertrauen ein glatter Reinfall gewesen. Der Schulfreund, den sie gut genug zu kennen glaubte, hatte sie verraten und den Rembrandt gestohlen. Blieb der Cousin, den sie schlecht einschätzen konnte. Vielleicht war er umso vertrauenswürdiger – sie konnte es sich nicht aussuchen, sie hatte sonst niemanden mehr an der Hand.

Sie hatte an Widerstand geglaubt, an langwierige Überredungsversuche, aber er sagte sofort zu.

»Du hättest mit der Sache überhaupt gleich zu mir kommen sollen …«

»Ich wollte niemanden aus der Familie …«

»Aber dafür ist die Familie doch da!« Er schüttelte den Kopf. Sie sagte nichts mehr, sie war sprachlos. Wenn sich

Ewald bisher überhaupt durch etwas ausgezeichnet hatte, dann war das mangelnder Familiensinn. Was irgendwer aus der Familie ihm sagte, nahelegte, empfahl oder schlichtweg verbot, war ihm völlig egal, ganz gleich, ob es sich bei den Proponenten um die Eltern, Cousins und Cousinen, Onkel oder Tanten gehandelt hatte. Sie ärgerte sich, er machte sie wütend.

»Hör auf mit dem Familienschmus! Ich weiß genau, das geht dir total am Arsch vorbei. Also. Warum willst du mir wirklich helfen? Doch nicht wegen mir – das glaub ich dir nicht!«

»Glaub, was du willst, liebe Cousine, ich kann nur sagen, ich hatte immer schon eine Schwäche für dich! Wenn jemand anderer mit so einem Ansinnen gekommen wäre, hätte ich die Polizei gerufen – aber bei dir ist das etwas anderes ...« Er spitzte die Lippen, um ihr einen Kuss zuzuwerfen. Sie musste lachen, es sah komisch aus. Er sah komisch aus.

»Also gut, ich glaub´s. Du weißt, was du zu tun hast?«

»Ay, Ay, Käpten, völlig klar. Kannst beruhigt sein, ich mach das schon.«

»Na gut. Also ... ich sollte jetzt ...«

»Lass dich nicht aufhalten, ich mach das schon!« Sie erhob sich, zahlte die Kaffees und ging, ohne sich umzublicken. Sie hielt es nicht länger in einem Raum mit ihm aus. Wenigstens dieses Gefühl kannte sie von früher. Ewald war ein Spinner, so der familiäre Konsens. Obwohl er nichts Spinnerhaftes tat. Das lag daran, dass er überhaupt nichts tat, als zu leben und da zu sein. Er war ihr unheimlich. Ihre zahlreichen anderen

Vettern und Basen strotzten vor Normalität; die hätten aber bei ihrem Ansinnen wirklich die Polizei gerufen. Es blieb nur Ewald. Wäre sie nicht so verzweifelt gewesen, hätte sie ihn nicht darum gebeten. Jetzt konnte sie nur noch hoffen, dass er es ernst meinte und ihr half.

Ewald Bucherer wartete nicht lang. Er fuhr in seinem Lada Taiga heim in die Villa, richtete sich eine Tasche her, ein paar Utensilien, die er brauchen würde. Die anschließende Fahrt dauerte nicht lang. Er hatte sich die Lage des Hauses eingeprägt, das konnte er gut, er brauchte keine Karten. In seinem Beruf war gutes Orientierungsvermögen unerlässlich. Denn natürlich übte Ewald Bucherer einen Beruf aus. Es wussten nur wenige Menschen davon. Und die hatten kein Interesse, dieses Wissen zu verbreiten.

Das Haus von Martin Fries war ein Neubau. Es sah nur nicht danach aus. Ewald kannte diese Art Häuser. Ein kleines Fertigteilhaus mit Pultdach und einer Terrassentür im Erdgeschoss, davor ein Stück Wiese. Hier war noch ein Geräteschuppen angebaut, weil solche Häuser keinen Keller haben. Es sind Rahmenkonstruktionen, das meiste verbaute Volumen ist Isoliermaterial. Man kann sie in einem Tag aufstellen, der Innenausbau dauert dann zwei Monate, aber nur, weil der Estrich lang zum Trocknen braucht; wer sich mit Trockenestrich begnügt, kann nach drei Wochen einziehen.

Ein typisches Haus – für jemanden, der sich eigentlich ein Haus nicht leisten kann. Ewald Bucherer parkte in der Nähe. Die Hintertür machte keine Probleme. Das Erdgeschoss bis auf Klo und Vorraum eine einzige Fläche, als Wohn-, Arbeits-, Koch- und Essraum, wie in den Erdhäusern der alten Germanen, die U-förmige Küchennische natürlich im Norden angeklebt mit einem Fensterchen, mehr braucht es ja nicht. Ewald Bucherer, der schon viele solche Interieurs gesehen hatte, sah in den Küchenwurmfortsätzen die wahre Ursache der hohen Scheidungsraten; den Frauen wurde ihr Stellenwert schon durch die Architektur angezeigt, was den Architektenschnöseln, die nicht einmal ein Ei kochen konnten, nicht klar war. Oder nur allzu klar. Ewald hasste Architekten. Es gab eine Sitzgruppe und einen Schreibtisch mit Computer in Fensternähe. Hier schuf der Hausherr seine unsterblichen Werke. Ewald nahm die Treppe in den ersten Stock. Bad und drei Zimmer. Im kleinsten stand Gerümpel und eine Fitnessmaschine mit Staubschicht, im nächstgrößeren Bett und Kleiderschrank, im größten Zimmer Bücherregale und der Fernseher. Davor ein Sessel. Keine Kunstgegenstände, kein Kitsch. Ein trauriges Haus, das nur von einer Spezies bewohnt werden konnte: Einem Mann nach der Scheidung. Im ganzen Haus ein einziges Bild. Es hing im Erdgeschoss gegenüber dem Schreibtisch und zeigte die Giebelseite eines Hauses mit herabgelassenen Rollos vor den Fenstern. Sah unheimlich aus, aber in diesem Haus wunderte ihn nichts mehr. Im Bücherzimmer begann er seine Untersuchung.

Einige Zeit später ging die Haustür. Ewald Bucherer saß auf dem Sofa im Erdgeschoss. Der Hausherr zeigte keine Überraschung beim Anblick des Besuchers.

»Hab ich vergessen, abzusperren?«, fragte er.

»Hast du nicht.«

»Ich hab sowieso vorgehabt, so Sicherheitszeug einzubauen«, sagte Martin Fries, »aber das ist alles teuer …«

»Würde sich hier auch nicht rentieren. Kein Krimineller mit einem Rest von Selbstachtung würde hier einbrechen. Das sieht man selten: Du hast nichts im Haus, das sich zu Geld machen ließe, buchstäblich gar nichts. Es ist alles Recyclingmaterial. Wie alt ist der Fernseher? Zehn Jahre?«

»Vierzehn… er hat noch eine richtige Bildröhre. Das sind die besten, sagt man.«

»Welches Betriebssystem auf dem Computer?«

»Windows NT! Funktioniert klaglos!« Seine Stimme war von Stolz erfüllt. Beide lachten.

»Ich frag mich nur«, sagte Martin Fries, »was dich dazu bewogen hat, hier einzubrechen – wegen krimineller Selbstachtung und so …« Ewald seufzte. »Nicht müßig tat zu euch ich diese Fahrt …«

»… der Not des Reiches seid von mir gemahnt!«, vollendete Martin Fries das Zitat aus »Lohengrin«. »Not des Reiches – verstehe. Aber welcher Art ist diese Not und – wo wir schon dabei sind – welches Reich eigentlich?«

»Das Reich der Obwalters. Und die Not besteht darin, dass ihnen eine bestimmte Zeichnung fehlt …«

»Ich hab ihr alle ausgehändigt.«

»Alle, bis auf eine. Ein Rembrandt, sagt sie. Den hast du aus der Mappe rausgenommen und willst ihn verkaufen.«

»Ach so? Interessant … was willst du trinken?«

»Kaffee wäre schön.«

»Nichts Stärkeres?«

»Ich muss noch fahren …« Martin Fries ging in die Küchennische und warf die Kaffeemaschine an. »Hast du ihn gefunden?«, fragte er und deutete mit einer Rundumgeste auf sein Interieur.

»Nein. Hast du ihn denn?«

»Tut mir leid. Ich wüsste, ehrlich gesagt, auch nicht, wie einer ausschaut, so ein Rembrandt. Außer, es steht ›Rembrandt‹ drauf, unten rechts. Hat der überhaupt so skizziert?«

»Signiert, du meinst signiert …«

»Ja, stimmt. Hat er?«

»Keine Ahnung, ich bin kein Experte.«

»Warum hat sie dann dich engagiert?«

»Sie hat wohl keinen anderen gehabt …«

Martin Fries ließ zwei Tassen Kaffee heraus und schüttete aus einer Flasche je einen Schluck dazu. »Diese Zeichnungen sahen alle aus wie Rembrandt«, sagte er. »Wiesen, Bäume, Landleute, Viehzeug und so. Niederländisch halt.«

»Lobry de Bruyn und van Ekenstein.«

»Wie bitte?«

»So heißen die Zeichner. Von den anderen Zeichnungen, meine ich, also nicht von dem Rembrandt.«

»Hör zu: Es waren einundfünfzig Blätter, keins mehr und keins weniger! Wenn die gute Lukrezia eins verschusselt hat, kann ich nichts dafür!«

»Beruhige dich, ich glaub dir ja!«

»Wieso hast du diesen blöden Auftrag überhaupt angenommen?«

»Sie ist meine Cousine ...«

»Na und, das ist doch noch kein Grund ...«

Ewald lachte laut auf. »Hast du nicht zugehört? Meine Cousine, ein Mitglied meiner Familie – einer Familie, die bis jetzt nichts, aber auch schon gar nichts von einem Konvolut wertvoller Zeichnungen geahnt hat, geschweige denn von einer Zeichnung eines gewissen Rembrandt van Rijn!« Das letzte hatte er fast gebrüllt, die Stirnadern traten hervor, Martin Fries, der ihn seit dreißig Jahren kannte, brachte den Kaffee. Ewald Bucherer nahm einen großen Schluck. Er setzte sich auf das Sofa und starrte auf seine Schuhe. Martin sagte nichts.

Sie hatten sich im Studium kennengelernt, gleich in den ersten Wochen in Innsbruck. Martin hatte Biologie inskribiert, Ewald Physik. Aus dem einen, dachte er, ist dann kein Biologe geworden, aus dem anderen kein Physiker, was aber dann? Das wusste er nicht. Sie hatten sich aus den Augen verloren, aber nicht so massiv, wie dieses Verlorengehen gemeinhin vor sich geht, wenn man auf einer Veranstaltung einen Menschen gesetzten Alters trifft, der einem vage bekannt vorkommt – bis man erkennt, dass man mit diesem Herrn etliche Nächte in Studentenlokalen durchgetrunken hat. So war das mit ihm und Ewald nicht. Sie begegneten sich manchmal in der Wiener Oper. Einfach deshalb, weil Ewald Bucherer an Karten herankam, wenn es offiziell keine mehr gab. Viele Leute schienen ihm verpflichtet zu sein, die Natur dieser Verpflichtungen hatte Martin nie ergründet; er hatte es auch nie versucht. Martin war nicht neugierig. Neugier, fand er, war für einen Schriftsteller kontraproduktiv, sie hemmte die Einbildungskraft. Jedenfalls die Art von Einbildungskraft, über die er selbst verfügte.

Er legte eine CD auf. Wenn Ewald in dieser Stimmung war, half nur Musik. Das verband sie. Sie liebten die Oper.

»Lucia okay?«, fragte er. Ewald brummte Zustimmung. »Alfin son tua, alfin sei mio…«, tönte es aus der Anlage. Die Musik beruhigte Ewald. Die Musik war ein Trost für sie beide. Immer gewesen. Was war auch tröstlicher als eine Frau, die eben der erzwungenen Heirat durch Abschlachtung des oktroyierten Ehemanns entkommen war? Na gut, entkommen in den Wahnsinn, aber das ist Konvention.

Als Lucia verstummt war, blieben sie auf dem Sofa sitzen und tranken ihren Kaffee. Ewald betrachtete das Bild an der Wohnzimmerwand. Er zog eine Mappe aus seiner Lederjacke, klappte sie auf und blätterte die Fotografien durch.

»Hier! Das ist es doch?« Er zeigte Martin Fries das Foto.

»Sie hat ein Foto davon?«

»Von jedem Bild im Haus. Hat sie mir mitgegeben.« Martin schüttelte den Kopf. »Die sind doch angeblich alle nichts wert. Wir haben sie vernichtet. Bis auf das da.«

»Wieso hast du ausgerechnet das behalten? Es ist unheimlich, wenn du mich fragst. Und apropos: Wer ist ›wir‹?«

Martin erklärte ihm die Zusammenhänge. Ewald zeigte sich gebührend beeindruckt. Martin strahlte vor Stolz. »Komm, wir fahren hin!«, schlug er vor. »Da lernst du sie kennen!«

Ewald fragte nicht, worin für ihn der Gewinn bestehen sollte, Gundula Hofmann kennenzulernen. Das war wieder eine dieser spontanen Ideen, zu denen Martin Fries seit jeher neigte; hing vielleicht mit der Schreiberei zusammen. Oder mit der Absicht, die neue Geliebte vorzuführen. Nach Ewalds Erfahrung eignete den meisten Künstlern eine naive Prahlsucht. Andererseits würde er das Interieur kennen lernen, er fragte sich aus beruflichem Interesse, wie wohl das Innere eines so entsetzlichen Hauses aussehen mochte. So eines war ihm bis jetzt nicht untergekommen.

»Also gut«, sagte er, »du fährst!« Martin stand auf und ging zur Tür.

»Moment«, sagte Ewald Bucherer, »willst du sie nicht vorwarnen, dass du jemanden mitbringst?«

»Ach woher, das ist nicht nötig. Sie ist nicht so zickig wie … wie … du weißt schon.« Ewald nickte und stand auf. Ewald hatte die heiße Trennungsphase von jener Dame, deren Name in Martins Beisein nicht mehr genannt wurde, miterlebt. Miterleben müssen. Viele ebenso aufwühlende wie trostreiche Opernbesuche. Diese Gundula würde in allem und jedem mit ihrer Vorgängerin verglichen werden – und würde sie schlagen müssen, ohne von dem Wettkampf zu wissen. Aber es würde ihr gelingen, da war Ewald voller Zuversicht. Die gewesene Frau Fries zu übertrumpfen, sollte einer normalen Frauensperson keine Schwierigkeiten machen, auf welchem Gebiet auch immer.

Die Dunkelheit hatte sich über den Walgau gesenkt. Martin startete den Wagen und eine CD. »Qui la voce sua soave mi chiamava …« Ewald erkannte die Stimme sofort. La divina. Die Aufnahme von dreiundfünfzig. Wieder eine Frau, die dem Wahnsinn verfällt, weil sie nicht geheiratet wird. Die Stelle konnte einem Mann bei lebendigem Leib das Mark aus den Knochen saugen. Elvira gefiel Ewald besser als Lucia; der Wahnsinn war nur temporär, am Ende klären sich alle Missverständnisse, die Hochzeit findet statt, Happy End. Bei Lucia ging ja alles schief. Martin Fries bevorzugte Lucia, Ewald Bucherer Elvira.

Das Haus erkannte Ewald nicht gleich. Es stand abgerückt von der Straße im hinteren Teil des Grundstücks. Martin hatte das Auto am Straßenrand abgestellt. Sie stiegen aus, betrachteten das Haus. Von dieser Stelle sah es genauso aus wie Höchst 1b.

»Du kannst sagen, was du willst«, äußerte sich Ewald, »aber ich seh da keine Verbesserung zum Gemälde. Er hat es gut getroffen, das kann man zugeben …« Martin Fries gab keine Antwort. Er starrte auf das Haus. Es sah ein wenig anders aus als Höchst 1b. Die Rollos waren oben, in den Fenstern brannte Licht. Das linke Garagentor zu, wie auf dem Bild. Das rechte stand aber offen. Und in der Garage ein Wagen, ein BMW, soweit er im matten Licht der Hauslaterne erkennen konnte. Nach einer Weile sagte er: »Das ist nicht ihr Auto.«

»Wieso?«

»Weil sie einen Nissan fährt. Der steht immer in der linken Garage. Die ist immer zu, so wie jetzt …«

»Aha. Und jetzt fragst du dich, wem der BMW gehört,

verstehe. Ein normaler Besucher würde das Auto auf der Straße parken. Oder eine Besucherin. Eine Cousine vielleicht.«

»Wie kommst du auf eine Cousine?«

»Könnte doch sein. Ich hab einen ganzen Haufen Cousinen. Aber das ist eine akademische Debatte. Faktum ist: Das Haus hat eine Doppelgarage, beide Teile sind belegt … sie hat nicht zufällig zwei Autos, deine Gundula?«

»Herrgott, nein!« Martin Fries brach der Schweiß aus. Er ahnte, worauf das Ganze hinauslief. Er hatte für Unglück seit jeher ein gutes Sensorium. Er spürte es ein paar Minuten, bevor es aktuell wurde, das Unglück. Allerdings nur Unglück, das ihn selbst betraf. Die Attacke des Abgeordneten Obwalter in der Galerie hatte er nicht kommen sehen und daraus geschlossen, dass es sich dabei nicht um ein Unglück handeln konnte. Tatsächlich hatte er im Verlauf der Ereignisse, die mit jener Attacke zusammenhingen, seine Gundula wiedergefunden; man konnte die Sache, wenn man wollte, so drehen. Diese Möglichkeit bestand jetzt nicht.

»Sieht so aus, als ob der BMW-ler hier wohnt«, sagte Ewald Bucherer.

»Warum ein ›er‹?«, wollte Martin wissen. Ein so verzweifelter Einwurf, dass Ewald nicht darauf antwortete. Martin stieg wieder ins Auto, Ewald folgte. Martin zögerte. Bis Ewald sagte: »Es nützt nichts. Du musst sie anrufen. Oder willst du einfach hingehen und klingeln?« Das wollte Martin Fries auf keinen Fall. Also zog er das Handy heraus und rief an.

»Ja?« Eine unangenehme Stimme, verdrossen. Als ob jemand bei etwas Heiklem durchs Telefon gestört würde. Und natürlich die Stimme eines Mannes.

»Entschuldigung, vielleicht verwählt. Ich möchte Gundula sprechen ...«

»Wer will das?«

»Fries, Martin Fries.« Man hörte die Stimme nach Gundula rufen, es krachte, weil der zur Stimme gehörende Mann das Handy irgendwo abgelegt hatte. Dann Gundula: »Gundula Curtius.«

»Wie bitte? Gundula Curz ... wie war das? Du heißt doch Hofmann!«

»Ach so, du bist das ...« Es klang wie das genaue Gegenteil von »begeistert«. »Curtius heißt das. Hofmann ist der Mädchenname.«

»Der was? Ach so ... und wer war das eben?«

»Wen meinst du? Ach so! Das war Bernhard!«

»Und wer ist das?«

»Mein Mann, wieso?«

»Wieso? Du fragst, wieso? Herrgott, noch vor zwei Tagen ...«

»Ja, ich weiß, es ist ... aber glaub mir, ich hätte es auch nicht für möglich gehalten ...«

»Du hast gesagt, du hast ihn verlassen!«

»Ja, gewissermaßen ...«

»Was soll das heißen? Wie kann man jemanden gewissermaßen verlassen? Entweder man verlässt oder ...«

»Er war auf einer Kur«, unterbrach sie ihn. »Entziehung,

du weißt schon, und stell dir vor, er hat sie absolviert!«

»Was absolviert?«

»Die Entziehungskur! Hab ich doch grad gesagt.« Jetzt klang sie ein klein wenig ungehalten. »Er ist wie ausgewechselt, ein ganz neuer Mensch. Absolut trocken, stell dir das vor! Die Augen, die Haut, alles wie neu, vom Psychischen gar nicht zu reden. Er ist so, wie er war, als ich ihn kennengelernt habe. Vor so vielen Jahren ...« Die Stimme wurde brüchig.

»Also ein Wunder, sozusagen ...«

»Du sagst es! Ein richtiges Wunder!« Der Sarkasmus war ihr entgangen.

»Na dann ... gratuliere ich. Wohnt er wieder bei dir?«

»Natürlich, wo denn sonst?« Martin Fries sagte nichts mehr, Ewald Bucherer räusperte sich, wie es Menschen tun, die Zeugen unangenehmer Vorfälle werden – wenn sich jemand in der Öffentlichkeit erbricht oder so. Der hatte, technisch bedingt, nur die Hälfte des Dialogs gehört, die andere konnte er aber aus dem Kontext ergänzen. Hier war nichts mehr zu machen. Martin kam zum selben Schluss. Er unterbrach die Verbindung. Hatte sie nicht gesagt, sie sei geschieden? Oder hieß das: Getrennt, im übertragenen Sinne? Denn wenn sie geschieden war, wieso nannte sie sich dann Curtius? Bei ihrem ersten Treffen hatte sie ihn angelogen. Vielleicht nicht nur ihn, auch sich selbst ... Ewald unterbrach den Gedankengang.

»Du hast dich gar nicht verabschiedet«, bemerkte er.

»Nein, wie könnte ich auch? Ich existiere doch gar nicht, wie kann ich mich also verabschieden?« Er sprach ganz ruhig, startete den Wagen und fuhr los. Ewald seufzte. Wenn in so einer Lage das Wort »Existenz« oder seine Abkömmlinge wie »existieren«, »sein«, »leben« auftauchen, muss mit einem schweren Anfall von Selbstmitleid gerechnet werden, je früher sie geäußert werden, desto schlimmer die Attacke. Die hier versprach schlimm zu werden, ganz, ganz schlimm …

»Ich bin«, sagte Martin, »weiß Gott schon oft abserviert worden, aber so noch nicht!«

»Hmm …«

»Ich meine, vor zwei Tagen vögelt sie mir das Hirn raus und dann …«

»… sie dir? Allerhand…«

»Eben, sag ich doch! Sag, ist das normal? Das ist doch nicht normal. Ich meine, Gefühle ändern sich, Einstellungen, Lebenshaltungen, soll alles sein, aber bitte, doch nicht in achtundvierzig Stunden!«

»Vielleicht ist sie verrückt.«

»Wie meinst du das?«

»Ich bin kein Arzt, aber wie könnte man das nennen: pathologisch inkonstant.« Martin antwortete nichts, aber Ewald bildete sich ein, sein Einwand hätte eine gewisse Tröstung bewirkt – bis Martin die bewusste CD in den Schacht schob. »Lucia di Lammermoor«, Wahnsinnsarie. Eine Verrückte, die grad ihren Bräutigam abgestochen hat; eine situationsadäquate, für den Betroffenen Martin Fries aber tragisch falsche Musikwahl. Natürlich kamen beim »Alfin son tua, alfin sei mio …« die ersten unterdrückten Schluchzlaute von der Fahrerseite. Ewald bemühte sich seinerseits, die peinliche Lage still zu erdulden und nicht etwa durch angeödetes Seufzen zu verschlimmern.

»Lucia« hatte aber einen kathartischen Effekt; Martin beruhigte sich, soll heißen, er gab keinen Ton von sich, als die Musik verklungen war, sondern schaltete den CD-Player aus. Keine Schlussklage Edgardos, der auch nach schwerer, selbst beigebrachter Stichverletzung noch minutenlang singt, ein physiologisches Wunder und ein bisschen lächerlich, das musste Ewald, der die Belcanto-Oper gegen alle Spötter verteidigte, zugeben. Beim gegenwärtigen Zustand Martins war es besser, auf den Schluss der Oper zu verzichten …

Im Fries´schen Heim wurde nichts gesprochen, bis zwei große Cognacs eingegossen waren. Sie setzten sich auf das Sofa.

»Was wirst du nun unternehmen?«, fragte Martin Fries. Ewald war überrascht. Hätte nicht er diese Frage stellen sollen?

»Was meinst du? Soll ich sein Auto manipulieren? Ihr Haus anzünden?«

»Auto, Haus? – Ach so! Nein, ich frage wegen Lukrezia, nicht wegen – ihr.« Schon hatte die Phase der bitteren Verneinung eingesetzt, die damnatio memoriae, schoss es Ewald durch den Kopf, das ging aber schnell … künftig würde es keine Gundula Hofmann mehr geben, sondern nur noch sie. Wenn überhaupt von ihr gesprochen wurde, was man, so gut es ging, vermeiden würde.

»Ich sag ihr einfach, ich hab bei dir nichts gefunden. Alles durchsucht, negatives Ergebnis.«

»Und das wird sie dir glauben?«

»Das muss sie wohl. Ich sag ihr auch, wenn dir was zustoßen sollte, geh ich zur Polizei. Nur für den Fall, dass sie jemand anderen anheuert, der nicht so nett ist wie ich.«

»Danke, das beruhigt ungeheuer. Die Vorstellung, ich könnte von ein paar Unterwelttypen totgeschlagen werden und bliebe ungesühnt, hätte mich nicht schlafen lassen!«

»Ich werde mich diesbezüglich sehr klar äußern, keine Angst! Auch, was die Familie von ihrem kleinen Geheimnis hält, werde ich dann zur Sprache bringen…«

»Geheimnis?«

»Diese Zeichnungen, die es im Unterschied zu dem ominösen Rembrandt ja wirklich gibt, wie du sagst. Davon hat sie der Familie nie ein Sterbenswort gesagt!«

»Na und? Die Dinger stammen doch von ihm, vom Obwalter.«

Ewald wendete sich Martin zu. »Das mag ja sein, aber wenn jemand aus dieser Familie zu Geld kommt, dann sollten es alle wissen. Wie zum Beispiel Klaus Grignard, als er vor zwei Jahren mit seiner Firma Pleite gemacht hat!«

»Wer ist Klaus Grignard?«

»Ein Cousin von ihr. Und von mir natürlich. Alter französischer Adel, der Marquis de Grignard war ein Royalist, der bei der Revolution nach Österreich geflohen ist.« Er stand auf, warf sich in Positur und begann zu singen. »Denn nicht komm ich aus Nacht und Leiden, aus Glanz und Wonne komm ich her!«

Martin applaudierte.

Die beste Methode, Ewald Bucherer vom Singen abzubringen (er konnte es nicht) bestand in Applaus.

»Also schön, du Lohengrin, mach, wie du denkst! Dann willst du also jetzt mit Monsieur de Marquis angesprochen werden. So heißt es doch?«

»Exactement! Aber im persönlichen Umgang verzichte ich darauf, es macht die Kommunikation einfacher …« Martin begann zu lachen und Ewald dachte, ich hab es wirklich drauf, ich hab ihn aus diesem Loch rausgeholt, vorläufig wenigstens.

Sehr vorläufig. Denn Martins Blick blieb an dem Bild haften und seine Stimmung verdüsterte sich wieder.

»Das Bild muss weg!«, sagte er.

»Das gemalte Haus? Verstehe, kein Problem … ich nehm es mit«, beeilte sich Ewald zu versichern. Er wollte Martin nicht gleich wieder in den Pfuhl aus verletztem Stolz und Selbstekel absinken lassen. »Ich geb es der Lukrezia zurück«, setzte er fort, »genau! Das einzige Fundstück, das du hast mitgehen lassen – gleichzeitig der Beweis für meinen Einbruch bei dir!«

»Und dass es ihr Haus ist, lässt du weg?«

»Ihr Haus – das von Lukrezia? Ach so … nein … ja, lass ich weg.« Richtig: Das bloße Personal- oder Possessivpronomen (weiblich) bezog sich von jetzt an auf die verachtenswerte Gundula Hofmann, nein: Curtius. Möge sie für immer … er riss sich zusammen und nahm das Bild von der Wand. Dann verabschiedete er sich; das Gemälde in der Hand war ein gutes Argument zum Gehen. Und nicht zu bleiben, bis der unvermeidliche, zweite Verzweiflungsschub Martin Fries überrollen würde. Den ersten hatte Ewald aufgehalten, mehr konnte kein Mensch verlangen. Er verstaute Höchst 1b auf dem Rücksitz des Lada und fuhr los. Er entschloss sich für die Straße, die durch den Wald an der Schattenburg vorbei nach Feldkirch führte.

Seine letzte Erinnerung war eine bestimmte Kurve an dieser einsamen Straße, eine Rechtskurve. An Späteres konnte er sich nicht erinnern. Nicht an die Sanitäter, obwohl er »ansprechbar« gewesen sei, wie sie angaben, an den Unfall selber sowieso nicht. Der Hergang schien trotz der Augenzeugen merkwürdig. Ein Feldkircher Ehepaar, das im Gasthof Brunnenwald zu Abend gegessen hatte. Die beiden fuhren hundert Meter hinter Ewald. Ewald folgte nicht der Rechtskurve, sondern fuhr geradeaus, »wie auf Schienen«, beschrieb es der Zeuge, die Fahrt endete an einem Baum auf der linken Seite, »noch ein Glück«, wie es die Zeugin ausdrückte, denn einen Kilometer weiter unten wäre er hundert Meter über einen Abhang gefallen. »Glück« ist relativ. Gehirnerschütterung, drei gebrochene Rippen, schwere Prellungen an den Beinen. Das Ehepaar hielt an, versuchte Erste Hilfe zu leisten, was nicht ging, weil Ewald im Auto verkeilt war, die Feuerwehr musste ihn rausschneiden. Der Lada Totalverlust. Das Bild konnte geborgen werden. Die Unfallursache blieb rätselhaft. Bei der ersten Befragung durch die Polizei gab er an, sich an nichts mehr erinnern zu können. Martin Fries erfuhr von dem Unfall durch die Polizeiinspektion Feldkirch, die von ihm wissen wollte, ob irgendwelche Umstände bei Bucherers Besuch einen Hinweis auf die Unfallursache enthielten. Martin Fries konnte keine solchen Umstände benennen, Ewald Bucherer trinke nie, wenn er fahre und habe auch bei ihm nichts getrunken.

Als Martin Fries im Krankenhaus ankam, machte Ewald einen lädierten Eindruck; er wirkte schwerer verletzt, als er war, vielleicht wegen der Schmerzmittel, Reden strengte ihn an.

»Wo ist das Bild?«, fragte Martin.

»Hat die Polizei …«

»Ich kümmere mich drum!« Martin blieb noch eine Weile sitzen, es fiel ihm aber nichts Aufmunterndes ein, Ewald schien weder auf Gespräche noch Gesellschaft wert zu legen, also wünschte er gute Besserung und ging. Im Auto dachte er wieder an das Gemälde. Es zeigte Gundulas Haus und Gundula bedeutete Verlust und Scham. Aber so einfach kam er aus der Sache nicht heraus, sie hatte schon auch mit ihm zu tun, denn Ewald war damit von seinem Haus weggefahren. Was war jetzt mit dem Bild, was würde die Polizei damit machen? War das schon Paranoia? Warum sollte nicht jemand im Auto ein Bild von A nach B befördern? An sich war daran nichts Verdächtiges. Außer man kannte die näheren Umstände – das Bild stammt aus einem Einbruch, der hat aber nicht diesem Gemälde gegolten, sondern einer Mappe mit niederländischen Zeichnungen, Herr Inspektor, und ein richtiger Einbruch war es auch nicht, weil von der Besitzerin bestellt, also Vortäuschung einer Straftat, verstehe … ist so ein Einbruch eigentlich eine Straftat, wenn er bestellt ist? Oder … warten Sie … Beihilfe zur Vortäuschung einer

Straftat? Das aber doch höchstens dann, wenn ich gewusst hätte, dass die Frau Obwalter *vorgehabt* hat, eine Straftat vorzutäuschen, also, zur Polizei zu gehen. Das hab ich aber nicht gewusst – das ganze Theater war doch nur dazu da, ihren Mann zu täuschen! Zu dessen eigenem Besten! Wo ist hier, frage ich Sie, der Dolus, der böse Vorsatz?

Das raubte ihm die Ruhe. Er kehrte zum Krankenhaus zurück. Er musste wissen, was Ewald der Polizei alles erzählt hatte. Über das Bild. Wem es gehörte zum Beispiel. Wenn er gesagt hatte, *gehört mir*, war alles in Ordnung. Dann könnte Ewald nach der Entlassung aus dem Spital das Werk bei der Polizei abholen. Anders, wenn er gesagt hatte: Das Bild gehört Lukrezia Obwalter. Dann würde die verständigt, kein Problem. Aber was, wenn Obwalter selber am Telefon war? Und dann das verfluchte Ding abholen kam?

Ewald war sehr ungehalten, als er wieder geweckt wurde. »Hältst du mich für blöd, oder was? Ich hab gesagt, es gehört dir … jetzt lass mich schlafen!«

»Ich hol es …«

»Mach, was du willst. Und hau ab!« Martin begab sich umgehend zur Polizeiinspektion Feldkirch und machte seinen Anspruch auf das Gemälde Höchst 1b geltend. Er bekam es gegen Empfangsbestätigung ausgehändigt. Soweit er feststellen konnte, war es unbeschädigt. Er verstaute es im Kofferraum und fuhr heim. Dort begann er, über die Sache nachzudenken. Er tat es, ohne das Gemälde anzuschauen; er hatte es im Flur an die Wand gelehnt, die Rückseite nach vorn. Er wollte es nicht mehr sehen. Er wollte es einfach nicht mehr sehen, nicht ein einziges Mal. Und es konnte nicht hierbleiben. Am liebsten hätte er es irgendwo weggeworfen, aber das war im sauberen Vorarlberg schwierig. Es gab keine Müllhalden mehr, nicht einmal illegale; jedenfalls hätte er nicht gewusst, wo der nächste illegale Müllplatz zu finden wäre. Blieb die Zerstörung, das Zerschnippseln und die Entsorgung als Restmüll wie bei den anderen Gemälden aus dem Hause Obwalter. Aber das traute er sich nicht. Er traute sich nicht einmal, das war das Sonderbare, darüber nachzudenken, warum er sich nicht traute, das Bild zu zerstören und einfach wegzuschmeißen. Erst viel später sollte er wieder daran denken.

Jetzt kam nur eins in Frage: Das Bild musste aus dem Haus, unzerstört, unangeschaut und sofort. Die Lösung des Problems fiel ihm sehr bald ein. Sie lag sozusagen in dem Bild selbst, dem dargestellten Gegenstand. Er schätzte sich glücklich, dass er schlampig war und nie etwas wegwarf. Sein kleiner Holzanbau enthielt außer der Heizung eine Menge Gerümpel, die »richtige« Vorarlberger längst entsorgt hätten. Martin Fries war aber kein »richtiger« Vorarlberger, deshalb hatte er einen Haufen überflüssiges Zeug, darunter einen kaputten Flachheizkörper, aber nicht nur diesen, sondern auch den ähnlich flachen Karton, in dem das Ding verpackt gewesen war. Der Karton war nicht kaputt und von seinen Abmessungen ideal zur Verpackung etwas ähnlich Flachen – für ein Gemälde zum Beispiel. Er holte den Karton aus dem Anbau. Er passte. Die verbliebenen Zwischenräume stopfte er mit Zeitungspapier aus. Er beschriftete das Paket mit einer einfachen Adressangabe, packte es ins Auto und fuhr nach Gisingen. An der wohlbekannten Adresse war es dunkel, wie auch in den Nachbarhäusern. Er stellte das Paket an die Haustür und fuhr heim. Er fiel in tiefen, traumlosen Schlaf. Als er erwachte, empfand er, eine drückende Last sei ihm von den Schultern genommen. Natürlich war sein persönliches Schicksal durch den Verrat Gundulas nach wie vor traurig und so weiter … aber dieses existenzielle Entsetzen, das ihn seit Ewalds Unfall gefangen gehalten hatte – das war vorbei. Glaubte er. Diese Sache mit dem Bild war zu Ende. Soweit es ihn betraf. Das stimmte auch. Soweit es nicht Martin Fries betraf, fing es erst an. So richtig an.

5

Bernhard Curtius war Maschinenbauer und arbeitete bei einem Ingenieurbüro in Vaduz. Das heißt, er hatte dort gearbeitet, bis er wegen Trunkenheit entlassen wurde. Er war Alkoholiker. Die Sucht hatte sich nach dem Tod des Vaters innerhalb einiger Monate entwickelt. Man spricht von »Alkoholikerkarriere«, Bernhard Curtius – oder eine bestimmte Instanz in seinem Kopf – wollte wohl einen Rekord aufstellen, so sah es aus. Er kam in ganz kurzer Zeit ganz tief runter.

Der Reiz des Brecht-Stücks »Herr Puntila und sein Knecht Matti« beruht auf einer einfachen Inversion, einer Umkehrung der Realität. Puntila ist nüchtern ein Widerling, besoffen ein Menschenfreund. In Wirklichkeit ist es bei landläufigen Alkoholikern genau umgekehrt, das wissen auch alle. Bernhard Curtius war keine Ausnahme. Mit der Einschränkung, dass er nüchtern nicht gerade ein Menschenfreund, sondern ein pedantischer Langweiler war. So erschien er Arbeitskollegen und den meisten Menschen, die ihn kannten, nur Gundula nicht. Natürlich nicht, sie hatte ihn ja geheiratet. Das Herz hat seine eigenen Gründe und so weiter, was aber für den Fortgang der Ereignisse keine Rolle spielt, denn mit dem Einsetzen aggressiver Sauferei wandelte sich Bernhard Curtius vom tragbaren 08/15-Ehemann zum unerträglichen Ekelpaket. Er verkörperte den sogenannten Gamma-Typ des Alkoholikers – das sind jene, die sich in Abständen schwer betrinken und die Sau rauslassen, woran eine Phase der Nüchternheit und Anfälle schwerer Reue anschließen, die bis zum nächsten Anfall halten. Ein zyklisches Geschehen, gesteuert von biochemischen Rhythmen, das nur durch Abstinenz beendet werden kann. Dieser Typus des Alkoholikers wird rasch sozial auffällig, er verliert bald den Führerschein, seinen Job und seine Frau, meistens in dieser Reihenfolge. Wenn die Karriere nicht durch eine Entziehungskur beendet oder unterbrochen wird. Während bei beruflichen oder künstlerischen Karriereenden der bittere Satz gilt: »They never come back«, ist das bei Alkoholikern zu mindestens fünfzig Prozent nicht so. Der Rückfall ist ganz normal.

Gundula Hofmann wusste im Grunde ihres Herzens, dass diese Dinge unausweichlich nach einem bestimmten Plan ablaufen, einem Drehbuch; nicht von einem begabten Autor geschrieben, sondern von chemischen Vorgängen im Gehirn festgelegt. Sie hatte über Jahre Gelegenheit gehabt, darüber zu lesen, die Abläufe in der Praxis zu studieren. Sie hat, was sie da las und erlebte, nur nicht geglaubt. Sie liebte ihren Bernhard. Er beteuerte, dass auch er sie liebe, seine Gundula, das Licht, das einzig Schöne in seinem Leben. Es war genau, was sie hören wollte. Hören und glauben. Wenn er dann wieder besoffen nach Hause kam, war sie nicht nur enttäuscht, sondern verletzt, kam sich entwürdigt vor, betrogen, und, was das Schlimmste war: lächerlich. Sie hatte also ein Ultimatum gesetzt. Bernhard musste sich entscheiden. Für sie oder den Alkohol. Bernhard schien zu erkennen, dass es nun richtig ernst wurde, entschied sich für die Entziehungskur in einem renommierten Sanatorium und absolvierte sie mit dem gleichen Fleiß, der gleichen Energie, die ihn sein Studium hatten absolvieren lassen. Summa cum laude.

Es ist müßig, darüber zu spekulieren, was Bernhard Curtius an jenem Abend wieder zur Flasche greifen ließ. Wir könnten ihn fragen, und er würde, wieder ausgenüchtert, allerhand Erklärungen liefern, ein Amalgam aus unglücklichem Zufall, eigener Schwäche und einer tiefsitzenden seelischen Störung – Psychogeschwätz, das sich jeder halbwegs intelligente Alkoholiker in den Therapiesitzungen während der Kur aneignet. Nichts davon hat irgendwelche Bedeutung, auch wenn viele Involvierte daran glauben. Die Alkoholiker selber, die Psychologen, die Therapeuten, die Ärzte, die Angehörigen.

Gundula merkte es, als er das Haus betrat. Man sieht es an den Augen. Sie sind verschleiert. Sie sind auch dann verschleiert, wenn der Betreffende zufällig nüchtern ist. Die Kennerin sieht ihm in die Augen und weiß: Er wird es nicht lang bleiben und ist es noch nicht lang, höchstens ein paar Stunden, nüchtern nämlich. Sie braucht nicht seinen Atem zu riechen, das Menthol der Minzbonbons, von denen er ein Dutzend auf einmal gelutscht hat, sie braucht die kaum merkbare Ataxie in seinen Bewegungen nicht zu sehen, das Millisekundenzögern bei allem, was er tut, sie braucht auch das aufgesetzt joviale Gerede nicht zu hören, das er absondert wie eine Schnecke den Schleim, dieses Reden, in dem schon der kindisch quengelnde Unterton lauert, die Verdrossenheit des sinkenden Spiegels. Es genügt, wenn sie seine Augen sieht.

Gundula war getroffen wie von einem Keulenschlag. Sie wankte. Sie musste sich setzen. Er redete in einer Tour über einen Schulfreund, den er in der Stadt getroffen hatte, wie es dem ergangen war, etwas über die Ehe dieses Menschen, die nicht gut zu laufen schien, und andere Sachen, die Gundula nicht mitbekam.

»Du hast getrunken«, sagte sie ohne Ton in der Stimme. »Du Schwein.« Er schlug so hart zu, dass sie vom Stuhl fiel. Dann trat er sie in den Bauch. Ein, zwei Mal. Völlig stumm. Erst dann begann er zu brüllen. *Hure* natürlich, *Dreckshure.* (Bernhard Curtius war sprachlich nicht sehr gewandt.) Er neigte zu Perseverationen, konnte sich von dem Ausdruck Hure nicht mehr lösen. Für den Spannungsabbau war es aber gut, dass er überhaupt herumschrie, weil es ihm ersparte, sie totzuschlagen oder zu -treten. Ihr wurde es dadurch möglich, ins Bad zu kriechen und sich einzuschließen. Gundula trug, wo sie stand und ging, ihr Handy bei sich. Sie rief die Polizei. Die Polizei kam und nahm ein Protokoll auf. Der Hausherr war nicht mehr anwesend. Die Gewalttat wurde durch den riesigen Bluterguss auf der ganzen linken Gesichtshälfte bewiesen, Gundula ließ sich von der Rettung ins Spital bringen. Dort entdeckte man einen Milzriss.

Schwere Körperverletzung, Notoperation. Fahndung ohne Ergebnis. Bernhard Curtius war offenbar untergetaucht. Er blieb verschwunden.

Martin Fries bekam von dieser ganzen Sache nichts mit. Er las keine regionalen Zeitungen, die Gratisblätter warf er ungesehen in den Altpapiercontainer. Er hatte zwei große Blätter abonniert und war von ihrem Umfang wie die meisten Menschen überfordert; er hatte ein schlechtes Gewissen, weil er nicht alles darin las, was er nach eigener Einschätzung hätte lesen sollen. Ständiger Rückstand bei der Lektüre, die umfangreichen Wochenendausgaben warf er oft als ganze fort. Für elektronische Medien hatte er erst recht keine Zeit, er sah sich im Fernsehen nur Kriminaldokus an oder Wissenschaft, keine Nachrichten, lokale erst recht nicht. So ging die Affäre Curtius an ihm vorbei. Bis ihn Gundula anrief. Das war etwa zwei Wochen nach dem Überfall. Als er ihre Stimme hörte, gab es einen feinen Stich in der Herzgegend, das Herz schlug auch schneller, gleichzeitig ärgerte er sich über seine Reaktion. Das Kapitel war abgeschlossen, verflucht, daran würde auch kein Herzrasen das Geringste ändern. Er zwang sich zu munterem Ton.

»Wie geht´s dir?«, fragte er.

»Ach, wie soll´s schon gehen …« Sie klang bedrückt.

»Was hast du?«

»Schmerzen natürlich …«

»Wieso natürlich? Schmerzen sind nie natürlich, sondern ein Alarmzeichen. Warst du schon beim Arzt?« Die Frage schien sie zu irritieren.

»Ja, schon … natürlich war ich beim Arzt!«

»Und was sagt der?«

»Milzriss …«

»Was?! Um Gottes Willen, damit ist nicht zu spaßen, du musst sofort ins Spital, das muss …«

»… von da ruf ich doch an … aus dem Spital.«

»Du bist im Spital? Wann ist die Operation?«

»Wenn das ein Witz sein soll, ist er nicht gut, Martin. Die OP war vor vierzehn Tagen. Ich werde heute entlassen.«

»Witz, wieso Witz? Ich mach über so was doch keine Witze!« Der Ärger stieg heiß und flüssig in ihm hoch. »Und wieso rufst du eigentlich mich an? Kann nicht dein Mann dich abholen?« Sie lachte, es klang unfroh.

»Nein, kann er nicht!«

»Wieso? Ist er weggefahren?«

»Kann man sagen. Er ist abgehauen.«

»Das ist aber dumm, ausgerechnet jetzt! Warte: Hat er etwa einen Rückfall …?«

»Kann man so sagen …«

»Oh je! Entschuldige, da ist ja einiges bei dir zusammengekommen. Aber es gibt halt so Zufälle …«

»Es war kein Zufall …«

»Verstehe, die Vorsehung. Ich kann dir da nicht ganz folgen, aber ich respektiere deine Ansicht, es gibt ja tatsächlich mehr Dinge zwischen Himmel und Erde …« Er hörte sie seufzen.

»Apropos«, fragte er schnell, »was sagt denn der Unfallgegner zu der Sache?«

»Der ›wer‹?«

»Der im anderen Wagen. Da musst du verdammt aufpassen, das sag ich dir! Diese Herrschaften probieren, sich raus zu winden, ist praktisch immer so, ich hab das einmal recherchiert! Du brauchst auf jeden Fall einen Spitzenanwalt. Ich kenn ein paar, ich kann dir das vermitteln. Mit einem Wald-und-Wiesen-Advokaten bist du erschossen …«

»Martin!«, unterbrach sie ihn. »Es war kein Autounfall!«

»Ach so … bist du gefallen?«

»Ja. Nachdem mich das Arschloch niedergeschlagen hat. Dann hat er mich in den Bauch getreten. Daher der Milzriss.«

»Um Gottes Willen! Ein Überfall! Konntest du der Polizei eine Beschreibung liefern?«

»War nicht nötig. Ich hab ihn gekannt.«

»Sag bloß! Wer war´s denn?«

»Mein Mann.«

Martin verstummte. Es wurde ihm klar, dass er sich in diesem Gespräch von der ersten Sekunde an wie ein kompletter Idiot betragen hatte. Das sagte er ihr nach einer Weile. Und dass ihm das leid täte. Und dass er sie jetzt vom Krankenhaus abholen würde, wenn es recht sei.

Es war recht.

Im Auto sprachen sie nicht viel. Martin verhielt sich fürsorglich und verständnisvoll, wenigstens glaubte er das. Gundula schien aber seine Bemühungen mit einem gewissen Wohlwollen aufzunehmen. Er sah das an ihrem Lächeln, an ihren Blicken, die auf ihm ruhten, während er das Auto lenkte. Ja, er spürte – ohne hinzuschauen – dass sie ihn ansah. Die ganze Fahrt hindurch, unverwandt, könnte man sagen.

So etwas war ihm noch nie geschehen; er zweifelte sofort an dieser Wahrnehmung, blickte rasch auf ihre Seite. Sie schaute ihn an. Und sie lächelte. Er wagte nicht, nach dem Grund zu fragen.

»Hilfst du mir mit den Sachen?«, fragte sie vor dem Haus, »ich soll nichts heben.«

»Natürlich …« Sie hatte nur eine Reisetasche, die keine fünf Kilo wog.

Sie sperrte auf, ließ ihn ein und schloss die Haustür hinter ihm. Er ging ins Wohnzimmer voran, stellte die Tasche auf den Boden neben dem Sofa, spürte ihre Hand auf seinem Arm. Sie stand hinter ihm, viel zu dicht – wenn man die Umstände, den Stand ihrer Beziehung und so weiter betrachtete. Sie sah diese verzwickten Dinge aber anders, denn sie sagte: »Ich habe einen Fehler gemacht, Martin, einen saudummen Fehler. Kannst du mir verzeihen?«

Er wollte etwas fragen, Fehler, wieso Fehler, das kann man so und so sehen; er brachte aber nichts heraus, öffnete nur den Mund und muss, wie er sich später überlegte, idiotisch ausgesehen haben. Das schien sie nicht zu stören, denn sie nahm sein Schweigen auf ihre Frage als »Ja«, ergriff die Gelegenheit, nahm seinen Kopf in ihre Hände und schob die Zunge in seinen halbgeöffneten Mund. Er erwiderte den Kuss. Danach setzten sie sich auf das Sofa.

»Ich mach uns was zu essen«, sagte sie nach einer Weile, und er: »Ich helf dir …« Es gab Kurzgebratenes aus der Tiefkühltruhe und Sprossenkohl, auch aus der Tiefkühltruhe. Das machte aber nichts.

Er musste wegen der Operationsnarbe bei den folgenden Aktivitäten mit großer Vorsicht zugange sein; sie versicherte aber, der Befriedigung habe das nicht geschadet. Tatsächlich sei sie sogar gesteigert worden, und zwar durch das mit einem maßlosen Glücksgefühl einhergehende Bewusstsein, ihren schweren Fehler im letzten Moment, gerade noch so eben also, korrigiert zu haben. Den Fehler, ihn, Martin Fries, den lieben, guten und edlen, zurückgestoßen und verlassen zu haben ... so oder so ähnlich hörte sie sich an. Er verdrängte das Gesagte sofort, das lag am tief eingewurzelten Calvinismus, an dem viele Vorarlberger leiden, obwohl sie offiziell katholisch sind; ein Umstand, der mit einiger Verlegenheit als »alemannische Nüchternheit« apostrophiert wird – die Abscheu vor Lob gehört dazu, dem immer etwas Falsches, sogar Verwerfliches anhaftet. Daneben dämmerte ihm etwas. Denn in Wahrheit war er schuld. Denn was hatte er getan: Ihr das Bild vor die Tür gestellt. Warum? Weil er es los sein wollte. Weil es ihn an das gemeinsame Abenteuer erinnerte. Das nur eine Episode war, ein Nichts, kein Anfang, kein Beginn eines neuen Lebens mit ihr.

»Es ist das Bild«, sagte er, »deshalb ist das alles so gekommen.«

»Welches Bild?«

»Du hast in deinem Besitz ein bestimmtes Gemälde, das vor einigen Tagen in der Nacht an deine Tür gelehnt wurde. Auf dem Bild ist dieses Haus ...«

»Woher weißt du ... ach so, das ist von dir?«

»Ich kann es nicht leugnen ...«

»Aber wieso?«

Er seufzte und begann eine längere Erklärung. Als er geendet hatte, zeigte sie sich betroffen.

»Du meinst, Bernhard hatte diesen Rückfall, weil das Bild im Haus war?«

»Bernhard hätte diesen Rückfall früher oder später sowieso gehabt. Es geht nicht um ihn, es geht um dich. Das Bild befindet sich in *deinem* Haus … wo ist es übrigens?«

»Im Keller. Ich hab nicht gewusst, was ich damit tun soll …«

»Du hast es nicht erkannt?«

»Natürlich hab ich's erkannt – dass mein Haus drauf ist.«

»Nein, das meine ich nicht! Hast du nicht gesehen, dass es aus der Obwalter-Villa stammt?«

Sie setzte sich auf und runzelte die Stirn. »Du hast es dort mitgehen lassen?«

»Natürlich. Und es muss heißen wir. Wir haben es dort mitgehen lassen. Wie eine Menge anderer Gemälde auch …«

»Die hab ich alle zerschnitten!«

»Dieses nicht.«

»Und du hast es behalten, weil …«

»… weil dein Haus drauf ist. Dieses Haus. Das ich durch das Bild gefunden habe. Nur durch das Bild Höchst 1b. Es war mir wertvoll. Das verstehst du doch?«

»Und nachdem Bernhard wieder hier aufgetaucht ist …«

»…konnte ich es nicht mehr sehen, nicht mehr in meiner Nähe haben. Also hab ich es dir zurückgegeben …«

»Wieso zurückgegeben? Es gehört mir doch gar nicht!«

»Aber es ist dein Haus drauf! Es … es erschien mir logisch.

Glaub mir, die Zusammenhänge sind mir erst nach deinem Anruf klar geworden, da war es aber zu spät. Es ist egal, wie das Bild in deinen Besitz kommt. Glaub ich wenigstens. Es bringt Unglück ...«

»Das ist doch ein Witz, oder?«

»Siehst du mich lachen?«

Das musste sie verneinen. Dennoch empörte sie sich. »Das ist doch purer Obskurantismus! Ein Bild, das Unglück bringt, ein Fluch womöglich, meine Güte!« Sie begann zu lachen. Er blieb ruhig, legte seine Hand auf ihre linke Seite und drückte ein wenig. Sie verzog das Gesicht.

»Tut es noch weh?«, fragte er.

»Natürlich. Wieso fragst du?«

Er antwortete nicht. Nach einer Weile fragte sie: »Was soll ich jetzt damit machen?«

»Gar nichts. Du machst gar nichts. *Ich* mach was. Ich hab die Suppe eingebrockt, ich werde sie auch auslöffeln.« Das war ein blöder Satz, was ihm erst auffiel, als er ihn ausgesprochen hatte. Er rechnete ihr hoch an, dass sie ihn nicht kommentierte. Das mit dem Einbrocken war wohl richtig, aber ausgelöffelt hatten bisher nur seine Gundula und davor Ewald Bucherer. Er sah an ihrem zweifelnden Blick, dass sie dieselbe Überlegung anstellte. Aber sie sagte nichts, und darauf kam es an.

Am nächsten Morgen verpackte er das Bild in den Karton, in dem er es an Gundula geliefert hatte, schrieb eine Adresse drauf und brachte es zur Post. Einen Tag später wurde das Paket an die Villa am Ardetzenberg in Feldkirch geliefert.

Als Oswald Obwalter die Verpackung aufgerissen hatte, war er verwirrt. Er rief seine Frau an, die saß, wie fast jeden Vormittag, im Büro des Vereins Kunst. Er berichtete ihr, Höchst 1b sei wieder aufgetaucht. Wie zu erwarten, hatte er auch gleich eine Theorie, die das Vorkommnis erklärte; allerdings keine besonders originelle oder auch nur glaubwürdige.

»Die Diebe haben gemerkt, dass sie das Bild nicht unter der Hand verscherbeln können«, sagte Oswald. »Wegen der Qualität, verstehst du? Cannizzaro ist schon zu bekannt, es wird ihn freuen, wenn ich ihm das erzähle. Die anderen Bilder kann man irgendwo losschlagen, da fragt keiner nach der Herkunft. Das bedeutet natürlich gleichzeitig, dass diese Bande jemanden zur Hand hat, der sich auskennt, der weiß, wen man fragen muss, wo man sich erkundigen muss, richtige Recherche halt. Dieser Jemand hat ihnen gesagt, Finger weg von Höchst 1b, das ist zu heiß. Der hat wahrscheinlich auch dazu geraten, das Ding zurückzugeben, das hat man bei berühmten Kunstraubzügen der Vergangenheit gesehen. Was müssen wir daraus folgern? Dass diese Szene nicht mehr von Gelegenheitseinbrechern bestimmt wird, ob aus dem Osten oder sonst wo her, sondern das sind Profis, die sich sogar einen Kunstexperten leisten! Ich habe immer darauf hingewiesen, dass uns hier Gefahr droht, und bin dafür massiv kritisiert worden, das weißt du ja, von dieser Gutmenschenkamarilla … jedenfalls ist er jetzt wieder da, das ist doch toll!«

»Wer ist wieder da?«

»Der Cannizzaro, davon red ich doch die ganze Zeit!«

»Ja sicher, fein, du hast recht, ich freu mich ja auch!«

Sie legte auf. Lukrezia kannte ihren Mann nun schon so viele Jahre und staunte immer noch über seine Politikerfähigkeit, einfache Sachverhalte so zu verdrehen, dass sein Weltbild bestätigt wurde. Einen *Cannizzaro* besaßen sie nun! Kein Mensch hatte bis jetzt von einem *Cannizzaro* gesprochen. Wie man von einem Renoir spricht, einem van Gogh. Cannizzaro so berühmt, dass man sein Werk Höchst 1b nicht auf dem normalen Kunstmarkt unterbringt, nicht einmal den Versuch machen darf, weil man sonst in Teufels Küche kommt mit Interpol, Versicherung und so weiter. Lächerlich.

Die Begeisterung Oswald Obwalters für den Künstler Cannizzaro speiste sich aus aktuellem Anlass: Dr. Hermann Pictet hatte ihn angerufen und in die Galerie gebeten.

»Er hat sich gemeldet«, eröffnete Pictet, kaum, dass Oswald das Büro betreten hatte. Oswald musste nicht fragen, wer gemeint war. Er fragte nur: »Wie ist das Interesse?«

»Echt, möchte ich sagen. Ich habe Erfahrung mit solchen Leuten, ich spür das … er will ihn nächste Woche sehen. Er kommt selber her.«

»Kein Mittelsmann, kein Kunstprofessor von der Tretjakow?«

»Nichts dergleichen. Das heißt, vielleicht ist er der Mittelsmann …«

»Wie nennt er sich?«

»Porfirij Alexandrowitsch Borodin.«

Oswald lachte. »Ja, ausgerechnet!«

»Verzeihung?« Pictet lachte nicht.

»Borodin! Der Komponist!« Pictet runzelte die Stirn.

Du meine Güte, dachte Oswald, da stellt man sich vor, ein angesehener Galerist, ein gebildeter Mann, und dann kennt er Alexander Borodin nicht. Peinlich.

»Musik interessiert mich nicht so«, erklärte Pictet ohne Anzeichen von Missbehagen. Wahrscheinlich hält er mich für den Deppen, ging es durch Oswalds Kopf. So weit ist es schon gekommen, dass die Fachidioten stolz drauf sind, dass sie Fachidioten sind.

Man verabredete einen Termin am Montag der nächsten Woche. Oswald Obwalter marschierte durch die Feldkircher Innenstadt nach Hause. Nein, er ging nicht, er marschierte. Mit weit ausholenden, federnden Schritten, erhobenen Hauptes. Nach ein paar Metern fiel ihm selber auf, wie sich sein Gang verändert hätte. Wie war er vorher herumgeschlichen, zögerlich, fast tappend wie ein alter Mann, leicht gebückt, den Blick gesenkt. »Hoffentlich hab ich nicht auch noch vor mich hin gemurmelt, das hätte noch gefehlt zur Vollendung des Jammerbildes!« Nein, die Lippen bewegt hatte er wohl nicht ... Jetzt war alles anders. Die Menschen in dieser Stadt wussten noch nicht, welch große Veränderung ihm bevorstand, sie hatten auch nichts davon, die miesen Schleimscheißer, die sich hinter seinem Rücken über ihn mokiert hatten nach dem Sturz. Aber er hatte etwas davon, viel, sehr, sehr viel. Er würde wieder reich sein. Er würde wieder wer sein. Überhaupt: Er würde wieder sein. Und nicht *nicht* sein wie bis jetzt.

Der Rest der Woche glich einem Traum. Er tat dies und das, hätte aber schon einige Tage später nicht mehr sagen können, was das gewesen war. Er hatte die ganze Zeit gute Laune gehabt, das wusste er noch und grinste vor sich hin. Das fiel ihm am Morgen auf, wenn er sich beim Rasieren im Spiegel sah. Es ging ihm gut, Oswald Obwalter konnte sich nicht erinnern, dass es ihm jemals so gut gegangen war.

Montag, zehn Uhr. Montag war die Galerie Pictet geschlossen, dafür hatte sie am Samstag offen, das war günstiger für die vielen Schweizer Kunden. Oswald betrat heute die Galerie durch die Hintertür. An sie gelangte man von einem Seitengässchen der Feldkircher Innenstadt aus durch einen kleinen, von hohen Mauern umgebenen Garten; das heißt, man gelangte dorthin, wenn die Gartenpforte nicht verschlossen war. Jetzt ließ sie sich öffnen, dahinter stand Frances Cope, murmelte, die anderen seien schon da, machte die Gartentür wieder zu und schloss ab. Der hintere Hauseingang führte in einen Flur, Dr. Pictet wartete schon. »Er ist da!«, flüsterte er. Melodramatisch. Er wartete im Büro. Er saß am Besuchersessel, in den Händen eine Zeichnung, die er zu studieren schien. Als Oswald eintrat, hob er den Kopf, warf ihm einen Blick zu und wandte sich wieder dem Blatt zu. Pictet zog einen Stuhl auf seine Seite des Schreibtisches und bedeutete Oswald, sich darauf zu setzen. Er selbst nahm auf seinem angestammten Sessel Platz. Gesprochen wurde nichts. Oswald grinste. Pictet deutete auf Oswalds Aktentasche.

»Mein Name ist Dr. Oswald Obwalter«, begann er. »Sprechen Sie Deutsch?« Der andere nickte.

»Dann lassen Sie dieses blöde Theater sein! Haben Sie

verstanden?« Der Mann auf der anderen Seite des Schreibtisches zuckte zusammen, sah Oswald direkt an.

»Welches Theater?« Leichter, schwer zuzuordnender Akzent.

»Diese Pose zur Schau gestellten Desinteresses. Wenn Sie nämlich kein Interesse haben, warum bin ich dann hier? Um Herrn Pictet etwas abzukaufen? Bitte, dann geh ich wieder.« Er stand auf. Der Mann am anderen Tischende begann zu lachen. »Beruhigen Sie sich«, sagte er und stand ebenfalls auf. »Mein Name ist Borodin. Und jetzt möchte ich sehen, was Sie mir gebracht haben, Herr Doktor Obwalter.« Den *Doktor* betonte er, aber eben nur so stark, dass man es grade noch nicht als Ironie, also Frechheit, durchgehen lassen konnte. Oswald war zufrieden und packte seine Tasche aus, faltete das Schutzpapier auseinander. Der Cannizzaro'sche Rembrandt lag offen auf dem Tisch. Borodin beugte sich darüber, inspizierte die Zeichnung mit einer Lupe, ohne sie zu berühren. Dann ließ er den Papierrand durch die Fingerspitzen gleiten. Oswald hatte sich wieder hingesetzt. Wenn der Russe einen Verdacht hegte, war davon nichts zu spüren. Er hatte sich auch gesetzt und schien nachzudenken. Niemand sprach. Wer zuerst spricht, dachte Oswald, hat verloren. Er stellte das fest, wie man zum Fenster hinausschaut und feststellt: Es regnet. Aha. Natürlicher Vorgang. Es bedeutet nichts. Ich hatte im Freien nichts vor. Weder freut es mich, noch stört es mich, soll es doch regnen. Er hält es für echt, dachte Oswald weiter. Besser: Er ist gar nicht auf die Idee einer Fälschung gekommen, warum auch immer.

»Woher stammt es?«, wollte er nun wissen.

»Familienbesitz«, sagte Oswald.

»Sie wollen sagen, Ihre Vorfahren haben Rembrandt gekannt?«

»Nein, natürlich nicht. So lang haben wir die Zeichnung noch nicht.«

»Darf ich raten? Sie ist erst im letzten Jahrhundert in Ihren Besitz gekommen?«

»In den meines Vaters, das stimmt wohl ...«

»Kurz vor der Mitte des zwanzigsten Jahrhunderts?«

»Warum wollen Sie das wissen?« Borodin lächelte. »Die Provenienz eines Kunstwerks spielt immer eine Rolle. Ich vermute, die Zeichnung ist ein Geschenk ... von jemandem, der sehr verzweifelt war, an ihren Herrn Vater, Herr Doktor Obwalter. Für einen Gefallen, den Ihr Vater diesem Menschen erwiesen hat. Einen Gefallen in ... wie sagt man deutsch? ... ach ja: in schwerer Zeit. Hab ich recht?« Ach so. Wenn ein Österreicher ein wertvolles Bild besitzt, hat der Vater es anno achtunddreißig einem Juden abgeknöpft, wie sonst sollte er in den Besitz kommen? Oswald Obwalter nahm all seine Willenskraft zusammen, um nicht laut herauszulachen. Er räusperte sich, und sagte: »Tut mir leid, Herr Borodin, darüber weiß ich fast nichts. Ich glaube, diese Zeichnung war eine Art Sicherheit für ein Darlehen, das dann nicht zurückgezahlt wurde.«

»Ah ja, ein Darlehen ...«

Pictet mischte sich ein. »Ich habe Ihnen diese Zusammenhänge doch schon im Vorfeld erklärt, Herr Borodin. Ich sehe nun nicht, wieso ...«

»Mir liegt einfach daran«, unterbrach ihn der Russe, »dass nicht irgendein Amerikaner auftaucht und die Rückgabe fordert, verstehen Sie? Restitution!«

»Da kann ich Sie beruhigen«, sagte Oswald. »Ich habe nach dem Tod meines Vaters alles durchgesehen, da ist nie eine Forderung aufgetaucht ...«

»Was natürlich nichts heißen muss«, mischte sich Dr. Pictet ein, »ich meine, Sie sollten es vielleicht nicht medial verbreiten, Porfirij Alexandrowitsch, wenn Sie es tatsächlich erwerben, man weiß ja, wie diese Leute sind ...«

»Ja«, sagte Porfirij Alexandrowitsch Borodin, »das weiß man, besonders bei uns ...« Oswald schluckte. Ein waschechter Antisemit also. Na gut, er konnte sich bei seiner speziellen Ware die Kunden nicht aussuchen. Außerdem eignete sich ein nicht existenter, gleichwohl vom schmierigen, typisch österreichischen Nazimitläufer übers Ohr gehauener Jude wie nichts anderes zum Kaschieren der Fälschung. Im Umkreis der Begriffe »Arisierung« und »Restitution« kam der Begriff »Fälschung« gar nicht vor.

Nun nannte Porfirij Alexandrowitsch Borodin eine Zahl. Sie war höher, als Oswald gehofft hatte. Das ließ er sich nicht anmerken. Er sagte nichts, Pictet auch nicht.

»Was sagen Sie dazu?«, fragte der Russe. »Ich weiß, ich verhalte mich nicht so ... wie sagt man ... wie es üblich ist, wie es Brauch ist ...« Das Wort »Brauch« sprach er mit besonderer Betonung, es schien ihm Vergnügen zu bereiten, es auszusprechen. Er lächelte. »Sie haben gedacht, Sie nennen einen Preis, dann sag ich einen anderen, viel niedriger, dann regen Sie sich auf, dann rege ich mich auf – und so weiter. Wie auf dem Basar. Oder besser: Wie Sie sich hier den Basar vorstellen. Aber wir sind nicht auf dem Basar, seien Sie froh.« Jetzt lächelte er nicht mehr. »Ich verhandle nicht um Preise. Mit niemandem. Was ich zahle, ist zu wenig? Dann müssen Sie einen anderen Kunden anrufen. Vielleicht er zahlt mehr. – Oder Sie akzeptieren. Dann gehört Ihnen das hier.« Er zog einen großen Briefumschlag aus dem Jackett und öffnete ihn. Enttäuschender Anblick. Zwei kleine Bündel, alles Hunderter. Borodin löste das Gummiband und begann zu zählen. Abgegriffene Scheine, nicht frisch von der Bank. »Sto, dvjesti, trista, tschetyrjesta …«, zählte Borodin auf Russisch. Nach zehn Hundertern begann er das zweite Häufchen, und legte es quer auf das erste, dann das dritte wieder quer und so fort. Es dauerte eine Weile, danach lag auf dem Tisch genau die Summe, die Borodin genannt hatte. Zweihunderttausend Euro.

Es wurde nichts mehr gesprochen. Oswald Obwalter schob die Zeichnung auf das Gegenüber zu, zog mit der anderen Hand das aufgetürmte Bündel Scheine an sich. Beide verstauten das Getauschte in ihren Taschen. Borodin stand auf und verließ den Raum ohne ein weiteres Wort. Frances Cope erwartete ihn im Flur und geleitete ihn zur Tür in der Gartenmauer. Er verschwand.

Im Büro des Dr. Hermann Pictet ging es hoch her, wie Frances bei ihrer Rückkehr bemerkte. Beim Eintreten erschrak sie vom Korkenknall des Dom Perignon, den Pictet aufmachte. Sie bekam auch ein Glas. Pictet lachte, Obwalter lachte, Frances Cope lächelte. Die beiden redeten nun im Dialekt, von dem sie fast nichts verstand. Was sie sehr wohl verstanden hatte, war das Wichtigste an diesem Deal. Der Preis. Eine runde, leicht merkbare Summe. Mancher wird sich fragen, wie sie diese Zahl überhaupt in Erfahrung bringen konnte. Sie war bei dem eigentlichen Ablauf doch gar nicht anwesend! Oder doch? Natürlich war sie das. Im Hintergrund. Nur unsichtbar. Zwar nicht durch Magie oder futuristische Tarnkappentechnologie, sondern auf die nämliche Weise, wie dienstbare Geister, meistens Frauen, seit Jahrtausenden in der Gegenwart dreier »Herren« nicht sichtbar sind: Sie werden von denen ebenso wenig wahrgenommen wie Details der Einrichtung, Teppichmuster, Zimmerpflanzen oder so. Sie gehören einfach dazu; es fällt bedeutenden Männern leicht, sie zu übersehen, weil sie ja keinen Mucks von sich geben, während sie Kaffee und Brötchen servieren. Ein Glas Schampus kriegen sie ja doch, wenn alles gut gelaufen ist. Natürlich wusste Dr. Pictet auch über die privaten Umstände seiner Gehilfin nicht Bescheid, die gingen ihn nichts an, fand er. Es war ihm zwar aufgefallen, dass in der Umgebung einer so gutaussehenden jungen Dame, wie Frances Cope eine war, kein männliches Wesen auftauchte; aber, so dachte er, der Glückliche weilt in England, sie sehen sich nur im Urlaub, was sowieso schwierig ist, so eine Fernbeziehung, da werd ich den Teufel tun und neugierige Fragen stellen … wenn sie selber nicht davon anfängt, umso besser. Diese Gedanken hatte er ein- oder zweimal gehabt, seit sie bei ihm war.

Es gab ein männliches Wesen im Leben der Assistentin, das weilte aber nicht in England, sondern in der Gemeinde Nofels in der Nähe von Feldkirch, am westlichsten Punkt von Österreich. Leider war dieser Mann, wie es oft so geht, verheiratet, der Umgang mit ihm erforderte besondere Sicherheitsmaßnahmen, Codes, geheime Treffpunkte und so weiter, also den üblichen Ehebruch-Kokolores. Unter Beachtung diverser Sicherheitsmaßnahmen, die wir hier übergehen, traf sich Frances noch am selben Nachmittag mit ihrem Liebsten in einem Waldgebiet unterhalb von Nofels. Dort gibt es viele Forstwege und verwachsene Pfade. Eben deswegen beliebt bei Joggern und Bikern, die sich an die Wege und Pfade halten. Abseits von diesen, mitten im Wald, ist man ungestört.

Er wartete schon, als sie kam. Er umarmte sie, hielt sie fest, sehr lang sehr fest. Dann ließen sie sich im Moos unter einer Fichte nieder.

»Er hat´s verkauft«, begann sie, »um zweihunderttausend Euro. Bar!«

»Was? Wer bezahlt denn …«

»Ein Russe. Nennt sich Borodin …«

»Mafia?«

Sie lachte. »Wieso denn gleich Mafia? Nur weil es ein Russe mit viel Geld ist?«

»Na ja, wenn einer zweihunderttausend so in bar …«

»Du hast ja recht: Schon eher Mafia. Ein harter Typ, weiß, was er will. Aber vielleicht nur Klischee. Ich möchte dem nicht begegnen … im … wie sagt man?«

»Im Dunkeln …«

»Ja, im Dunkeln begegnen. Möcht ich nicht.«

»Mir aber schon?« Er zog sie an sich.

»Es ist noch gar nicht dunkel«, flüsterte sie. Weiter gesprochen wurde nicht. Nur gehandelt.

***

Oswald Obwalter war die Leutseligkeit in Person, als er in Cannizzaros Atelier trat. Er lächelte nicht, sondern grinste wie ein Honigkuchenpferd, breitete die Arme aus, kam auf den Maler zu, nannte ihn »Meister!«, umarmte ihn mit einer Herzlichkeit, die wenig anderen Menschen je von dem Politiker zuteilgeworden war. Dann hielt er den verdutzten Cannizzaro auf Armeslänge von sich, als müsse er sich vergewissern, dass es wirklich und wahrhaftig der berühmte und einmalige Maler war, den er vor sich hatte.

»Es hat geklappt?«, fragte Cannizzaro in neutralem Ton, um seine Verlegenheit zu verbergen. Pathos war ihm unangenehm. Es diente oft dazu, schlimme Wahrheiten zu verbergen. Sein Misstrauen wurde durch einen einzigen Satz bestätigt, gleich danach, als Obwalter sich auf den verkleckstenSessel hatte fallen lassen.

»Und ob es geklappt hat«, begann der ominöse Satz, »vierzigtausend!« Damit endete er auch schon. Nun setzte sich auch Cannizzaro. Er nahm den Stuhl, hielt sich beim

Niedersinken an der Lehne fest. Ohne den Stuhl wäre er in sich zusammengesunken; wie eine Marionette, dachte Oswald, wenn einer die Schnüre durchschneidet, das ist so bei diesen Menschen: Sie halten sich nicht selber aufrecht, sie werden nur gehalten. Von Hoffnungen, Visionen, Schimären und lauter solchem Zeug. Wenn das von der Wirklichkeit verweht wird, sind sie am Ende. Schade eigentlich …

»Vierzigtausend? Das ist ja lächerlich …« Cannizzaro war kaum zu verstehen. Er starrte in eine Ecke des Ateliers. Obwalter seufzte und machte das Gesicht, das seine Frau die »Betroffskimiene« nannte. Es war keine Erfindung Obwalters. Jeder Politiker verfügte über eine mehr oder weniger gelungene »Betroffskimiene«. Sie war unerlässlich, wenn man als offizielle Person mit dem Schicksal in all seinen Spielarten konfrontiert war, mit Behinderten, Hinterbliebenen aller Art – bei solchen Gelegenheiten eben. Obwalters Version gehörte, was Glaubwürdigkeit und Leben betraf, zu den besseren, also nicht Laienbühne, sondern schon Landestheater, professionell halt.

»Ja, ich weiß«, sagte er mit gedämpfter Stimme, »ich hab mir auch mehr erwartet, aber was soll man machen? Der Markt gibt halt nicht mehr her. Pictet sagt mir, ich hätte noch Glück gehabt, bei Sotheby´s ist vorige Woche ein ganzer Schwung Niederländer unter den Erwartungen geblieben. Das sind Unwägbarkeiten, da hat man keinen Einfluss, Psychologie …«

Sie können das wirklich gut, diese Politiker das Lügen, ging es Cannizzaro durch den Kopf. Er hatte das bis jetzt für ein Stammtischvorurteil gehalten, alle Lügner und Gauner und so weiter – mein Gott, die Leute wissen es halt nicht besser! Irrtum. Die wissen es ganz gut, die Leute vom Stammtisch. Und wo sie recht haben, da haben sie recht … sogar das mit der Sotheby-Auktion stimmte, Cannizzaro verfolgte solche Nachrichten, das wusste Obwalter nicht, aber er konnte es sich denken, lässt sich einbauen, um das Ganze glaubwürdiger zu machen.

»Wir haben ja halbe-halbe ausgemacht«, sagte Obwalter im Geschäftston. »Das wären dann zwanzig für jeden, einen Tausender haben Sie schon gekriegt, bleiben neunzehn …« Er zog eine lederne Brieftasche aus dem Anzug und daraus ein Bündel Hunderter. »Sie zählen bitte mit!«, sagte er und begann neunzehn Häufchen zu zehn Scheinen auf dem Tisch abzulegen. Als er fertig war, sagte er: »Ging nicht größer, tut mir leid, aber ist auch besser so, glaub ich. Eh wir da auf der Bank auftauchen und so eine Summe umtauschen.« Cannizzaro hatte sich gefangen. »Und Ihre eigene Situation?«, fragte er. »Reicht das denn?«

»Eben nicht!« Obwalter klang bekümmert. »Es ist halt ein Anfang, was soll ich machen? Wissen Sie, ich bin Optimist, ich sage immer, das Glas ist halbvoll! Grundsätzlich. Sonst hat das Ganze keinen Sinn.« Er stand auf. »Es wird sich etwas ergeben, auch für Sie, glauben Sie mir!«

»Wenn Sie meinen … Vorsatzblätter haben Sie ja noch?« Obwalter lachte. »Das ist die richtige Einstellung! Aber wir müssen vorsichtig sein. Ich kann nicht jedes Jahr im Nachlass meines Vaters einen unbekannten Rembrandt entdecken. Das fällt auf.« Er ging zur Tür und verschwand, ohne sich noch einmal umzudrehen. Ludwig Cannizzaro rief Frances auf ihrem Mobiltelefon an. »Komm bitte, so schnell du kannst«, sagte er, »ich brauch eine Auskunft …« Sie sagte nur: »Ja, in Ordnung!« und legte auf. Ihre Telefonate verliefen immer so. Kurz und vage. Unauffällig. Sie wusste, wohin sie kommen sollte. Natürlich nicht in sein Atelier. Sie trafen sich in der Au unter jener Fichte, die schon so viele ihrer Stelldicheins beschattet hatte. Cannizzaro war zuerst da. Seine Wut auf Obwalter war gewachsen, so war das immer bei ihm. Wenn das wuterzeugende Ereignis eintrat, spürte er nur Verblüffung vor dem Unerwarteten, die Emotionen kamen erst nach und nach. Diese Verzögerung ließ ihn nie auf Beleidigungen und Angriffe angemessen reagieren; wenn ihm die treffende Antwort einfiel, war der richtige Zeitpunkt längst vorüber. Frances kannte das Handicap ihres Liebhabers und bezog seine Laune nicht auf sich. Andererseits war er ruhiger, als sie befürchtet hatte. Er neigte bei Rückschlägen zu depressiver Verstimmung, was sich bei ihm als miese Laune und wortkarges Grollen äußerte, oft wochenlang. Er saß mit geschlossenen Augen an den Fichtenstamm gelehnt. Sie setzte sich neben ihn. Kein Kuss zur Begrüßung, kein freundliches Wort. Seine Stimmung war nicht danach, das sah sie ein; Frances hatte immer viel Einsehen mit komplizierten Künstlerseelen gehabt, all ihre bisherigen Freunde waren Künstler gewesen, etwas anderes konnte sie sich nicht vorstellen. Aber etwas an ihm war anders als in bisherigen Krisen. Es war alles nicht so – massiv, nicht theatralisch.

»Was machst du jetzt?«, fragte sie.

»Weiß nicht …«

»Na ja, du kannst nicht gut zur Polizei gehen«, sagte sie, senkte dann die Stimme, imitierte ihn: »Herr Inspektor, ich habe mit meiner ehrlichen Hände Arbeit einen Rembrandt gefälscht und wurde vom Käufer betrogen!« Er musste lachen, obwohl sie ihn nachmachte, vielleicht war es ihr Akzent oder der angelsächsische Humor.

»Geht´s dir besser?«, fragte sie. »Du scheinst das gut zu verkraften …«

»Erheblich! Das liegt an dir!«, log er und küsste sie. Sie erwiderte den Kuss, glaubte ihm aber nicht.

»Welche Auskunft willst du denn von mir?«, fragte sie.

»Ich brauche Kontakt zum Käufer«, sagte er.

»Was? Du … du willst den Obwalter auffliegen lassen?«

»Natürlich. Was soll ich denn sonst tun? Er wird an meinem Geld, das er unterschlägt, keine Freude haben …«

»Du sagst dem Russen, dass er eine Fälschung gekauft hat? Mach das nicht, du ziehst den Dr. Pictet mit hinein, ich verlier die Stelle!«

»Keine Angst, Pictet bleibt draußen. Ein seriöser Händler, der einem Betrüger aufgesessen ist. Das kommt vor. Du behältst die Stelle, mein Schatz …«

Sie ließ sich nicht beruhigen. »Was willst du dem denn sagen? Das Bild ist falsch, ich bin der Fälscher? Was glaubst du denn, wie der reagiert? Das ist doch Russenmafia …«

»Eben.«

»Was soll das heißen?«

»Eben deshalb melde ich mich ja bei dem Herrn Borodin. Um keine Schwierigkeiten zu kriegen, verstehst du? Aus Rücksicht auf meine Gesundheit. Ich hab halt zu spät erfahren, wem Obwalter, der Trottel, den falschen Rembrandt andrehen will. Da hab ich kalte Füße bekommen …«

»Kalte Füße? Wieso?«

»Eine Redensart. Angst, einfach primitive Angst.«

»Und was meinst du, wie wird der dann reagieren?«

»Keine Ahnung. Verärgert wahrscheinlich. Ja, verdammt verärgert…«

»Du willst dich mit ihm treffen?«

»Ich bin doch nicht verrückt! Nein, Herr Borodin bekommt einfach Post …«

So war es dann auch. »Post« traf es nicht ganz, sofern damit die Österreichische Post gemeint war. Und Porfirij Alexandrowitsch bekam die Sendung auch nicht auf direktem Wege, sondern Dr. Hermann Pictet fand im Briefkasten einen großen Umschlag, darin einen zweiten, etwas kleineren, und einen Zettel mit der Botschaft, den kleineren an den Käufer des Rembrandts weiterzuleiten. Der Zettel trug keine Unterschrift. Pictet befürchtete Scherereien, damit sollte er recht behalten. Er rief Borodin an. Er solle den Umschlag aufmachen, befahl dieser. Als Pictet den Inhalt durchsah, wich das Blut aus seinen Zügen, der Blutdruck sackte ab. Als er sich wieder gefangen hatte, meldete er an Borodin, der müsse herkommen: Der Russe misstraute allen elektronischen Kommunikationsmitteln – eben weil er sie selber zu verschiedenen Zwecken einsetzte. Er kam schon am nächsten Tag.

Er saß in Pictets Büro und schaute sich die Sendung an. Mehrere Zeichenblätter – alle zeigten Motive des wohlbekannten Hauses, das Rembrandt van Rijn vor über dreihundert Jahren so meisterlich in eine niederländische Landschaft gestellt hatte. Das Haus selber, auf einem anderen Blatt die Umgebung, der Baum, der Hintergrund und so weiter – als habe Rembrandt erst einmal herumprobiert, bevor er sich zum Werk entschloss. Rohrfeder und Bister als Tusche, soweit in Ordnung. Allerdings wäre die Urheberschaft des Meisters aus Leiden glaubwürdiger gewesen, hätten die Blätter nicht jenes strahlende Weiß gezeigt, dass man durch Bariumsulfat oder Titandioxid erzeugt. Um jeden Zweifel zu beheben, befand sich zwischen den Zeichnungen auch ein Internetausdruck, aus dem hervorging, dass man das schöne Papier eines deutschen Herstellers im Fachhandel erwerben könne, hundertfünfundzwanzig Stück zu wohlfeilen neunzehn Euro neunzig.

Porfirij Alexandrowitsch sagte lange gar nichts. Er saß nur an Pictets Schreibtisch und starrte auf die Blätter mit den Vorstudien zu dem Betrug, auf den er hereingefallen war. Dann legte er die Zeichnungen zusammen, schob sie in den Umschlag zurück und stand auf. Er gönnte weder Pictet noch dessen Assistentin einen einzigen Blick und verließ den Raum. Draußen stieg er in seinen Mercedes und fuhr nach Zürich. Auf der Rheinbrücke bei Höchst warf er den Umschlag durch das Seitenfenster. Der flog über die Brüstung und verschwand in den Fluten des hochgehenden Rheins.

***

»Sie wollen doch keine Schwierigkeiten haben?« Die Stimme am Telefon klang neutral. Nachrichtensprecher. Kein Akzent. Die Stimme eines Bankberaters. Sie hätten sich auch über Pfandbriefe unterhalten können. Aber sie sprachen nicht über Pfandbriefe, Oswald Obwalter und der Mann mit der Nachrichtensprecherstimme. Sie sprachen über Lukrezia Obwalter. Lukrezia war bei dem Gespräch auch anwesend. Oswald hatte natürlich ein Lebenszeichen verlangt.

»Ein Lebenszeichen?« Das Ansinnen schien den Unbekannten zu wundern. Nicht zu verärgern oder so, nur einfach zu wundern. »Bitte, wenn Sie meinen, dass das nötig ist …«

»Bitte, gib ihnen das Geld, die meinen das ernst, die sind …« Was die waren, konnte sie nicht näher ausführen, das war auch nicht nötig, es erschloss sich aus dem Kontext, denn Lukrezia unterbrach sich gewissermaßen selbst durch einen gellenden Schrei, der gleich danach abgewürgt wurde. Dann hörte Oswald ein leises Zischen, danach die Stimme: »War das Lebenszeichen genug? Es ist keine richtige Lötlampe, nur ein Flambierer. So ein Ding für Créme brûleé, sehr handlich, sehr kleine Flamme. Aber natürlich trotzdem heiß, verstehen Sie?«

»Ja«, sagte Oswald Obwalter. Er war kaum zu verstehen.

»Haben Sie das Geld schon irgendwo eingezahlt?«

»Nein ... nein, bitte, ich ...«

»Na, das ist doch schon einmal sehr positiv! Sie stecken das Geld und den Rembrandt jetzt in einen Umschlag und steigen ins Auto. Sie fahren auf der Bundesstraße Richtung Bludenz. Nehmen Sie das Handy mit. Sie erhalten dann weitere Anweisungen.« Die Verbindung wurde unterbrochen.

»Machen Sie sich keine Sorgen«, sagte der Maskierte zu Lukrezia Obwalter, die gefesselt auf dem Boden des Lieferwagens kauerte. Sie hatten sie vor einer halben Stunde in Bregenz entführt. In der Tiefgarage, klassisch. Zwei Typen mit Schimasken. Nur der eine redete, der andere bediente den Flambierer. Lukrezia wimmerte, der Schmerz raste im rechten Oberarm.

»Ihr Mann ist vernünftig, Frau Obwalter. Er ist wirklich an Ihrem Wohl interessiert, an Ihrer Unversehrtheit. Nun ja, relativen Unversehrtheit ... ich sag das nicht bloß so daher, es stimmt: Er macht keinen Blödsinn, sagt nicht: ›Wer sind Sie? Welches Geld? Ich weiß nicht, was Sie meinen‹ und solchen Quatsch, er weiß, was los ist und wird alles tun, um Ihre Situation zu verbessern, glauben Sie mir!«

Lukrezia sagte nichts. Er beobachtete sie. Der Flambierer nicht, der las in einem Heftroman. Die Zeit dehnte sich. Lukrezias Schmerzen ließen etwas nach. Der Sprecher machte den nächsten Anruf. »Wo sind Sie?«, fragte er. Die Antwort konnte Lukrezia nicht verstehen, den Sprecher schien sie zu befriedigen.

»Gut«, sagte der. »Dann fahren Sie jetzt durch Frastanz. Danach kommt ein Waldstück. Sie fahren durch und biegen bei der nächsten Einfahrt rechts ab in den Wald, bis zum großen Holzstoß, links. Dort stellen Sie das Auto ab. Rechts geht ein Forstweg ab. Den nehmen Sie. Nach dreihundert Metern kommt wieder ein Holzstoß mit einer Plane. Unter der legen Sie den Umschlag ab, drehen um und fahren nach Nenzing, auf die Autobahn und zurück nach Feldkirch. Haben Sie das verstanden? Wiederholen Sie!« Nach kurzer Zeit des Zuhörens beendete er das Gespräch.

»Jetzt kommt es auf Ihren Mann an«, sagte er. »Wenn er alles richtig macht, sind Sie in einer Stunde wieder frei. Wenn er Blödsinn macht … nun ja.« Der andere sah von seinem Heftroman auf und schaltete den kleinen Flambierer ein und aus. Die Geste war so unnötig wie eindeutig. Minuten vergingen. Das Handy des Sprechers gab den Standardklingelton von sich. Der Sprecher meldete sich mit einem neutralen »Ja?«. Er hörte zu, steckte das Handy ein.

»Ihr Mann ist ein Schatz, ich hoffe, Sie wissen jetzt, was Sie an ihm haben. Er hat alles zu unserer Zufriedenheit erledigt!« Der Flambierer stieg aus. Durch die offene Hintertür sah Lukrezia auf eine Betonwand, der Lieferwagen stand in irgendeiner Garage. Die Tür wurde zugemacht, der Motor gestartet. Sie fuhren los. Lukrezia zwang sich zur Ruhe. Sie gehörte zu den Menschen, die das können. Es ist angeboren, man kann es nicht lernen. Sie waren nach der Tiefgarage in Bregenz eine Zeit lang gefahren, ein gutes Stück auf der Autobahn. Das war riskant, fand sie. Was geschah bei einer zufälligen Kontrolle? Schusswechsel, ein paar Tote, darunter die Geisel … oder rechneten die gar nicht mit sowas? Der Fahrzeit nach mussten sie in der Gegend von Feldkirch wieder unter Dach gefahren sein. Das würde zum Treffpunkt bei Frastanz passen. Erstaunlich, dass sie das alles mitbekam. Das war einerseits beunruhigend, deutete es doch darauf, dass die Geisel nach der Geldübernahme sowieso umgebracht würde; andererseits ließen die Schimasken der Entführer, die sie auch im geschlossenen Fahrzeug anbehielten, das Gegenteil vermuten: Dass man sie, wie versprochen, laufen ließ. Lukrezia wurde ruhig. Sie dachte nach. Wenn es darauf ankam, konnte sie sehr schnell denken. Menschen einschätzen konnte sie auch. Ihre Entführer waren Profis, daran gab es keinen Zweifel. Sie machten so etwas nicht zum ersten Mal. Hart gesottene Berufsverbrecher – aber dennoch: Etwas stimmte nicht mit denen. Sie waren zu … zu ruhig, zu gelassen. Routine! Das war der Schlüsselbegriff. Diese Leute hatten ihr Entführungsding nicht nur schon oft durchgeführt, sondern zu oft. Spezialisten, die dafür angeheuert wurden, für diese spezielle Art von Job. Entführung, Folter. Nicht aber für Einbruch, Mord oder anderes. Routine macht nachlässig. Entführung einer – was? Leiterin eines Kunstvereins, was war das überhaupt? Keine Herausforderung, sie konnte sich das gut vorstellen. Standardverfahren, so einfach wie möglich, am Abend sitzen wir schon im Flieger. Das alles passte auch zu den Rahmenbedingungen: Oswald sollte also zahlen, offenbar eine große Summe. Woher hatte er das Geld? Das Einzige von entsprechendem Wert in ihrem gemeinsamen Besitz war der

Rembrandt, etwas anderes konnte sie sich nicht vorstellen. Wie das alles mit dem wieder aufgetauchten Cannizzaro, mit Martin Fries und ihrem Cousin Ewald zusammenhing, war noch nicht klar. Über Ewalds Recherchen wusste sie bis jetzt nichts. Sie hatte vermieden, ihn anzurufen, er hasste es, wenn jemand Druck machte, das wusste die ganze Familie. Auf Druck gleich welcher Art reagierte Ewald Bucherer auf ebenso unkonventionelle wie unangenehme Weise. Wenn er etwas wusste, würde er sich melden.

Ihn nicht anzurufen, war ein Fehler gewesen, das sah sie nun ein. Aber sie machte sich keine Sorgen um ihren Cousin. Der würde auf sich aufpassen. Sorgen machte sie sich um ihren Oswald. Er hatte offenbar etwas »unternommen«. Leider war er dazu nicht auserwählt. Nicht einmal berufen. Seine letzte »Unternehmung« hatte zu einem finanziellen Desaster geführt, dem schwersten in der Geschichte der Familie Obwalter seit den dreißiger Jahren des vergangenen Jahrhunderts. Und jetzt hatte er sich mit Leuten eingelassen, denen er nicht gewachsen war.

Der Wagen hielt, die hintere Tür ging auf. Der andere Typ stieg ein, den Umschlag hielt er in der Hand. Die beiden überprüften den Inhalt des Umschlags.

»Nun, Frau Obwalter«, sagte der Wortführer, »es scheint alles in Ordnung zu sein. Geld und Zeichnung. Ihr Ehemann ist ein vernünftiger Typ, sagen Sie ihm das!« Er zückte ein Stanley-Messer und schnitt das Klebeband an Fuß- und Handgelenken durch. Sie rappelte sich auf.

»Hier«, sagte er, »Ihre Tasche.«

Sie nahm die Handtasche, die bis jetzt neben ihr auf dem Wagenboden gelegen hatte, ein eher unförmiges, ein bisschen abgewetztes Ding, das nicht zu ihrer mondänen Erscheinung passte. Sie liebte diese Tasche seit vielen Jahren. Aber nie hatte sie das gute Stück mehr geschätzt als eben jetzt. Diese Leute hatten Routine einreißen lassen.

»Wie seh ich bloß aus?«, murmelte sie, öffnete den Schnappverschluss. Typisch Frau, oder? Ist grad dem Tode entronnen, aber ihr erster Gedanke gilt dem verschmierten Lidstrich. Sie suchte den Spiegel. Der Wortführer grinste unter seiner Schimaske. Sie konnte es nicht sehen, aber sie wusste, dass es so war. Er grinste noch, als ihn das Kaliber .38 ins Gesicht traf, in die Nase. Solides Pulvergas trieb den Bleiklumpen durch Nasenknorpel, Siebbein und Keilbein in den Hirnstamm. Während der Wortführer starb, ohne es zu merken, schoss Lukrezia auf den Folterer. Beim ihm traute sie sich nicht, auf den Kopf zu zielen, der Typ stand weiter weg, etwa einen Meter, der Kopf war ein zu kleines Ziel, der Lauf nur drei Zoll lang, davon hatte der Derringer nur zwei, dann war Schluss bis zum Nachladen, dafür gab es hier keine Zeit. Also schoss sie ihn in die Brust. Wenn er eine Schutzweste trug, war das großes Pech, es würde ihn aber irritieren, das wäre eine Chance ... Schlampereien kommen nie allein, er trug keine kugelsichere Weste, sondern nur ein Hemd, die Kugel drang in die Lunge, die fast sofort kollabierte, der Mann fiel nach hinten aus dem Auto. Im Gegensatz zum Kollegen, der nach vorn gestürzt war, sodass ihm Lukrezia ausweichen musste. Sie nahm den Umschlag vom Boden auf und stieg aus. Ein Waldweg mit tiefen, schlammigen Rinnen. Sie verstaute den Umschlag in ihrer Handtasche und wandte sich zum Wald, der auf beiden Seiten an den Weg heranreichte. Als sie hundert Meter querwaldein gekommen war, merkte sie, dass sie immer noch den Derringer umklammert hielt. Sie verstaute die Waffe. Das Handy war noch da, natürlich, alles andere in der Tasche war auch da, sie hatten sie ja nicht durchsucht, die abgewetzte Handtasche, wozu auch bei so einem Routinejob? Entführen der Obfrau eines Provinzkunstvereins aus ihrem Provinzkunstvereinsbüro, nein: Aus der Provinztiefgarage, was soll schon sein? Druck ausüben, ein bisschen Foltern, wenn es sich ergibt. Sie atmete mehrmals tief ein und aus, um sich zu beruhigen. Dann rief sie Oswald an. Er weinte, als er ihre Stimme hörte. Ihr war auch zum Weinen, wenn auch aus anderen Gründen, und sie tat es nicht. »Es ist alles gut gegangen«, unterbrach sie sein Weinen, »aber ich steh hier mitten im Wald zwischen Frastanz und Nenzing, du musst mich abholen!« Er versprach es, er sei sowieso noch in der Nähe, war er doch nicht, wie vom Wortführer befohlen, nach der Deponierung des Umschlags auf die Autobahn gefahren, sondern in Nenzing auf dem Parkplatz eines Supermarkts stehen geblieben. Zwanzig Minuten später holte er Lukrezia am Rand der Bundesstraße 190 ab. Sie musste verhindern, dass er an den Ort der Umschlagsniederlegung zurückfuhr. Also gab sie an, sie sei in Panik in den Wald gelaufen, als die Entführer sie hatten gehen lassen. Die Dinge, dachte sie später, hätten sich vielleicht anders entwickelt, wenn sie ihrem Mann erzählt hätte, wie die Entführung tatsächlich geendet hatte. Aber das tat sie nicht, denn sie vertraute ihm nicht mehr. Es ging weniger um den Rembrandt, bei dem er seine Finger im Spiel hatte, sondern um irgendeinen Blödsinn, den er sich ausdenken mochte, wenn er erfuhr, dass sie zwei Menschen erschossen hatte. Sie fürchtete seine Reaktion auf diese Eröffnung, konnte aber nicht sagen, welche Reaktion. Sie konnte sie nicht vorhersehen. Das war neu, sie hatte ihn bisher immer richtig eingeschätzt – aber das, dachte sie, hab ich mir vielleicht nur eingebildet. Sie hatte Umschlag und Geld in ihrer Handtasche verstaut, zusammen mit dem Derringer.

Als sie auf der Autobahn Richtung Feldkirch waren, begann sie das Verhör. Woher hast du das Geld? Er gestand alles. Dass er Cannizzaro beauftragt hatte, die Zeichnung zu fälschen. Den Verkauf an Borodin, eingefädelt vom Galeristen Pictet. Und dass Cannizzaro die anderen Zeichnungen gestohlen habe, wer sonst käme denn in Frage? Er wusste doch, wo sie aufbewahrt wurden. Lukrezia beeilte sich, zuzustimmen. Klar, Cannizzaro war der Hauptverdächtige. Eine Frage konnte sie sich doch nicht verkneifen: »Warum ist dann Höchst 1b zurückgekommen?«

»Was meinst du?«

»Das Gemälde mit dem Haus! Wieso schickt Cannizzaro sein eigenes Bild an dich zurück? Damit deutet er doch auf sich selber … gewissermaßen.« Lukrezia hatte die Fähigkeit ihres Gatten, sich die Realität zurecht zu biegen, unterschätzt.

»Ein guter Einwand!«, sagte er. »Du übersiehst nur, dass Cannizzaro hier nicht allein tätig war. Der famose Meister hatte Komplizen, deren er aber nicht Herr geworden ist, verstehst du?«

»Offen gestanden, nicht ganz …«

»Durch die Zusendung des Gemäldes an mich deuten sie, wie du richtig bemerkt hast, auf Cannizzaro. Um den Verdacht, wie soll ich sagen, auf ihn zu konzentrieren. Um der Polizei, wenn die dann eingeschaltet wird, eine breite Spur zu legen!«

»Ah ja …«

Weiter wurde nichts gesprochen. Bis kurz vor der Villa auf dem Ardetzenberg. Er hielt auf der Zufahrt an. »Verzeihst du mir?«, fragte er.

»Das muss ich mir noch überlegen«, antwortete sie. Aber sie lächelte ihn an dabei.

Sie ließ ihn die Brandwunde verarzten, dann sagte sie, er müsse sie jetzt gehen lassen, sie brauche Freiraum. In der Gegend herumfahren, sich bewegen, allein. Er wagte nicht zu widersprechen. Noch im Auto rief sie Martin Fries an, erklärte ihm in kurzen Worten die Lage und bat ihn zu tun, was nun zu tun sei. Er widersprach nicht. Sie legte auf. Er nahm einen Benzinkanister und einen Schlauch und fuhr los. Es war ja nicht weit. Während der ganzen Fahrt nach Frastanz hatte er das Gefühl, sich von außen zu beobachten, wie ein Verhaltensforscher eine Ratte im Labyrinth beobachtet. Was wird sie tun, welchen Weg wird sie nehmen? Das ersparte ihm, dem eigenen Tun nahe zu kommen. Denn das eigene Tun war völlig verrückt, neben der Spur, darüber durfte er nicht nachdenken. Irgendwo im Hinterkopf tat er es doch und tröstete sich mit dem Gedanken, temporäre geistige Umnachtung oder psychischer Ausnahmezustand oder wie das dann heißen mochte, werde in seinem Fall eine brauchbare, nämlich absolut glaubwürdige Strategie der Verteidigung sein, falls man ihn erwischte. Und man würde ihn erwischen, kein Zweifel. Aber das war jetzt auch schon egal, er musste nur weitermachen, durfte den Lauf der Dinge nicht verzögern. Er hielt auf einem Waldweg, füllte mit dem Schlauch Benzin aus dem Tank in den Kanister, drei Liter oder so, und rannte dann quer durch den Wald zu jener Stelle, die sie ihm beschrieben hatte. Er hoffte sich zu verirren, alles sprach dafür, weder Lukrezia noch er selbst hatten irgendwelche Erfahrung in Orientierungsläufen oder solchen Sachen. Hinfahren konnte er nicht, zu auffällig, also blieb nur der Weg querwaldein – wie groß war die Chance, den Lieferwagen auf diese Weise zu finden? Nämlich bevor ihn ein Forstarbeiter oder Mountainbiker gefunden hatte? Schön, es wurde dunkel, das verminderte die Chance, dass die Leichen von Fremden gefunden würden. Andererseits wurde es dadurch auch schwieriger, sich zu orientieren. Wobei das Problem unerwünschter Begegnungen noch gar nicht bedacht war. Warum geht ein Mensch mit einem Benzinkanister im Wald spazieren?

Er begegnete niemandem und kam zweihundert Meter oberhalb der bewussten Stelle auf den Weg. Den hellen Lieferwagen konnte er in der Dämmerung eben noch erkennen. Er ging darauf zu, der Kanister schlenkerte in der Rechten; wenn ein Offizieller aus dem Gebüsch sprang: »Halt, was machen

Sie da?« Dann würde er antworten: »Nichts Besonderes, ich will nur das Auto da vorn anzünden!« Niemand hielt ihn auf.

Neben dem Auto gab es einen Holzstoß, abgedeckt mit einer Plane, ein vertrauter Anblick in Vorarlberger Wäldern. Zu Vierteln gespaltete Brennholzstämme, auf einen Meter zugesägt, werden auf diese Weise zwischengelagert. Hinter dem Auto lag ein Mann, im Auto ein zweiter. Beide tot. Martin Fries bugsierte den einen mit großen Mühen in den Wagen, zog dann ein paar Stämme aus dem Holzstoß und stapelte sie über die Leichen. Goss Benzin darüber, darauf eine neue Schicht Holz und so weiter. »Starke Scheite schichtet mir auf!«, fiel ihm ein. Brünnhilde, die in der »Götterdämmerung« den eigenen Scheiterhaufen aufrichten lässt – natürlich »lässt«, sie hat ja Personal. Martin hatte keines und kam ins Schwitzen. Außerdem stank er nach Benzin wie die Umgebung. Zeit, ans Ende zu kommen. Den Rest im Kanister schüttete er von außen über das Auto, warf den Kanister hinten rein, holte Papier und die Zünder aus der Jackentasche. Er warf die brennende Papierkugel in den offenen Laderaum, ohne der Umgebung einen einzigen Blick zu gönnen: Wer ihn jetzt sah, der sah ihn eben. Sofort stand der Wagen in Vollbrand, Martin Fries zog sich ohne Eile in den Wald zurück. Er verlief sich ein bisschen, es war nun völlig dunkel, fand dann sein Auto. Er lauschte auf Sirenentöne, vernahm aber keine. Er fuhr nach Hause. Warum habe ich das getan? Er begann so zu zittern, dass er an den Straßenrand fahren musste. Er ließ die Seitenfenster herunter und bemühte sich, tief durchzuatmen. Die Hände ließ er am Lenkrad. Er versuchte, nachzudenken.

Warum habe ich das getan? Aus Schuldgefühl. Übergroßes Schuldgefühl. Er hatte all diese Ereignisse in Gang gebracht. Verantwortungslos, in hohem Maße verantwortungslos. Er hätte sich nie auf diesen Einbruch einlassen sollen. Nein, er hätte Oswald Obwalter nicht ausweichen sollen, damals in Feldkirch. Dann hätte er das Bild nicht gesehen. Höchst 1b. Je länger er darüber nachdachte, desto ruhiger wurde er. Das Zittern hatte aufgehört. Zu Hause schenkte er sich einen Cognac ein. Er versuchte, den zeitlichen Ablauf der Ereignisse zu rekonstruieren. Eines war sowieso klar: Jeder im Besitz von Höchst 1b hatte Unglück. Es kam nun aber noch etwas dazu, das Unglück steigerte sich. Oswald Obwalter, der erste Besitzer nach dem Erschaffer des Werks, verlor gleich nach dem Kauf Amt und Würden. Dann stiehlt ein gewisser Fries, staatlich beeideter Volltrottel, das Bild aus der Villa Obwalter und schenkt es seiner Freundin Gundula, worauf sie ihr Alkoholikergatte krankenhausreif prügelt. Erste Steigerung. Der nächste Besitzer, sozusagen, ist der arme Ewald Bucherer. Der verunfallt – einfach, weil er das Bild nur im Auto mitführt, und entgeht dem Tod nur knapp. Zweite Steigerung. Was passiert, als das Bild wieder im Hause Obwalter gelandet ist? Lukrezia wird entführt und malträtiert, aber halt, das wäre ein Rückgang des bösen Einflusses, keine Steigerung … andererseits: Lukrezia hatte mit dem Bild ja nichts zu tun, sie hat es nie besessen, nur in der Nähe gehabt, besitzen tat und tut es: Oswald Obwalter. Wenn sich die Sache so verhält, müsste die nun fällige, dritte Steigerung des bösen Einflusses für Oswald das Schlimmste befürchten lassen.

Das muss aufhören, dachte Martin. Das Bild muss zerstört werden. Er rief Lukrezia an.

»Kannst du reden?«, fragte er.

»Oswald ist auf einer Versammlung, ich bin allein.«

»Was? Er lässt dich in deinem Zustand allein zu Hause? Was ist das für eine Versammlung?«

»Irgendein Palaver bei den Grünen … er sympathisiert schon länger mit ihnen, hat er gesagt …«

»Mir fehlen die Worte. – Hör zu: Dieses Bild muss weg.«

»Welches Bild?«

»Das mit dem Haus drauf, du weißt schon! Du musst es loswerden. Noch heute, gleich!«

»Bist du verrückt?«

Er verneinte und erklärte sein Ansinnen. Danach erfüllte ihr Schweigen die Atmosphäre. Er hörte sie aber atmen. Noch gestern hätte sie ihn ausgelacht und aufgelegt, das wusste er. Aber Verletzungen ändern alles, vor allem solche wie die an ihrem Arm. Verbrennungen heilen nicht so schnell. »Komm her«, sagte sie dann. Und legte auf.

Er ärgerte sich. Inzwischen verfügte sie über ihn wie über einen Lakaien. Es war wie damals in der Schule. Die Queen ordnete etwas an und alle sprangen im Quadrat, um ihr gefällig zu sein. Nein, so war es nicht. Denn damals hatte sie ihm nie etwas angeschafft, er gehörte nicht zur Clique.

Als er in der Villa ankam, war Oswald Obwalter immer noch nicht zu Hause. Lukrezia schien es egal zu sein. »Die Beziehung zu den Grünen vertieft sich«, sagte sie, »er sitzt irgendwo mit ihnen und palavert.«

»Schön für ihn«, sagte Martin, »wo ist das Bild?«

»In seinem Büro.«

»Gut, lass uns anfangen!«

»Womit denn?«

»Abhängen, einpacken, fortschaffen, na los, mach schon!«

»Spinnst du? Ich kann doch nicht einfach ... außerdem ist es sein Bild!«

»Er wird es verstehen, wenn du ihm alles erklärst.«

»Ich soll ihm das erklären? Das kann ich nicht. Nicht glaubwürdig. Wenn ich laut ausspreche, was du über das Bild gesagt hast, klingt es völlig verrückt.«

»Du meinst, ich soll ihm das erläutern? Der Oswald redet doch nicht mit mir ...«

In diesem Augenblick hörten sie die Eingangstür. Zu jeder Art Flucht war es zu spät. Oswald Obwalter betrat mit einem Lächeln den Raum. Es gefror, als er Martin Fries erblickte. Er wendete sich an seine Frau.

»Was macht der hier?«

»Ich helf dir beim Überleben, lieber Oswald«, antwortete Martin, der Lukrezia nicht zu Wort kommen ließ. »Du bist in Gefahr! Durch dieses vermaledeite Cannizzaro-Bild.« Er deutete an die Wand.

»Bist du betrunken?«, fragte der Politiker.

»Ich wollte, ich wär's. Bin ich aber nicht. Ich weiß, du hältst mich für verschroben, daher bitte ich dich, nur eine einzige Frage zu beantworten: Wann haben deine aktuellen Probleme angefangen?«

»Ich weiß nicht, worauf du hinaus willst ...«

»Mit dem Kauf dieses Gemäldes, gib es doch zu! Du hast grad den Kaufvertrag unterschrieben – und keine fünf Minuten später hast du mich niedergeschlagen!«

»Du hast es auch verdient, du hast Sachen gesagt …«

»Ja, ja, ja, darauf komm ich gleich! Aber erstaunlich ist doch etwas ganz anderes: Wann warst du vorher gewalttätig gegen irgendjemanden?«

Oswald Obwalter schwieg.

Lukrezia schüttelte den Kopf. »Einen aggressiven Mann hätte ich nicht geheiratet.«

»Bist du«, fragte Martin weiter, »je in eine körperliche Auseinandersetzung geraten? Eine Schlägerei, eine Rempelei auf dem Schulhof, oder nur ein Schreiduell mit politischen Gegnern?«

Oswald Obwalter ging langsam zu seinem Schreibtisch und setzte sich. Er deutete auf einen Stuhl. Martin nahm Platz, Lukrezia blieb stehen.

»Worauf willst du hinaus?«, fragte Oswald.

»Das hab ich schon gesagt. Es ist irgendein böser Einfluss, der von dem Bild ausgeht. Es hat dich zu einer Handlungsweise veranlasst, die deinem ganzen Wesen völlig widerspricht! Du hast bis zu diesem unseligen Vormittag doch überhaupt noch nie jemanden gehauen. Keine jüngeren Geschwister, keine Nachbarskinder, keine Mitschüler – gar niemanden! Stimmt´s?« Oswald nickte.

»Und ausgerechnet an diesem Tag legst du mir eine auf, dass ich durch den halben Ausstellungsraum fliege?«

»Jetzt übertreibst du …«

»Mag sein, dann komm ich jetzt zu meinem Verhalten. Erschien dir das nicht seltsam?«

»Seltsam? ›Empörend‹ ist das richtige Wort …«

Martin Fries sprang auf, stützte die Arme auf den Schreibtisch und beugte sich vor. »Empörend, sagst du. Bitte, soll sein. Aber das erschien dir doch auch so, weil es so – unerwartet kam.«

»Wie meinst du das?«, fragte Lukrezia, die sich, wie um ihn zu beschützen, hinter ihren Mann gestellt hatte.

»Wann hab ich jemals«, begann Martin, »irgendein böses Wort gegen dich oder eine deiner Handlungen, Tätigkeiten, Meinungen oder was sonst mit dir zusammenhängt, gesagt, geschrieben, gemailt oder sonst irgendwie öffentlich gemacht, sei es in der Schulzeit oder zu irgendeinem Zeitpunkt deiner politischen Karriere?«

»Worauf … willst du hinaus?«, fragte Oswald.

»Beantworte, bitte, einfach die Frage. Wann bin ich dich je angegangen? Ich will es wirklich wissen, vielleicht hab ich ja was vergessen oder verdrängt!«

»Ich kann mich an nichts Derartiges erinnern …«

»Siehst du? Ich auch nicht! Soweit sind wir d'accord. Und weißt du auch, warum?«

»Weil dir völlig wurst war, was er tut«, antwortete Lukrezia. »Genauso wurst, wie das, was wir anderen getan haben.«

Martin stieß sich vom Tisch ab und breitete die Arme aus. »Ich gestehe es, du hast recht! Es war mir das alles doch so was von scheißegal! Und genauso egal war mir dein Manuskript, lieber Oswald – bis zu diesem Vormittag in Pictets Galerie.

Da fang ich plötzlich an, dich anzugreifen …«

»… mit dem Kunstargument«, unterbrach ihn Oswald, »es sei keine Kunst, sondern Dreck …«

»Ja, ja, ja!«, rief Martin. »Du sagst es! Und ich war es, der das gesagt hat! Ich, der jede Berührung mit Kunstfritzen vermeidet, den man nie auf Ausstellungen, Vernissagen, Lesungen, Podiumsgesprächen sieht, nie im Theater – ausgerechnet ich komm dir mit Kunst?«

Er begann im Raum auf und ab zu gehen und sich die Haare zu raufen. Das war den beiden vertraut. Martin Fries hatte das schon in der Schule so gemacht, wenn ihn etwas aufregte.

»Lukrezia: Hast du mich je in einem Kunstumfeld gesehen?«

»Nein, hab ich nicht …«

»Du hörst, deine Frau bestätigt meine Behauptung!«

»Wieso warst du dann in der Galerie?«, wollte Oswald wissen.

»Gut, dass du fragst! Das ist überhaupt der beste Beweis, dass ich recht habe. Ich wollte dir auf der Straße ausweichen. Ich war in meinem ganzen Leben noch nie in dieser Galerie, frag Pictet, der wird es dir bestätigen. War einfach die nächste offene Ladentür! Und warum wollte ich dir ausweichen? Weil ich dir nicht sagen wollte, dass dein Manuskript gequirlte Scheiße ist, darum!« Oswald zuckte zusammen.

»Ich wollte dir das nicht sagen, weil ich grundsätzlich Auseinandersetzungen vermeide. Erst recht solche um Literatur!« Er hämmerte sich mit beiden Fäusten an die Stirn. »Wieso also, wieso, frag ich, lass ich dann, kaum, dass ich vor dem Bild stehe, diesen Stuss los?«

»Moment, wieso Stuss? Hältst du es in Wahrheit für gelungen?«, fragte Oswald.

»Gelungen – was?«

»Mein Buch.«

Martin stöhnte auf. »Nein, ich halte es für großen Mist, aber das ist doch nicht das Thema …«

»Für mich schon …«

»Herrgott, uns rennt die Zeit davon und du fängst hier einen Kunstdiskurs an! Hör zu: Nichts, was ich sage oder was irgendjemand anderer über dein Manuskript sagt, hat irgendeine Bedeutung, verstehst du? Es sind Geschmacksurteile, es ist nur Bla-Bla zur Scheinbegründung des einen von nur zwei möglichen Sätzen: Es gefällt mir. Oder aber: Es gefällt mir nicht. Alles andere ist Geschwätz. Es mag das Kaufverhalten des Publikums beeinflussen oder auch nicht, das spielt keine Rolle, wahr bleibt nur: Alles Reden über Kunst bedeutet nichts. ES BEDEUTET NICHTS!« Bei den letzten Worten schlug er mit den Handflächen auf die Tischplatte. »Das Bild hat mich dazu gebracht, den Mund aufzumachen, nur das Bild. Weil es so perfekt ist …« Er verstummte.

»Ja, es ist perfekt. Da hast du recht.«

Oswald trommelte mit den Fingern auf die Tischplatte, was bei ihm kein Zeichen von Ungeduld war, sondern gesteigerter geistiger Regsamkeit.

»Also gut«, sagte er, »ich glaube dir das. Wenn du recht hast, ist das wirklich ein merkwürdiges Zusammentreffen …«

»Nein, Oswald, das bloße Zusammentreffen zweier Ereignisse wäre eine Koinzidenz. Hier haben wir aber eine ganz klare Kausalkette – nimm doch an, der Laden wäre nicht diese Galerie gewesen, sondern eine Metzgerei! Dann hätte ich mir eine Wurstsemmel gekauft, dich freundlich begrüßt …«

»… wenn ich auch reingekommen wäre …«

»… wenn du auch reingekommen wärst, und über dein Buch hätte ich …«

»… irgendeinen lauwarmen Scheiß abgelassen«, vollendete Oswald den Satz. Martin Fries war überrascht. »Das klingt jetzt aber hart …«

»Du bist bekannt dafür«, mischte sich Lukrezia ein, »ich meine, du sagst nicht gern was, also sagst du, wenn es nicht anders geht, gar nichts. Natürlich mit vielen, schönen Worten. Wie Koinzidenz oder Kausalkette …«

»Na schön, ihr beiden: Wenn ich dafür berühmt bin, warum ist euch dann nicht aufgefallen, dass meine Handlungsweise völlig untypisch war?«

»Jeder kann sich ändern«, sagte Lukrezia.

»Ich halte fest: Ich sage etwas, was ich vorher noch nie gesagt habe, nämlich die Wahrheit, und er tut etwas, was er zuvor noch nie getan hat – er haut mir eine rein! Ist das alles Zufall?« Nach einer Weile sagte Oswald: »Und wie ging es dann weiter – deiner Meinung nach?«

»Dann sind wir bei euch eingebrochen, Gundula und ich.«

»Was? Ihr seid … warum? Und welche Gundula?«

»Gundula Hofmann.«

»Die aus der Schule? Wie kommt ihr dazu … was soll das überhaupt?«

»Ich hab ihn engagiert«, sagte Lukrezia und erklärte in kurzen Worten die Charade mit dem Einbruch, den Raub der Zeichnungen, das Missverständnis zwischen Lukrezia und Martin wegen des fehlenden Rembrandts. Dann setzte Martin fort und schilderte den weiteren Verbleib von Höchst 1b an verschiedenen Stationen und die katastrophalen Folgen für die zeitweiligen Besitzer, die ganze, schlimme Reihe von Gundula Hofmann über Ewald Bucherer bis zu Lukrezia selbst.

Während sie sprachen, abwechselnd den Lauf der Dinge schilderten, zeigte Oswald Obwalter jene in zahllosen Ausschusssitzungen eingeübte Miene, die er bei Einwendungen oder Vorschlägen des politischen Gegners zur Schau stellte: Zweifel mit einem Schuss Verwunderung über so viel intellektuelle Minderleistung, gewürzt mit einem Hauch Ekel. Diese Miene wandelte sich beim letzten Punkt, der Entführung Lukrezias, zu einem Ausdruck tiefer Überzeugung vom Gehörten. Natürlich war Lukrezia das alles passiert, weil sie zu jenem Zeitpunkt im Besitz des Bildes gewesen war – und nicht, weil ihr Mann ein Mitglied der russischen Unterwelt mit einem gefälschten Rembrandt hinters Licht geführt hatte.

»Und deshalb«, schloss Martin Fries nach längerer Rede, »muss das Bild aus dem Haus. Sofort!«

»Wohin denn?« Oswald, überwältigt von den neuen Informationen, klang verzagt.

»Nein, entschuldige, ich hab mich falsch ausgedrückt, nicht wohin lautet die Frage, sondern an wen! Der Besitzer ist betroffen, nicht der Ort!« Oswald dachte lang nach. »Ich schenk es Pictet«, sagte er dann, »richtig mit Schenkungsurkunde und so. Dann müsste der … der Fluch, wenn man so will, auf ihn übergehen, oder?«

»Er ist sowieso ein Gauner«, meinte Lukrezia. »Ich sag das nicht gern, aber hier ist mir das Hemd näher als der Rock!«

»Und außerdem«, schloss Oswald Obwalter, dessen Politikerinstinkt wieder erwachte, »kann es ja trotzdem alles Zufall sein – und mir kann keiner einen Vorwurf machen, wenn dem Galeristen was zustoßen sollte. Kein Gericht der Welt würde daraus eine strafbare Handlung konstruieren.« Die beiden anderen stimmten zu. »Heute ist es schon zu spät«, meinte Oswald. »Gleich morgen früh bring ich ihm das Bild in die Galerie!« Nun wurde Cognac serviert, die Stimmung hob sich. Martin Fries erklärte sich bereit, in Anbetracht seiner Verwicklung mit dem Geschick des Hauses Obwalter, sich Oswalds Manuskript vorzunehmen und eine verbesserte Fassung zu erstellen – ohne Gewähr für Erfolg, den er ebenso wenig garantieren könne wie sonst ein Mensch auf Gottes Erdboden, und natürlich nur, wenn das gewünscht werde. Das Angebot wurde gewünscht und mit lukretischer sowie oswaldischer Rührung angenommen; es lag am Alkohol, was man bei Martin Fries schon an der Erwähnung Gottes in der Phrase »Gottes Erdboden« erkennen konnte. Da hatte er schon einen in der Krone. Zwei Cognacs zu schnell hintereinander. Bald danach fuhr er heim.

Alle Beteiligten an der Aussprache hatten das Gefühl, das uns nach schwerem Gewitter ergreift, wenn sich nach langer Hitzewelle die Luft reinigt, der Atem frei, der Verstand klar und die Seele erquickt ist.

Alles würde wieder in Ordnung kommen.

Das Problem bestand nur darin, dass die Beteiligten sich nicht einig waren, wie der Begriff Ordnung zu definieren wäre. Und überdies von dieser Uneinigkeit nichts wussten. Bei Martin und Lukrezia waren diese Unklarheiten sicher vorhanden, blieben aber akademisch, denn ehe sie (die Unklarheiten) sich in zueinander nicht konsistenten Handlungen offenbaren konnten, hatte der Dritte im Bunde das Heft an sich gerissen. Oswald Obwalter fand es im Wortsinne nicht in Ordnung, etwas zu verschenken, das widersprach seiner konservativen Einstellung zum Wirtschaften und Haushalten, die hier nicht näher erläutert werden muss. Es kam einfach nicht in Frage, dem Galeristen Pictet das Gemälde Höchst 1b zu schenken, dem schlechten Geld dieserart das gute hinterher zu werfen. Anders wäre die Lage, wenn Pictet das Bild zurückkaufen würde. Das würde er natürlich ablehnen; Oswald hatte von so einem Vorgang noch nie gehört. Bei Nichtgefallen Geld zurück – so etwas gab es nicht im Kunsthandel.

Dass er andererseits das Bild loswerden musste, unterlag keinem Zweifel. Darüber dachte er gar nicht mehr nach. Es kam nur noch darauf an, wie. In rechtlich einwandfreier Form. Denn der Fluch oder was immer an dem Gemälde haftete, schien da eher mit leichter Hand zu walten: Dieser

Bucherer war im juristischen Sinn gar nicht Eigentümer des Bildes gewesen, sondern nur im zeitweiligen Besitz, da er es in seiner Gewalt hatte – aber das hatte offenbar schon genügt, einen schweren Autounfall herbeizuführen. Wenn er Fries richtig verstanden hatte, lag der Bucherer immer noch im Spital. Und davor? Gundula Hofmann war von ihrem Mann verprügelt worden – und sie hatte sich nicht einmal aktiv um das Bild bemüht, es reichte, dass es an ihrer Hauswand lehnte und sie es hinein verfrachtete. Und schließlich die arme Lukrezia: Die musste so viel leiden, weil sie … ja, warum eigentlich sie? Gut, das Bild war von der Post an die gemeinsame Adresse geliefert worden, es war ja auch ihr Haus und das Bild auch ihr Eigentum. Hätten sie Gütertrennung vereinbart, wäre alles auf ihn gefallen … das Bild musste weg!

Er rief Herta Cannizzaro an, ihre Handynummer hatte er noch gespeichert. Sie war, wie immer, unwirsch.

»Ja?«, sagte sie, als er seinen Namen genannt hatte.

»Frau Cannizzaro, Sie wollten mir doch das bewusste Bild abkaufen. Sind Sie noch interessiert?«

»Wieso? Hat sich ein anderer gemeldet?«

»Nun ja …« Er dachte nach. Sie hatte Angst, er könnte das Bild mit ihrem Elternhaus an jemand anderen verkaufen. Würde ein Oswald Obwalter einen Verkauf in Erwägung ziehen, wenn der gebotene Preis nicht viel höher wäre als der Kaufpreis? Natürlich nicht. Unter normalen Leuten, also solchen, die ein bisschen Geld hatten, würde er einen neuen Interessenten dazu benützen, den Preis zu treiben.

Das konnte er bei Herta Cannizzaro vergessen, hier musste er anders spielen.

»Es ist tatsächlich jemand aufgetaucht«, begann er. »Allerdings wollte er nicht den Preis bezahlen, der mir vorschwebt. Um die Wahrheit zu sagen: Sein Angebot war sogar beleidigend niedrig. Da hab ich mir gedacht: Nein, nein, wenn ich schon unter Preis verkaufe, dann an die Frau Cannizzaro, die hat einen moralischen Anspruch darauf. Wieviel haben Sie denn?«

»Knapp dreitausend.« Ihre Stimme klang düster.

»Ach je …« Er mimte eine Weile den mit sich selbst ringenden, im Grunde gutherzigen, aber den ehernen Gesetzen guter Kaufmannschaft unterworfenen Handelsherrn, bis er sich vermeintlich einen Ruck gab und sagte: »Also gut. Dreitausend. Aber ich will es in bar haben.«

»Soviel habe ich nicht zu Hause …«

»Natürlich nicht. Wir machen es so: Ich fahre jetzt zu Ihnen, wir gehen zur Bank, Sie heben die Summe ab, dann tauschen wir Geld gegen Bild!« Sie war einverstanden. Er packte das Bild, wie es war, in sein SUV und fuhr nach Nofels.

Herta wartete schon. Sie schien angespannt. Man fuhr nach Feldkirch hinein. Oswald parkte in der Tiefgarage an der Ill, sie überquerten den Fluss auf der Fußgängerbrücke und gingen durch Zeughausgasse, Marktgasse und Kreuzgasse zur Sparkasse gegenüber dem Katzenturm.

Herta hob dreitausend Euro ab. Noch in der Bank präsentierte er den Kaufvertrag, eine halbe Seite, die sie schnell überflog.

»Es muss sein«, sagte er, »anders ist keine Ordnung zu erzielen. Mündliche Abmachungen sind zwar auch bindend, aber schwer zu beweisen.« Sie sagte nichts, unterschrieb die beiden Ausführungen des Vertrags, faltete ihr Exemplar zusammen und übergab ihm das Geld. »Jetzt gehört es Ihnen«, sagte er, »hochoffiziell.« Sie lächelte. Sie marschierten einen anderen Weg, durch Kreuzgasse und Vorstadt, zurück zum Auto. Während der Rückfahrt sagte sie nichts. Je länger das Schweigen dauerte, desto ärgerlicher wurde er. Als sie beim Cannizzaro-Haus ankamen, konnte er nicht mehr an sich halten.

»Was ist los?«, wollte er wissen. »Hab ich was Falsches gesagt? Wenn jemand schlechte Laune haben sollte, dann doch wohl ich! Ich habe bei dem Geschäft eben ein paar tausend Euro verloren …«

»Nein, verzeihen Sie, Herr Doktor, es liegt nicht an Ihnen, ich hab nur … jemanden gesehen. Eben vorhin in der Stadt.«

»Ach so …« Er fragte nicht nach. Als Politiker lernt man schnell, nicht nachzufragen. Die Leute erzählen einem sowieso mehr, als man wissen will; nicht nachfragen spart Zeit. Herta Cannizzaro wuchtete das Gemälde aus dem Auto und verabschiedete sich. Jetzt lächelte sie wieder, es sah fürchterlich aus; sie ist bekümmert, dachte er. Er fuhr nach Hause.

Bekümmert, wie Oswald Obwalter meinte, traf es nicht so ganz; ebenso könnte man sagen, jemand mit einer Lungenentzündung sei *erkältet*. In Wahrheit stand Herta Cannizzaro unter Schock. Eben, weil sie auf dem Weg von der

Sparkasse zur Tiefgarage an der Ill jemanden gesehen hatte. Nein, nicht ihren totgeglaubten Bruder (sie hatte gar keine Geschwister), sondern ihren durchaus lebendigen Mann, der seinen Arm um eine Frau gelegt hatte. Die beiden saßen im hinteren Teil des Cafés »Zanona«. Es lag im vorderen Teil der Kreuzgasse, näher der Ill zu. Wären sie denselben Weg zurückgelaufen, hätte sie nicht durch die Glasscheiben des Cafés geschaut und ihren Künstlerehemann mit dieser Dame sitzen sehen. Vor den beiden nicht etwa Kaffeetassen, sondern konische Gläser mit langem Stiel und farbigem Inhalt, man schlürfte Cocktails, mitten am Vormittag. Vielleicht gab es etwas zu feiern, wer weiß? Erstaunlich, dass der Chef der jungen Dame nicht dabei war, das hätte noch besser ins Bild gepasst, aber einer muss ja in der Galerie bleiben. Ob Pictet weiß, dass seine Angestellte mit einem Maler Cocktails trinkt? In der Dienstzeit?

Sie beruhigte sich. Der Schock schwand und machte etwas anderem Platz. Der Schock war besser gewesen. Denn nun erfasste sie abgründige Erbitterung. Viele Puzzleteilchen fügten sich mit einem Schlag zu einem Gesamtbild. Das lange Ausbleiben. Seine Unnahbarkeit. Die hatte sie auf die künstlerische Krise zurückgeführt, von der er oft sprach. Es gehe ihm nicht gut, hatte er behauptet. Karrierestillstand, dazu der finanzielle Verlust durch seine idiotische Finanzspekulation. Was muss ein Maler auch mit Papieren spekulieren, von denen er nichts versteht! Wer macht so etwas? Ein Mann in der Midlife-Krise. Das erschien ihr als einfachste Erklärung. Vermögende Männer kaufen sich einen

Sportwagen. Oder nehmen sich eine Geliebte, die dreißig Jahre jünger ist als die eigene Frau. Oder beides. Beides erfordert Geld, das ihr Ludwig nicht hatte. Was also brachte die kleine Schlampe Frances Cope dazu, sich an den nicht vermögenden Maler Cannizzaro zu hängen – außer der Schlampenhaftigkeit? Das verstand sie nicht.

Dann erinnerte sie sich an Tage der jungen Liebe, lang vergangen, an die Süße des Gefühls, das Herzklopfen bei jedem Treffen, seine Worte, die Kunst. Das alles wusste sie noch, auch das Empfinden war noch lebendig, aber von jemand anderem, einer anderen jungen Frau, etwas Vermitteltes, lebendige Erzählung aus fremdem Mund.

Das war vorbei.

Und sie liebte ihn nicht mehr. Diese Erkenntnis kam wie ein Schlag aus dem Nichts. Sie gehörte aber nicht zu den Menschen, die unter einer Erkenntnis dieser Art zusammenbrechen. Sie war wie junges Holz, das noch unter dem härtesten Schlag zurückfedert. Sie verhielt sich atypisch. Sie weinte nicht, sie haderte nicht mit ihrem Geschick. Und sie dachte nicht an Rache, nicht einen Augenblick. Sie dachte nur daran, dass ein Abschnitt ihres Lebens zu einem Ende gekommen war.

6

Porfirij Alexandrowitsch Borodin war irritiert. Er hatte nichts von seinen Assistenten gehört. Das war noch nie vorgekommen. Gute Leute, Leute von »dort«, wie man sagte. Leute, die sich mit allem auskannten. Er bezahlte sie gut, das war auch notwendig, man konnte in der Heimat keine Geschäfte – richtige Geschäfte – machen ohne die Absicherung durch Spezialisten. Bisher hatte das auch immer geklappt. Natürlich verbreitete er bei Verhandlungen mit Westlern die Aura einer krakenähnlichen *Organisation*, die ihre Tentakel bis in die fernsten Winkel des Ostens wie des Westens streckte, grausamer und viel gerissener als die NSA, CIA und was noch alles. Es war eine Abart jenes Klapperns, das sprichwortgemäß zum Handwerk gehört, die Wirklichkeit sah bescheidener aus. Porfirij Alexandrowitsch verfügte über keine kontinentübergreifende Organisation, vor allem aber nicht über unbegrenzte Personalreserven. Das war in der aktuellen Lage das heikelste Problem. Natürlich gab es jede Menge Freelancer, sogar welche gewissermaßen in der Nähe, geographisch gesprochen, der ganze Quadrant südöstlich von Wien. Aber die waren nicht von daheim, vertrauen konnte er denen nicht.

Er hatte auf einem Wegwerfhandy angerufen, aber niemand hatte sich gemeldet, ein Alarmzeichen. Er begann in seinem Zürcher Hotel das Internet zu durchforsten, lange suchen musste er nicht. In der Nähe der Ortschaft Frastanz war ein ausgebrannter Lieferwagen gefunden worden, darin zwei verkohlte Leichen, wie er der Homepage des lokalen Senders entnehmen konnte, die lokale Presse wusste auch nicht mehr. Die Polizei, hieß es, ermittle in mehrere Richtungen, das hieß, sie tappten im Dunkeln. Borodin überlegte. Die beiden Verbrannten waren seine Leute, kein Zweifel. Wer kam als Anzünder in Frage? Saitzew fiel ihm ein. Wenn in der Vergangenheit etwas Unangenehmes passiert war, steckte Saitzew dahinter, der ihn hasste. Wegen einer lang zurückliegenden Sache, lächerlich im Grunde, aber manche Menschen können einfach keinen Schlussstrich ziehen. Saitzew war so etwas zuzutrauen. Dazu hätte er aber erst einmal von der Rembrandtsache wissen müssen. Nun gut, Verrat gibt es immer, aber wegen so einer Lappalie? Er kannte seine Leute, drum hatte er sie ja engagiert, und klarerweise gab es eine Summe, der sie nicht widerstehen konnten, er kannte diese Zahl, sie existiert für jeden Menschen, auch wenn es die meisten leugnen. Es liegt daran, dass die Menschen nicht wissen, wer sie sind. Die meisten haben das Glück, es nie zu erfahren, schon, weil ihnen niemand für welchen Verrat auch immer diese magische Summe anbietet. Wofür auch? Sie wissen nichts, sie haben niemanden, den sie verraten könnten. Die Menschen – diese Erfahrung hatte Porfirij Alexandrowitsch oft und oft gemacht – überschätzten sich.

Verrat konnte er ausschließen, Saitzew würde wegen so einer Kunstsache nicht die gefährlichen Summen bieten. Vielleicht hatte er auf andere Art von der Sache erfahren; wie die Deutschen sagen: Der Teufel schläft nicht. Warum dann diese Brandnummer? Das macht man nur, wenn Spuren verwischt werden sollen, jene Spuren, die die Polizei sucht. Das war unüblich, lächerlich. Wenn Saitzew oder ein anderer seines Kalibers dahinter steckte, dann gab es sowieso keine verwertbaren Spuren, keine DNA, keine Schussmarkierungen, die irgendeiner Waffe auf diesem Planeten zuzuordnen wären, nichts von dem ganzen Zeugs. Nur die Opfer würden bekannt sein, man machte *solche nassen Sachen* nicht aus Spaß, sondern um eine Botschaft zu übermitteln, das heißt, man würde nicht versuchen, die Identität der Opfer zu verschleiern, nicht in so einem Zusammenhang. Feuer zur Spurenbeseitigung – das deutet auf Laien, normale Leute, die ins Verbrechen abgeglitten sind. Aber dafür war es dann auch wieder zu perfekt. Man hatte offenbar Holz in den Lieferwagen gestapelt und angezündet, ein Scheiterhaufen. Das konnte eine Botschaft sein – oder ein Versuch, Spuren zu beseitigen. Weil alles zu Asche verbrennt, das kann leicht tausend Grad erreichen, in dem Auto gibt es keine Fingerabdrücke und keine DNA-Spuren mehr. Das Zahnschema, ja, schon, aber in keiner Datenbank, die den hiesigen Behörden zugänglich war, würde sich ein Muster zum Vergleichen finden. Für Laien war die Vorgehensweise zu gefinkelt, schon das Ausschalten seiner Mitarbeiter unmöglich. Dann noch die Verbrennung… Er musste sich persönlich darum kümmern, das konnte er nicht delegieren und schon gar nicht einfach hinnehmen. Es war immer riskant, auf fremdem Terrain etwas zu machen, das schon. Aber wenn man anfing, notwendige Maßnahmen aufzuschieben, war das der Anfang vom Ende. Dann musste man aussteigen. Dazu hatte er noch keine Lust.

Allein konnte er es nicht machen, das war klar. Also rief er Heinrich Sandmeyer an. Das war ein mittelgroßer, blassblonder Mensch aus dem Polizeiapparat der DDR, dem die Wende nicht das große Glück gebracht hatte. Er fand es schäbig, wie sich viele Kollegen dem Klassenfeind andienten. Auf verschlungenen Wegen fand er sich wieder als Berater russischer Geschäftsleute vom Schlage Borodins, wobei das Tätigkeitsprofil sehr weit gespannt war. Sandmeyer führte eine unauffällige Existenz in Süddeutschland, unternahm viele Reisen und bereinigte »Probleme«, wo welche auftraten.

Zuerst suchten sie Hermann Pictet in seiner Galerie auf. Der Galerist zeigte sich überrascht, aber nicht angenehm, das war ihm anzusehen.

»Mir ist klar«, sagte Porfirij Alexandrowitsch, »dass Sie mich nicht wiedersehen wollten, habe ich recht?«

»Keineswegs«, erwiderte Dr. Pictet, »es ist mir nur peinlich, verstehen Sie? Diese freche Fälschung, ich hätte nie gedacht, dass ein Mann von der Reputation Obwalters …«

»Ja, ja, schon gut …« Borodin schwieg, als ginge ihm etwas durch den Kopf. Pictet hatte Muße, den anderen Besucher zu mustern, der bisher kein Wort gesprochen hatte und auch nicht vorgestellt worden war. An dem Gesicht des Mannes ließ sich auf den ersten Blick nichts ablesen. Eines der Gesichter, die man sofort vergisst. Wenn man sich, wie Dr. Pictet, in einem Zustand angsterfüllter Gespanntheit befindet, schaut man genauer hin und kann aus Heinrich Sandmeyers Zügen durchaus etwas herauslesen. Allerdings nichts Angenehmes.

»Das Problem«, sagte Borodin nach langem Schweigen, »ist nicht das Geld. Das ist schon wichtig, keine Frage, aber dafür finden wir eine Lösung. Sie haben hier ja schöne Stücke hängen – oder ziehen Sie Barzahlung vor? Das ginge natürlich auch ...«

»Wie meinen ... ich soll zahlen? Wieso denn?« Nun mischte sich Heinrich Sandmeyer ein. Er trat auf Pictet zu, legte ihm den Arm um die Schultern und beugte sich zum Galeristen hinunter (er war einen Kopf größer als Pictet).

»Das ist ganz einfach, mein Gutester. Wir halten uns an den, der da ist und nicht einfach weglaufen kann. Wenn er ein Geschäft hat, so wie Sie, Herr Doktor.«

»Aber der Verkäufer ist doch der Obwalter!« Pictets Stimme war die steigende Panik anzuhören.

»Ts, ts, ts – wer wird sich denn gleich so aufregen? Nun sagen Sie bloß nicht, Sie hätten nicht gemerkt, welche Art von Geschäftsmann Porfirij Alexandrowitsch ist ...«

»Was meinen Sie?«

»Na, er ist halt von der Art, die niemals Verluste macht ...«

»Na, na, Sie übertreiben«, wehrte Borodin ab. Er sah verlegen aus.

»Sehen Sie«, setzte Sandmeyer fort, »Herr Borodin ist so bescheiden, dass er nicht einmal eine einfache Tatsachenbeschreibung zulässt, nur, weil man es als Kompliment auffassen könnte! Dabei stimmt alles, was ich sage!«

»Herr Sandmeyer hat mich sehr dabei unterstützt«, wandte Borodin ein, »beim Vermeiden von Verlusten, was heutzutage sehr schwierig ist.«

»Sehen Sie es einfach so«, sagte Sandmeyer, »Sie lernen daraus etwas Wertvolles für die Zukunft: Wenn Sie mit Porfirij Alexandrowitsch Geschäfte machen, und es treten Schwierigkeiten auf, dann müssen Sie diese Schwierigkeiten beheben. Auf eigene Kosten natürlich.«

Dr. Hermann Pictet schwieg, die beiden anderen sagten auch nichts. Man war bestrebt, die Bedeutung der gesprochenen Worte in die Tiefe wirken zu lassen. Dr. Pictet kam zum Schluss, dass es besser war, einen finanziellen Verlust hinzunehmen, als in vier Wochen von bedauernswerten Spaziergängern an irgendeinem Bodenseeufer aufgefunden zu werden. Die nahe vorbeiströmende Ill mündet in den Rhein und der in den Bodensee, wo die Reise der Selbstmörder zum Ende kommt. Pictet war ein positiver Charakter, der mit seinem Schicksal nicht haderte. Für ihn war das Glas sozusagen immer nicht nur halb voll, sondern sogar zu drei Viertel, auch wenn es in Wahrheit halb leer war.

»Woran hätten Sie denn Interesse?«, fragte er. Borodin setzte sich, Sandmeyer blieb stehen.

»Sehen Sie, Chermann Edmundowitsch, so kommen wir zu einer Übereinkunft!« Der Russe war sichtlich erfreut. »Ich habe erstens Interesse an Bildern und zweitens an Ihrem Computer.«

»Bitte, schauen Sie an, was Sie wollen!« Er stand auf und machte Sandmeyer Platz. »Das Kennwort ist ›vangogh‹, klein und zusammengeschrieben. Kein sicherer Schlüssel, ich weiß, aber ich bewundere ihn …«

»Der beste Maler aller Zeiten!«, rief Borodin. »Dann zeigen Sie mir etwas Schönes, während mein … Mitarbeiter sich durch Ihre Dateien wühlt … kann man das sagen: Durch Dateien wühlen?«

Pictet bestätigte die Korrektheit und den lebendigen Ausdruck der Phrase und begleitete den russischen Sammler in die Ausstellungsräume. Borodin wählte zwei großformatige Arbeiten von Gerold Hirn, die jetzt schon den Verlust der Rembrandtsache wettmachten – sie würden im Wert noch steigen, sodass die rein geschäftliche Seite damit abgedeckt war. Die Angelegenheit hatte aber noch andere Seiten, denen er sich nun widmen musste. Man hatte ihn bestohlen, das konnte er nicht hinnehmen. Recht bald trat dieser Aspekt in den Vordergrund. Sandmeyer hatte etwas im Pictet'schen Geschäftscomputer gefunden. Er rief seinen Chef ins Büro, der las am Bildschirm das ominöse Schriftstück.

»Kennen Sie diesen Saitzew?«, fragte er dann.

»Nicht sehr gut«, antwortete Pictet. »Er kauft ab und zu etwas, aber speziell orientiert ist er nicht. Ich meine, keine Vorlieben. Ich schreibe ihn deshalb an, wenn ich etwas … Besonderes anbieten kann.«

»Wie die Rembrandtzeichnung?«

»Ja, natürlich. Aber auch andere Zeichnungen, Niederländer, meine ich …«

»Lobry de Bruyn und ein gewisser van Ekenstein«, las Sandmeyer aus dem Computer vor.

»Ja, Kleinmeister. Siebzehntes, wurde mir aus einem Nachlass angeboten. Nichts Besonderes. – Wenn Sie die Korrespondenz verfolgen, sehen Sie, dass er an denen Interesse hat…«

»An dem Rembrandt nicht?«, fragte Borodin.

»Zu teuer, hat er gesagt. Er hat Sie übrigens gesprächsweise erwähnt …«

»Was hat er gesagt?«

»Im Einzelnen weiß ich das nicht mehr.« Stille senkte sich über den Raum. Pictet begriff nicht, woher die Spannung kam, die er nun fühlte.

»Wissen Sie«, sagte er, »man muss mit den Leuten reden, das geht nicht nur über Mail. Diese Art Geschäft, man muss sich schon persönlich einbringen …«

»Haben Sie ihm gesagt, ich hätte Interesse an der Zeichnung?«

»Daran erinnere ich mich nicht mehr, aber es kann schon sein. Das ist doch normale Verkaufstaktik – man erwähnt einen anderen Interessenten, den der potenzielle Kunde schätzt, und das Kaufinteresse …«

»… er schätzt mich?«, unterbrach Borodin.

»Er sprach von Ihnen in den höchsten Tönen! Einer der bedeutendsten Sammler in Russland, hat er gesagt, mit einem untrüglichen Spürsinn – so ähnlich halt, wortwörtlich kann ich das nicht beschwören …«

»Schon gut, ist nicht so wichtig. Den Rembrandt wollte er nicht?«

»Nein, nur die anderen Niederländer. Sie hätten … warten Sie, jetzt fällt mir das ein: Sie hätten größere Mittel als er, genau, das hat er noch gesagt. Kennen Sie sich so gut?«

»Es geht«, sagte Borodin, »Es geht. – Sind Sie fertig?«, wandte er sich an Sandmeyer.

»Nichts Auffälliges«, erwiderte der. »Ich mach sowieso Kopien von allem.«

»Gut.«

Borodin schien einen Moment unschlüssig zu sein, was nun zu geschehen hatte, dann fiel es ihm wieder ein. Er ging ohne Gruß, Sandmeyer folgte mit den Gerold-Hirn-Arbeiten. Dr. Pictet ließ sich in einen Sessel fallen. Der Schweiß stand ihm auf der Stirn. In diesem Zustand fand ihn Frances Cope, als sie von ihrer Mittagspause zurückkehrte. Sie hatte im Café Zanona ein Sandwich gegessen und war dementsprechend noch immer hungrig, wollte aber unter allen Umständen fünf Kilo loswerden. Ludwig Cannizzaro hatte sich – wolkig zwar, aber eben doch – über ihren Taillenumfang geäußert. Deswegen war sie wütend, aber nicht auf ihn, sondern auf sich selbst. Es stimmte ja, sie hatte ein bisschen zugenommen. Sie litt an einem verzerrten Selbstbild und hielt sich für hässlicher, als sie von neutralen Beobachterinnen beurteilt worden wäre. Um das Hungergefühl zu unterdrücken, wäre eine Zigarette gut gewesen, aber das Rauchen hatte sie vor Kurzem aufgegeben. Ja, natürlich: Auf Empfehlung des Künstlers Ludwig Cannizzaro. Diese nebensächlich erscheinenden Umstände sind dennoch berichtenswert, liefern sie doch eine Erklärung für die Handlungsweise von Frances

Cope, die im Zustand nervöser Spannung nun noch mit den Hiobsbotschaften ihres Chefs konfrontiert wurde. Frances neigte, wenn sie unter Druck kam, zu Aktionismus; sie handelte dann instinktiv, ohne Ratio. Leider war ihr Instinkt nicht gut ausgebildet. Dr. Pictet war völlig fertig; so hatte sie ihn noch nie gesehen. Er zitterte, als er sich einen Cognac einschenkte. Frances sperrte die Eingangstür und hängte das »Heute geschlossen«-Schild ans Glas. In diesem Zustand konnte Dr. Pictet niemandem präsentiert werden. Er trank untertags nur, wenn ein großer Abschluss zu feiern war; er vertrug keinen Alkohol und wusste das auch. Erst jetzt, als die beiden Verbrecher weg waren, erfasste ihn der Schock über den Verlust der beiden Gemälde.

»Warum haben Sie nicht die Polizei gerufen?«

»Die Polizei? Das ist doch Blödsinn. Was hätten die tun sollen?«

»Sie beschützen …«

»Frances, ich habe dem Russen einen gefälschten Rembrandt verkauft. Wenn das publik wird, bin ich erledigt.«

»Es ist trotzdem Erpressung! Und Raub!«, rief sie.

»Das ist … ja, das stimmt, aber mir fällt grade ein: Die sind noch nicht fertig, die beiden …«

»Mit Ihnen?«

»Nein, von mir haben sie ja … ich meine, wenn die schon mich so behandeln … ich war ja nur am Rande gewissermaßen … was machen die dann mit dem Obwalter?« Frances verstand. Ihre Sorge galt allerdings nicht Oswald Obwalter, sondern ihrem Geliebten, dem Maler Cannizzaro.

Sie rannte aus dem Haus in den Hinterhof und rief ihn an. Er nahm nicht ab.

Ihre nächste Handlung lässt sich nur aus ihrem seelischen Ausnahmezustand verstehen: Hungergefühl und übler Stress. Sie ließ alle Vorsicht fahren, rannte ins Haus zurück und wählte die andere Nummer auf dem Geschäftstelefon. Das Festnetz. Natürlich nahm er hier auch nicht ab, er war im Atelier. Abnehmen tat seine Frau Herta. Die reagierte kühl, als sie die Stimme der Assistentin erkannte. Die Dinge wären anders gelaufen, wenn Herta Cannizzaro nicht besagte junge Dame in inniger Umarmung mit ihrem Mann Ludwig gesehen hätte. Hatte sie aber, und jetzt rief das Flittchen auch noch an! Ein Umstand, den Herta gleich zur Sprache brachte; es fielen die Vokabeln »Frechheit«, »unverschämt« und »Sauengländerin«, eine Neubildung, die Frances Cope nicht verstand, das machte es aber nicht besser, denn die übrigen Verbalinjurien verstand sie durchaus und ging ihrerseits zum verbalen Angriff über. Es folgten unschöne Sätze, in denen es um die mangelnde sexuelle Leistungsfähigkeit Hertas ging, was von Herta mit dem Rat beantwortet wurde, Frances solle wegen ihrer Nymphomanie doch einen Therapeuten aufsuchen. Die Stimmen hoben sich, beide redeten durcheinander, dann schrien sie durcheinander. Bis Frances auflegte.

Seltsamerweise ging es den beiden Frauen nach der Auseinandersetzung besser. Reinigendes Gewitter, wenn man so will. Dass sie ähnlich empfanden, lag wahrscheinlich daran, dass sie einander ähnlicher waren, als sie geahnt hätten. Zyniker werden sagen, dass sei doch kein Wunder, Männer stehen eben auf einen bestimmten Typ und diesen Typ wählen sie immer wieder, nur halt ab und zu ein jüngeres Modell. Dagegen einen Einwand zu finden, fällt schwer. Auf die äußere Unähnlichkeit abzuheben bringt nichts, was den bösen Satz über die Männer entkräften würde; sie war zwar vorhanden, aber eben nur äußerlich, die beiden Frauen hätte niemand für Schwestern gehalten; vom Charakter her waren sie verwandt. Keine bloße Behauptung, sondern aus der Handlungsweise ableitbar.

Leserinnen und Leser, die aus der unheilvollen Frage des Galeristen Dr. Pictet »was machen die dann mit dem Obwalter?« weitere russenmafiöse Repressionen gegen das Haus Obwalter befürchten, dürfen beruhigt sein. Pictets Befürchtung kam von seiner mangelnden Kenntnis des Gechäftsgebarens von Personen wie Borodin oder Saitzew. Schon die einfache Tatsache, dass Porfirij Alexandrowitsch sich in Feldkirch aufhielt, beschützte Oswald und Lukrezia vor allem Unbill. Wenn ihnen je etwas von Borodins Seite zustoßen würde, wäre der mindestens dreihundert Kilometer vom Ort des Geschehens entfernt. Auch andere Gründe sprachen dagegen. Diese erörterten Borodin und Sandmeyer im ersten Stock des Restaurants »Lingg«, das den Feldkircher Marktplatz auf einer Schmalseite dominiert. Sie saßen am Fenster und warteten auf das Essen. Borodin ließ seinen Blick über den Marktplatz schweifen. Er konnte die Schönheit dieses Platzes nicht würdigen. Ihm gingen Gedanken im Kopf herum, die allerdings auch mit Schönheit und Kunst zu tun hatten.

»Sie sagen also«, schloss Sandmeyer eine längere Rede, »wir lassen die Obwalters in Ruhe?«

»Was? … Ach so. Ja, so ist es. Die sind draußen.«

»Aber er würde uns den Namen sagen …«

»Ja, das stimmt wohl …« Das Gespräch erlahmte. Sandmeyer fühlte sich unwohl. Da war etwas im Busch. Wie es aussah, ging ihn das aber nichts an, Borodin wollte ihn außen vor lassen. Wie jeder Freelancer fürchtete Heinrich Sandmeyer nichts so sehr wie den Verzicht des Auftraggebers auf seine Dienste. Existenzangst. Daher überwand er sich und sagte: »Ich könnte den Galeristen unter Druck setzen …«

»Der weiß nichts. Obwalter wird nicht so blöd gewesen sein und ihm was gesagt haben: He, schau her, hat mein Kumpel Soundso gezeichnet, sieht doch echt aus!«

»Warum ist der Fälscher überhaupt so wichtig?«

Borodin blickte auf. »Ist das nicht klar?«

»Sie wollen ihn … ausschalten, damit er nicht weiter fälscht?«

Borodin lehnte sich zurück und blickte aus dem Fenster.

»Sie verstehen nicht viel von Kunst?«

»Nicht das Geringste.«

»Ich will den Fälscher nicht ausschalten. Im Gegenteil.«

»Verzeihung … ich versteh nicht ganz …«

»Er soll für mich arbeiten! Er soll machen, was er am besten kann. Fälschen, verstehen Sie?«

»Allmählich …«

»Kunst ist nicht einfach Kunst. Jedenfalls nicht nur. Sie ist auch Geschäft. Ein gutes Geschäft. Da geht es um Milliarden.«

»Milliarden?«

»Na ja, wenn man alles rechnet zusammen. Ich will sagen: Es ist eine Gelegenheit, die man nutzen soll. Wir bewegen uns alle viel zu sehr in eingefahrenen … wie sagt man?«

»Geleisen.«

»Geleisen? Das sind doch die von der Eisenbahn? Dann ist das Bild falsch – Geleise können nicht eingefahren sein …«

»Bahnen«, sagte Sandmeyer, »eingefahrene Bahnen!« Ihm ging die Besserwisserei des Russen auf die Nerven, der keine Gelegenheit ausließ, um zu beweisen, dass er besser Deutsch konnte als die Muttersprachler. Borodin seufzte. »Mit dem Fälscher befassen wir uns später. Vielleicht fällt mir noch was ein … und Sie lassen die Finger von der Sache! Ich habe schon oft gesagt, ich will nicht, dass es hier so wird wie daheim … hier ist es schön und ruhig, das soll so bleiben.« Sandmeyer wollte einwenden, dann hätte man aber auch die Aktion mit den beiden Knallköpfen nicht anleiern dürfen, die es fertiggebracht hatten, den Job zu versauen und zu Asche verbrannt zu werden – aber er unterdrückte den Satz. Borodin neigte zu spontanen Entschlüssen wie der Entführung der Madame Obwalter. Zu spontanen Wutausbrüchen neigte er auch. Russe halt, der Sachse Sandmeyer nahm es ihm nicht übel. Außerdem hatten sie andere Probleme als einen neuen Geschäftszweig mit Kunstfälschung aufzubauen. Sie mussten aufpassen, dass ihnen nicht die alten Geschäftsfelder weggenommen wurden. Er brachte es zur Sprache, und Borodin stimmte zu. Begeistert war er nicht. Sandmeyer selbst war auch nicht begeistert. Aber es nützte ja alles nichts.

Der Provokation Saitzews musste begegnet werden. Und ihr wurde begegnet; geplant, ob man es glaubt oder nicht, im ersten Stock des Restaurants »Lingg« in der Feldkircher Marktgasse.

***

»Ich habe ihm gesagt, ich will ihn nicht mehr im Haus haben.« Herta schenkte Kaffee ein. Sie saßen im Freien auf der Südseite des Hauses. Das Atelier lag im Norden, man konnte es von hier aus nicht sehen. Martin Fries nahm einen Schluck. Der Kaffee war heiß und stark. Ihre Äußerung kommentierte er nicht, aus seiner Erfahrung mit Recherchen wusste er, dass man Leute nicht mit Fragen unterbrechen durfte, wenn sie anfingen zu reden. Aber sie sagte nichts Weiteres zum Thema Ludwig Cannizzaro, Ehebruch und so weiter. Das interessierte ihn auch nicht besonders. Literarisch gab Ehebruch nicht so viel her, wie man meinen könnte. Sicher, Madame Bovary und Effie Briest waren berühmte Beispiele, kanonisch und so weiter, dann Anna Karenina … aber diese Werke stammten aus den Federn Flauberts, Fontanes und Tolstois, das wird gern übersehen. Titanen. Nirgendwo steht geschrieben, ein Sujet für herkulische Charaktere eigne sich auch für den Normalschreiberling. Das tut es nicht, fand er. Ehebruch ist für die Literatur unergiebig, weil er extrem langweilig ist. Jedenfalls für Außenstehende. Und Leser stehen immer außen. Als Kriminalschriftsteller verwendete er Ehebruch natürlich als Motiv und Handlungsagens, das gehörte sich so, weil er der menschlichen Natur entsprach, aber damit hatte es sich auch schon. Er selbst verband keine Emotion mit dem Begriff, seine eigene Ehe war ganz von selber zu Bruch gegangen, ohne äußere Einwirkung, gewissermaßen ohne Fremdverschulden – das fand er interessanter und beunruhigender. Wie bei einem Flugzeugabsturz, fiel ihm ein. Wenn eine Bombe daran schuld ist oder der Pilot, der Selbstmord begeht, dann ist das tragisch aber epistemisch schlicht. Probleme machen die Flugzeuge, die ohne ersichtlichen Grund vom Himmel fallen. Drum gibt es ja diese Boxen mit den Aufzeichnungen … wie kam er jetzt darauf?

»Er war einverstanden«, sagte sie.

»Wer?«

»Der Ludwig. Er hat nichts dagegen gehabt. Er hat ja auch alles drüben. Sogar ein Notbett …« Ihre Stimmlage gefiel ihm nicht. Da lief bei ihr alles viel zu ruhig ab. Der Mann ausgezogen, die Ehe vor dem Aus – und sie redet von ihm wie von einem Pensionsgast. Das bestätigte seine Theorien und beunruhigte ihn. Er konnte nicht viel mehr tun als seine Pflicht. Oder das, was er dafür hielt.

»Dieses Bild«, sagte er, »müssen Sie loswerden, Frau Cannizzaro.«

»Ich lass mich scheiden.«

»Ja, sicher, Schlussstrich, ist sicher das Beste. Aber um auf das Bild zurückzukommen …«

»Vierundzwanzig Jahre …«

»Wie bitte?«

»Vierundzwanzig Jahre waren wir verheiratet.«

»Das Bild bringt Ihnen Unglück, Frau Cannizzaro, wie jedem, der es besitzt!«

»Und dann kommt so eine Junge daher … da denkt man, ein Künstler, der hat seine Scheißselbstverwirklichung, wer hat das denn sonst?«

»Kein Mensch, sicher … Sie sollten – was red ich: Sie müssen das Bild wieder loswerden …«

»Ein Maler, verstehen Sie? Es ist ja nicht so, dass er in einem nine-to-five Job in einer Bank festsitzt oder im Salzamt …«

»Ich bin kein Esoteriker oder so, nicht, dass Sie denken, ich komm Ihnen hier mit so einem Quatsch, ich kann das mit dem Bild empirisch belegen, Punkt für Punkt …«

»Ich hätt es noch verstanden, wenn er keine Anerkennung gefunden hätte, oder wenn ich dauernd was gegen die Malerei sagen würde, es gibt ja solche Frauen …«

»… das Bild hat jedem Unglück gebracht. Von dem Moment an, als es sein Atelier verlassen hat!«

»So ein Atelier hat doch sonst keiner! Die meisten müssen kilometerweit fahren, das weiß ich, ich kenn die ja!«

»Kaum hat der Obwalter das Bild gekauft, hat er diesen Ausbruch in der Galerie, haut mich zusammen und verliert seine ganze Reputation …«

»Reputation, genau! Er ist angesehen, er verkauft gut, nicht wie der Kiefer oder der Richter, aber wir hatten unser Auskommen …«

»… dann brechen wir auf Geheiß seiner Frau in die Villa ein und nehmen das Bild mit …«

»Wer ist wir?« Er stutzte.

»Gundula und ich. Eine Jugendfreundin. Sie wohnt jetzt in dem Haus.«

»Und?« Jetzt hatte er ihre Aufmerksamkeit. Er ließ die unglückseligen Ereignisse Revue passieren, an ihrer Miene konnte er sehen, dass sie nun auch zuhörte.

»Ich hab das Bild mitgenommen, weil es mir so gefallen hat, verstehen Sie, und dann …«

»Moment! Warum sind Sie bei den Obwalters eingebrochen?«

»Weil mich Lukrezia Obwalter darum gebeten hat. Ich sollte eine Sammlung niederländischer Zeichnungen stehlen und ihr dann übergeben. Sie wollte sie unter der Hand verkaufen, um den finanziellen Ruin ihres Mannes abzuwenden. Das Geld sollte dann von der französischen Verwandtschaft stammen und alles wäre wieder eitel Wonne.«

»Und? Hat es funktioniert?«

»Natürlich! Die Zeichnungen haben wir gefunden. Leider hat mich der Teufel geritten – ich hab das Bild behalten.«

»Es war also bei Ihnen? Nach Ihrer Verschwörungstheorie hätte Ihnen ja dann was Schlimmes passieren müssen …«

Martin ignorierte den spöttischen Unterton. »War auch so. Ihr Alkoholikerehemann ist zurückgekommen.«

»Oje! Und sie war wieder ganz Feuer und Flamme für ihn?«

»Woher wissen Sie das?« Darauf ging sie nicht ein. »Das war also Ihr Unglück, werter Herr Fries! Und, wie weiter?«

»Das Ganze war nicht so lustig, wie Sie zu glauben scheinen …« Erst hatte er vorgehabt, die Fälschungsaktion ihres Mannes außen vor zu lassen, sich aber nicht überlegt, wie er das konstruieren sollte. Jetzt war es zu spät, es fiel ihm nichts anderes ein als die Wahrheit. Also berichtete er von Obwalters Versuch, sich mit Hilfe einer gefälschten Rembrandtzeichnung zu sanieren, wovon aber Lukrezia und Martin selbst nichts wussten.

»Lukrezia dachte, ich hätte den Rembrandt aus der Mappe genommen. Sie hat ihren Cousin beauftragt, bei mir einzubrechen und nach der Zeichnung zu suchen.«

»Warum hat sie den nicht gleich für den ersten Einbruch engagiert?«

»Weil sie ihm nicht traut. Die Verhältnisse in der Familie sind nicht so ideal. Als der Rembrandt aber weg war, blieb ihr nichts mehr übrig. Sie konnte nicht gut zur Polizei gehen …«

»Verstehe. Und dann?«

»Ewald ist bei mir eingebrochen, hat aber den Rembrandt nicht gefunden. Ich hatte ihn ja auch nicht. Ihr Mann hatte ihn. Als Vorlage für die Fälschung.« Nichts an ihrer Miene verriet Überraschung.

»Haben Sie es gewusst?«, fragte er.

»Nein, aber es überrascht mich auch nicht. Er war und ist vielseitig. Ich weiß es, ich war mit ihm verheiratet …«

War. Die Ehe schon Vergangenheit. Martin nahm einen Schluck Kaffee. Er musste von dem leidigen Thema Scheidung wegkommen. Herta Cannizzaro hatte auch kein Bedürfnis mehr, dabei zu verweilen.

»Sie haben ihn überrascht und umgebracht«, sagte sie.

»Ich? Wen … ach so, den Ewald. Nein, wo denken Sie hin! Ich kenn den schon seit dem Studium. Ich hab ihm die Zusammenhänge erklärt. Er war ein bisschen verbittert. Der Familie gegenüber hat sie nie ein Sterbenswörtchen von dem Rembrandt verlauten lassen. Von den anderen Niederländern auch nicht.« Martin Fries holte tief Luft und erzählte den Rest der Ereignisse im Kurzdurchlauf. Bucherers Unfall, Rückführung des Gemäldes ins Haus Obwalter, darauf prompt Cannizzaros Offenlegung der Fälschung beim russischen Sammler, wodurch dieser sich zu harschen Geldwiederbeschaffungsmaßnahmen genötigt sah, dann Entführung der Lukrezia Obwalter, Folter, Erpressung, die ganze Litanei. Ob Frau Cannizzaro, fragte er abschließend, immer noch glaube, diese Ereignisse seien nur eine Ansammlung erstaunlicher Zufälle? Nein, gab sie zur Antwort, das glaube sie nicht. Sonst sagte sie nichts. Martin Fries trank seinen Kaffee aus.

»Was werden Sie jetzt tun?«, fragte er.

»Was raten Sie mir?«

»Ich sage das ungern …« Er verstummte, atmete tief ein und aus und wieder ein. Man darf solche *Gegenstände* nicht zerstören, das ist brandgefährlich. Aber in diesem Fall blieb nichts anderes übrig. Vielleicht waren die Folgen für die gute Herta nicht so verheerend wie für einen Wildfremden; denn ihr hatte das Bild ja gehört, oder? Also sagte er: »Zerstören Sie das Bild. *Imaginem esse delendam*, um den älteren Cato zu paraphrasieren …«

»Aha. Sagen Sie, schreiben Sie eigentlich auch so, wie Sie reden?«

»Was? Keine Ahnung, vermutlich schon ... warum fragen Sie das? Hab ich was Falsches gesagt?«

»Nein, nein, wenn es für Sie passt ... es wundert mich dann auch nicht mehr.«

»Was?«

»Dass Ihre Bücher sich eher bescheiden verkaufen, das nehm ich jedenfalls an ...«

Darauf war er nicht vorbereitet. »Wie kommen Sie da drauf?«

»Ich schließe es aus dem Kontext. Wie Sie angezogen sind. Durchgescheuerter Kragen, schiefgetretene Sohlen. Das Auto ist auch schon zehn Jahre alt. Ein Erfolgsschriftsteller sieht anders aus.« Sie nannte ein paar Namen. Er spürte, wie in seinem Magen die Produktion von Salzsäure angeworfen wurde.

»Das mag ja alles sein«, sagte er dann, »aber was hat das mit meiner Schreibweise zu tun?«

»Das liegt doch auf der Hand. Wenn Sie überall den Bildungsonkel raushängen lassen ... *Imaginem esse delendam* statt *carthaginem esse delendam*, wie geistreich! Ich hatte auch Latein – das Bild soll zerstört werden statt Karthago. Ich hab´s verstanden – aber sogar mir geht es auf die Nerven!«

Er stand auf. »Sie mögen recht haben«, sagte er mit leiser Stimme. »Ich habe Sie gewarnt, ich dachte, dass sei ich Ihnen schuldig. Verfahren Sie nun, wie Sie es für richtig halten. Danke für den Kaffee ...« Er deutete eine zackige

Verbeugung an, dieses markante Kopfnicken, das man noch in UFA-Filmen gesehen hat, ausgeführt von schneidigen Uniform- oder Monokelträgern und seither nie wieder. Er drehte sich um und ging.

In seiner Seele arbeitete es. *Sie hat recht!* schoss ihm durch den Kopf, wieder und wieder, sie hat recht, sie hat recht. Man soll Schriftsteller nie mit den Bedingungen ihres Berufs, dem ganzen Drumherum, dem *Wie* und *Was* und *überhaupt* konfrontieren, weil daraus ein großes, alles überragendes, alle Geisteskraft absorbierendes *Warum* entsteht, das ihn, den Schriftsteller, für Stunden oder Tage von jeder Tätigkeit abhält. Dabei spielt es keine Rolle, ob er großen Erfolg hat, mittleren oder gar keinen. Tatsache! Zum Beispiel der Kollege, nennen wir ihn … aber das würde wirklich zu weit vom Thema wegführen. Es wird hier nur erwähnt, um zu erklären, warum Martin Fries, gefangen im schwarzen Auge eines Taifuns von Selbstzweifeln, erst nach Stunden einfiel, dass er von Herta Cannizzaro fortgegangen war, ohne zu wissen, was sie jetzt mit dem Bild vorhatte. Seine Mission war, so gesehen, gescheitert. Nicht nur: so gesehen. Man konnte diese Mission von jedem Blickwinkel anschauen, der einem einfiel. Sie war an sich gescheitert, total. Er wusste es nur noch nicht.

Als er die Grübeleien über sein berufliches Fortkommen nach drei Tagen beendete – wie immer ergebnislos – waren die Ereignisse, die er angestoßen hatte, schon im Gange. Nun hätte sie keiner mehr aufhalten können, selbst, wenn es so jemanden gegeben hätte. Herta Cannizzaro dachte nicht lang über ihren Besucher nach, als der sie so abrupt verlassen hatte. Er taugte nichts, das sah man ihm an. Er wusste es selber, konnte es sich aber nicht eingestehen. Wenn es ihm dann jemand sagte, flippte er aus. Dumm war er nicht. Taugenichtse sind selten dumm, sie kämen sonst nicht so lang durchs Dasein, relativ unbehelligt. Kunst kommt nicht vom Können. Wenn man es kann, ist es ja keine Kunst. Kunst kommt vom Tun als ob. Es gab natürlich Ausnahmen. Ihr Ludwig war so eine. Der konnte wirklich was. Sie hatte es gespürt, von Anfang an. Deswegen hatte sie ihn geheiratet, deswegen hatte sie sich mit ihrem Vater überworfen und bis zu seinem Tod kein Wort mehr mit ihm gewechselt. Acht Jahre lang. Das Haus hatte ihr Bruder übernommen und verkauft, ihr Erbteil ausgezahlt. Er war nach Kanada ausgewandert und schickte Weihnachtskarten. Eingeladen wurde sie nicht, aber sie hatte ohnehin keine Lust auf Kanada. Die Mutter war vor vielen Jahren gestorben, lang vor der Sache mit Ludwig Cannizzaro. Dann hatte Ludwig ihr das Haus gemalt, nach Fotos. Er war hingefahren und hatte es vom Auto aus fotografiert. Eines Tages, erzählte er später, sei das rechte Garagentor offen gestanden, ihr Vater sei in einem blauen Arbeitsmantel in der leeren Garage gesessen und habe Bier aus der Flasche getrunken. Er ist natürlich nicht hingegangen, es bestand kein Kontakt, weder mündlich noch brieflich. Als er dann das Haus malte, ließ er das Garagentor zu. Es war ihr auch lieber so.

Jetzt war er fort, ihr Mann, der Maler. Nur das Bild war noch da. Das passte nicht. Das Bild war eine Lüge, jetzt war es eine Lüge. Lange Zeit hatte es bedeutet, dass er ihre neue Heimat war, dass er sie liebte. Aber nun bedeutete es das nicht mehr. Es war nur ein Detail aus der Vergangenheit. Sie hätte, als er es verkaufen wollte, sich nicht dagegenstellen sollen, sie hätte begreifen müssen, was dieser Verkauf bedeutete. Dass er auf dem Weg war. Fort von ihr. Sonst steckte nichts dahinter, gar nichts.

Das Bild war falsch in ihrem Haus. Sie packte es, trug es nach hinten bis vor die Tür des Ateliers. Sie konnte nicht hinein, sie hatte ihm die Atelierschlüssel gegeben, die Schlösser am Wohnhaus auswechseln lassen. Sie wollte nichts mehr von dem sehen, was er tat. Sie waren übereingekommen, dass er sich eine neue Werkstatt suchen würde. Diese gehörte ihr, wie das Haus. Vier Wochen hatte er Zeit. Sie lehnte Höchst 1b an die Tür und steckte einen Zettel in den Türschlitz. Darauf stand nur: »Es gehört wieder dir.« Sonst nichts. Danach fuhr sie in die Stadt.

Dr. Pictet erschrak, als sie die Galerie betrat. Frances stellte sich vor ihren Chef.

»Ich rufe sofort die Polizei!«

»Keine Angst, ich brauch nur eine Auskunft, die Nummer von dem Käufer!«

»Von wem?«

»Der den falschen Rembrandt gekauft hat, Sie wissen schon, die Zeichnung!«

»Miss Cope«, sagte Pictet, »rufen Sie die Polizei!«

»Sind Sie sicher«, meinte Herta Cannizzaro, »dass die Feuerwehr nicht nötiger wäre?« Damit entnahm sie ihrer

Handtasche eine Flasche und begann, den wasserklaren Inhalt über die Inneneinrichtung des Büros zu verspritzen. Es handelte sich aber nicht um Wasser, das war Hermann Pictet und Frances Cope sofort klar, vor allem Miss Cope, der Herta den Rest aus der Flasche über den Kopf goss. Dann ging sie zur Tür und zeigte den beiden ihr Feuerzeug.

»Es ist neu, ich hab's grad vorhin beim SPAR gekauft«, erklärte sie, »und nein, ich schmeiß es nicht einfach in den Raum, sodass die Flamme ausgeht, falls Sie das gehofft haben sollten!« Sie präsentierte einen ansehnlichen, aus mehreren Bögen zusammengeknüllten Ballen Zeitungspapier. Im Büro stank es nach Benzin. Frances machte eine Bewegung auf die Tür zu. Herta ließ die Feuerzeugflamme aufleuchten. Frances wich zurück.

»Wer ist es?«, wollte Herta wissen.

»Borodin, er heißt Borodin, um Gottes Willen, deswegen musst du doch nicht …«

»… ruf ihn an!«

»Was, jetzt?«

»Ich würde sagen, ja, schon … bevor ich die Geduld verliere und dich und die kleine Schlampe zur Hölle schicke. Vorgeglüht!« Das war ihr eben eingefallen, das mit dem Vorglühen, sie lachte lauthals. Den beiden anderen Personen war der Scherz zu wenig subtil, sie lachten nicht. Frances wurde schwindlig vom Gestank, Dr. Pictet wählte eine Nummer am Handy. Jemand meldete sich. Pictet erklärte die Situation.

»Sie macht was?«, rief Borodin, »sie hat euch ange …«

»... angespritzt, ja, mit einer brennbaren Flüssigkeit ...«

»Farbverdünner!«, rief Herta. »Geben Sie ihn mir!« Pictet gab ihr das Handy.

»Sie sind der Herr, der von Pictet einen Rembrandt gekauft hat?«

»Es war leider eine Fälschung«, sagte Borodin. »Aber warum interessiert Sie das, Frau ...«

»Cannizzaro, Herta Cannizzaro. Der Fälscher ist mein Mann.«

»Ja, verstehe. Aber wieso machen Sie das?«

»Er betrügt mich schon ziemlich lang mit der Assistentin von Pictet.«

»Dieser Engländerin? Frances ... irgendwas.«

»Cope. Frances Cope. Momentan kotzt sie auf den Fußboden.«

»Wie das?«

»Sie verträgt offenbar die Lösungsmittel nicht. Erstaunlich, wenn man bedenkt, dass sie mit einem Maler liiert ist, meinem Mann.«

»Ja, das erwähnten Sie schon. Nun, Frau Cannizzarowa, beruhigen Sie sich erst einmal und machen Sie das Feuerzeug aus. In diesem Geschäft gibt es viele wertvolle Kunstwerke.«

»Ich werde mich bemühen.« Dann gab sie ihm die Adresse des Ateliers. »Falls Sie mit meinem Exmann noch etwas besprechen wollen.«

»Ich danke Ihnen sehr! Und nehmen Sie das mit Miss Cope nicht so schwer! Was ist schon England? Eine kleine Insel, auf die niemand hört.«

Darauf antwortete sie nicht. Wahrscheinlich kennt sie das Zitat nicht, dachte er, wünschte ihr alles Gute und legte auf. Herta gab Pictet das Handy zurück und wandte sich zum Gehen.

»Gut lüften!«, riet sie zum Abschied. Pictet setzte sich. Die Bewegung glich der eines sehr alten Mannes.

»Soll ich die Polizei rufen?«, fragte Frances.

Pictet schüttelte den Kopf. »Machen Sie einfach alle Fenster weit auf«, sagte er nach einer Weile. Frances tat wie geheißen. Pictets Telefon klingelte. Er nahm ab und hörte zu. Das Gespräch schien eine positive Wirkung zu haben, wie Frances feststellte. In seiner Haltung verschwand das Greisenhafte, er straffte sich, die Miene heiterte sich auf. Das konnte nur eines bedeuten: Ein Geschäft bahnte sich an.

»Wir haben einen Interessenten für die Lobry de Bruyn und van Ekenstein Zeichnungen«, erklärte er. »Ein Sammler aus der Schweiz! Gepriesen sei die Eidgenossenschaft! Morgen kommt er her.« Damit nahm dieser entsetzliche Tag für die Galerie Pictet doch noch eine erfreuliche Wendung.

***

Als Borodin und Sandmeyer Cannizzaros Atelier betraten, ahnte der nichts Böses. Er war ein bisschen schwer von Begriff. Schon die Art, wie sie hereinkamen, hätte ihn warnen müssen. Mit einer Attitüde selbstgefälliger Selbstverständlichkeit. Mit der Aura der Macht.

»Mein Name ist Borodin«, begann der Russe, »das ist mein Berater, Herr Sandmeyer. Er unterstützt unsere Kommunikation.«

»Sie sind doch der Sammler? Ich habe Ihnen, scheint mir, alles Nötige dazu mitgeteilt, Sie haben doch ein Paket mit Entwürfen bekommen …«

»Ja, Herr Pictet war so freundlich, das Paket an mich weiter zu geben. Ich möchte nun wissen, warum Sie das getan haben.« Er setzte sich in den großen Sessel, der das Cannizzaro'sche Atelier dominierte.

Sandmeyer blieb an der Tür stehen.

»Das liegt doch auf der Hand. Obwalter hat mir gegenüber behauptet, er hat 40.000 Euro für die Zeichnung gekriegt, davon für mich die Hälfte. Damit hatte ich nicht gerechnet und war froh über das Geld; andererseits – für eine Zeichnung im Stil Rembrandts schien mir das weit überhöht …«

»Moment, was soll das heißen: Im Stil Rembrandts? Sie sollten ihn doch fälschen!«

»Ich habe noch nie ein Bild gefälscht, auch keine Zeichnung. Obwalter hat mir das Original gezeigt, er will so was, hat er gesagt. Ich brauchte ja das Original zum Studieren. Das ist alles nicht so einfach. Wenn Sie die Stücke vergleichen, sehen Sie, dass meins keine einfache Kopie ist. Es ist eine Neuschöpfung.«

»Ich bin vom Erwerb eines echten Rembrandt ausgegangen.«

»Na ja, Obwalter ist eben ein Betrüger! Als ich dahinterkam, hab ich gehandelt.«

»Und mich gewarnt …«

»Genau!«

Borodin lächelte. Mit diesem Künstler konnte man was anfangen. Was ihn überzeugte, war die Fähigkeit Cannizzaros, unverblümt zu lügen. Im Augenblick der Lüge muss man an sie glauben, sonst ist alles vergebliche Liebesmüh. Borodin nickte Sandmeyer zu, der mit raschem Schritt auf Cannizzaro zukam und ihn mit der linken Hand in den Sessel drückte. Mit der rechten zog er eine kleine Pistole aus dem Hosenbund und steckte die Mündung ins linke Nasenloch des Malers. Das tat ziemlich weh, denn das Kaliber der Pistole war immer noch größer als das Kaliber der Nase.

»Wenn ich jetzt abdrücke«, erklärte Sandmeyer in fröhlichem Ton, »dringt das Geschoss durch das Siebbein ins Gehirn, allerdings hat es keine Kraft mehr, noch einen Knochen zu durchschlagen, fuhrwerkt deshalb dort eine Zeit lang in der Hirnmasse herum, wobei es sich verformt. Deiner Gesundheit ist das abträglich, möchte ich mal sagen. Also hör auf mit den verdammten Lügen!« Er zog die Pistole von der Nase ab.

Cannizzaro atmete schwer. Dann sagte er: »Ich hatte Geldprobleme. Was heißt, ich hatte? Ich hab sie noch …«

»Wieviel hat Ihnen Obwalter gezahlt?«, fragte Borodin.

»Zwanzigtausend. Meinen Anteil. Mehr sei nicht drin gewesen, hat er gesagt.«

»Das war eine Lüge. Sie sehen, mit Lügen kommt man … Die Beine der Lüge … Moment, wie sagt man deutsch …«

»Lügen haben kurze Beine.«

»Ah ja! Sehr schöner Ausdruck.«

»Ich habe aber den Betrug aufgedeckt …«, setzte Cannizzaro hinzu.

»Natürlich, das bestreitet niemand. Woher haben Sie den wahren Preis erfahren?«

»Von Frances. Die Assistentin der Galerie.«

»Verstehe. Dann haben Sie mich informiert.«

»Sofort!«

»Aber das haben Sie doch nur getan, um sich an Obwalter zu rächen!«

Cannizzaro breitete die Arme aus. »Spielt das eine Rolle? Es war doch gut für Sie! Sie haben die Gelegenheit, das Geld zurück … äh … zu holen …«

Borodin stand auf. Er wollte nur wissen, wie es gelaufen ist, dachte Cannizzaro. Vorher waren die schon bei Obwalter. Der liegt inzwischen in seinem Blut, oben, in der Villa. Und jetzt machen sie bei mir den Sack zu. Ein eisiges Gefühl kroch ihm die Beine hoch.

»Ich mache Ihnen einen Vorschlag, Meister Ludwig«, sagte Borodin. Dann machte er eine Pause und begann, im Atelier auf und ab zu gehen. Meister Ludwig und Vorschlag – diese Worte klangen nicht nach bevorstehender Exekution, Cannizzaros Herzschlag beruhigte sich.

»Sie werden für mich arbeiten«, sagte Borodin. »Sie haben ein besonderes Talent für diese Art ... Kunst.« Jetzt bloß keinen Fehler machen und alles verderben. »Sie meinen die Art Kunst, die ich für Dr. Obwalter ...«

»Sie haben es erfasst.«

»Also Gemälde sind schwierig ...«

»Das ist mir klar, ich dachte an Ihr zeichnerisches Talent. Mir scheint, das liegt Ihnen auch mehr als das Malen ...« Er deutete auf die Leinwände, die an den Wänden standen. »Das bringt nicht den Ausbruch ... nein, wie sagt man ...«

»... Durchbruch, den Durchbruch.«

»Den Durchbruch!« Borodin ließ sich das Wort auf der Zunge zergehen. »Ich wusste doch, es gibt auch etwas Medizinisches ...«

»Wie meinen?«

»Wenn dieser eine Darm entzündet und platzt, sehr gefährlich ...«

»Blinddarmdurchbruch«, sagte Sandmeyer, der auch etwas zum Gespräch beitragen wollte.

»Ja, genau!«, erheiterte sich Borodin, »furchtbar, lebensgefährlich, aber wenn es ein Künstler schafft, heißt es auch

Durchbruch!« Die beiden »r« im letzten Wort ließ er rollen und lachte.

»Es ist eine komische Sprache«, sagte Cannizzaro.

»Es sind auch komische Leute, die Deutschen«, sagte Borodin.

»Ich bin Österreicher«, sagte Cannizzaro. Sandmeyer, der Deutsche, sagte nichts.

»Dazu muss ich wissen, was mit Dr. Obwalter geschehen ist«, setzte Cannizzaro fort. Borodin wirkte überrascht. »Dr. Obwalter? Nun, ich habe mich mit ihm geeinigt. Mit Dr. Pictet übrigens auch. Sie haben mich entschädigt. Was soll mit ihm geschehen sein?«

»Nun, ich dachte …«

»Sie dachten«, unterbrach ihn Sandmeyer, sich mit dem Finger auf die Brust deutend, »der Nazi hat beide umgebracht, so ist es doch! Sie gucken zu viele amerikanische Serien, mein Lieber! So was machen wir nicht …« Borodin schwieg, nickte aber heftig, und Cannizzaro stellte fest, dass er von dem Deutschen nun gesiezt und mit »mein Lieber« betitelt wurde. Die Stimmung hatte sich geändert. Oder war das Pistolengefuchtel vorhin nur eine planmäßige Einschüchterung gewesen – wie soll man sagen: Landesbrauch.

Schließlich fragte er: »Und was soll ich … äh … zeichnen?« Und hatte damit »ja« gesagt, nicht explizit und direkt, aber eben doch: Ja, ich mach´s!

»Das wird sich finden, ich hab noch keinen konkreten Auftrag.« Borodin stand auf. »Die zwanzigtausend, die Sie von Obwalter erhalten haben, betrachten Sie als Anzahlung. Denn das Geld gehört ja mir …«

»Selbstverständlich«, beeilte sich der Maler zu versichern. Mit kaum sichtbarem Wink bedeutete Borodin seinem Adlatus, dass es Zeit war zu gehen, und ging voran. Sandmeyer drehte sich noch einmal um, drohte Cannizzaro mit dem Zeigefinger und verzog das Gesicht zu einer grimmig-komischen Miene; der Maler musste grinsen. Genauso hatte sich der Krampus seiner Kindertage am fünften Dezember beim Gehen verabschiedet, wenn die Nikolausbescherung vorbei war und der Krampus selber ausdrücken wollte: Es ist nicht so ernst, wie es auf den ersten Blick aussieht. Nur hätte ihm dieser neue Krampus seines Erwachsenenlebens noch fünf Minuten vorher auf Borodins Befehl ohne Zögern das Licht ausgeblasen. Oder auch nicht. Aber daran würde er sich gewöhnen.

Er schenkte sich einen Cognac ein und begann im Atelier auf und ab zu gehen. Er hatte einen bestimmten Schritt getan. Ohne zu überlegen. Eine Entscheidung getroffen, aber blitzartig; wie etwas, das schon lang in ihm angelegt war. Nur auf einen Auslöser gewartet hatte. Die Entscheidung bestand freilich nicht darin, für ein Mitglied der russischen Mafia Zeichnungen aus dem siebzehnten Jahrhundert zu fälschen. Das hätte niemand vorhersehen und sich darauf einstellen können. Die Entscheidung, die seit Jahren, wie ihm nun bewusst wurde, seit zu vielen Jahren in ihm reifte, war die, mit der verfluchten *Kunst* aufzuhören. Mit der Scheißmalerei. Was nichts anderes hieß als: mit einem Leben enttäuschter

Hoffnungen. Er hatte das Gerede vom »Prinzip Hoffnung« nie verstanden. Was daran gut sein sollte. Hoffnung, die sich nicht erfüllt, ist etwas Negatives, durch und durch. Dieses jahrelange Sehnen nach dem Erfolg, der ihn aus dem Mittelmaß reißen, in eine andere Liga heben würde – nein, nicht in die erste und oberste, einfach nur in die nächsthöhere, von Landes- auf Bundesebene gewissermaßen, damit wäre er ja schon zufrieden gewesen. Aber das war nie geschehen. Und er hatte zu lang gewartet. Er hatte zu viel Hoffnung investiert. Die ist nicht umsonst. Sie kostet das einzige Gut des Menschen, Zeit. Was ihm der Russe gesagt hatte, nach einem flüchtigen Blick auf seine Arbeiten. Das bringt nicht den Ausbruch. Er meinte Durchbruch, aber Ausbruch passte auch, sogar noch besser: Ausbruch aus einem Leben, das er mit Hoffen und Warten vertan hatte, ja, vertan, keine Beschönigungen mehr!

Mit einem einzigen, beiläufigen Satz hatte ihm Borodin klar gemacht, dass er als Künstler versagt hatte. Jetzt gab es kein Zurück mehr. Er würde in Hinkunft zeichnen, diese speziellen Zeichnungen anfertigen, die alle Welt bewunderte. Na schön, nicht *alle* Welt, aber ein hinreichend großer Teil davon. Er schenkte sich noch einen Cognac ein. Er musste sich beruhigen, er spürte, wie sein Herz hämmerte. Jetzt, da die Gefahr vorüber war. Ein verspäteter Schock. Er setzte sich und trank aus. Einiges war noch zu besorgen, zu beachten. Borodin zum Beispiel. Nur ein Narr würde dem trauen. Nur ein Narr … Er sprang auf, zog die Vorhänge zu und versperrte die Eingangstür. Wenn er diesen Leuten nicht traute, dann trauten sie ihm auch nicht. Das war nicht wahrscheinlich, sondern sicher. Er würde sich auch nicht trauen im umgekehrten Fall. Er hätte reinen Tisch machen können – im Sinne gegenseitiger Wertschätzung. Er hätte ganz ehrlich sein können. Aber dazu war er nicht imstande. Nur ein kompletter Idiot würde solchen Leuten gegenüber ganz ehrlich sein. Außerdem brauchte er Zeit. Um Verbindungen aufzubauen, Leute kennenzulernen. Denn er hatte eine Versicherungspolizze für schlechte Zeiten; er besaß etwas, das ihn aus der Bredouille bringen konnte, wenn es darauf ankam.

Er inspizierte noch einmal den ganzen Raum. Alles in Ordnung, niemand hatte sich versteckt. Das war paranoid, er wusste das, konnte sich gegen das Gefühl nicht wehren. Dann zog er hinter dem Schrank mit den Malutensilien eine Mappe hervor, eine große Mappe aus Karton mit schwarzen Bändchen, wie sie Kunststudenten für ihre Arbeiten verwenden. Es war seine eigene, mit der er vor vielen Jahren an der Akademie in Wien angefangen hatte. Er legte sie auf den großen Tisch. Mit einer Ausnahme lauter eigene Arbeiten, acht kleinformatige Zeichnungen, die alle dasselbe darstellten. Ein Haus auf dem Land mit einem großen Baum, Wolken … Rötel, Bister, Tusche. Alles Arbeiten von Ludwig Cannizzaro, einundzwanzigstes Jahrhundert. Die Ausnahme zeigte dasselbe Haus, es stammte von Rembrandt van Rijn, siebzehntes Jahrhundert.

Das *Original.*

Es waren einmal neun gewesen, neun Zeichnungen. Eine fehlte. Er hatte sie an Oswald Obwalter zurückgegeben.

Zusammen mit der Fälschung. Obwalter war nun wieder im Besitz des Originals. Glaubte er. Besser: war im Besitz des Originals gewesen. Bis zur »Einigung« mit Borodin. *Sie haben mich entschädigt.* Ja, sicher! Deswegen sind beide noch am Leben. Wie das bei Pictet zugegangen war, wusste Ludwig Cannizzaro nicht, bei Geschäftsleuten geht sowas immer über Geld, Obwalter hatte keins, was er aber hatte, war ein echter Rembrandt. Der musste dann wohl den Besitzer gewechselt haben. Als Wiedergutmachung des Betrugsversuchs, so ähnlich halt. *Wer mit dem Teufel aus einem Napf essen will, muss einen langen Löffel mitbringen.* Das hatte seine Großmutter gesagt. Der Spruch war ihm immer abartig vorgekommen, was sollte denn das heißen: Mit dem Teufel aus einem Napf essen? Er hatte die Großmutter nie danach gefragt. Heute wusste er, was es hieß. War der Löffel lang genug?

Ja, dachte er, eigentlich schon. Ich kann so gut zeichnen wie Rembrandt. Ich werde das nie jemandem sagen, ich werde es nicht laut aussprechen, nicht einmal, wenn ich allein bin – aber wahr bleibt es doch. Obwalter hat nicht gemerkt, dass er einen originalen Cannizzaro statt des Niederländers bekommen hat. Und Borodin hat auch nichts gemerkt, oder? Der hat sich den requirierten Rembrandt sicher genau angeschaut … Ludwig Cannizzaro setzte sich und schenkte einen Cognac ein. Und wenn er etwas gemerkt hätte – ja, was dann? Was hätte der durchtriebene Russe dann getan? Dem Fälscher von seinem Schläger die Scheiße rausprügeln lassen … *Wo ist der Rembrandt, du Sohn einer syphilitischen Hure*?

… in der Art halt. Das hatte Borodin aber nicht veranlasst. Sondern ihn in einem fast freundlichen Gedankenaustausch als Mitarbeiter gewonnen. Aber die Russen sind bekanntlich schlau und hinterhältig. Die Unterweltrussen besonders. Was ist denn, wenn Borodin, aller Genialität des Fälschers zum Trotz, doch etwas gemerkt hat? Oder wenn er – nur aus Gewohnheit – von einem Betrug ausgeht? Vertrauen ist gut, Kontrolle ist besser. Lenin, auch ein Russe. In diesem Fall würde man ihn nicht malträtieren (konnte ja sein, dass er unschuldig war und nicht unnötig gegen seinen Herrn aufgebracht werden sollte); in dem Fall würde man das Atelier genau unter die Lupe nehmen, wortwörtlich jeden Zentimeter untersuchen. Ob sich vielleicht der echte Rembrandt fände.

Dem galt es nun vorzubeugen. In dem Atelier gab es nicht viele Verstecke. Die Mappe hinter dem Schrank: Das hatte er nur gemacht, damit sie nicht offen herumlag. Es ging ja gar nicht um die Kopien, seine Versuche, die konnte er mit gutem Gewissen aufbewahren – er musste doch Vergleiche anstellen können, die Entwicklung der eigenen Fähigkeiten verfolgen, etwaige Sackgassen oder misslungene Versuche dokumentieren, das gehörte einfach zu einer professionellen Fälschertätigkeit. Nur das Original musste verschwinden.

Als er aufstand, schwankte er, das fiel ihm aber nicht auf. Er schenkte noch ein Glas ein, der Cognac begann ihm zu schmecken. Die Flasche war schon halb leer. Er nahm eines der Bilder, die mit der Farbseite zur Wand standen und legte es auf den großen Arbeitstisch. In der nächsten halben Stunde brachte er auf der Rückseite eine zweite Leinwand an. Er tat das so geschickt, wie man es von einem Meister seines Metiers erwarten konnte, der Alkoholspiegel war dabei kein Hindernis, es ging langsamer voran als gewöhnlich, aber am Ergebnis war nichts auszusetzen. Als er fertig war, drehte er das Bild um, warf einen Blick auf die Vorderseite und begann zu lachen. Er stellte es an seinen Platz zurück, verstaute die Zeichnungen in der Mappe und schob sie wieder hinter den Schrank. Acht waren es gewesen, jetzt waren es nur noch sieben. Die achte steckte zwischen zwei Leinwänden eines bestimmten Bildes, das er vor vielen Jahren für seine Frau gemalt hatte. Er trank den Cognac aus und erreichte gerade noch das Sofa, auf das er sich der Länge nach fallen ließ. Es war schon mehr ein Fallen-lassen-müssen als ein Fallen-lassen; wäre das Möbel einen Meter weiter weg gestanden, hätte es ihn – auch der Länge nach – auf den Zementboden hingehauen. Er schlief sofort ein und begann nach zwei Minuten zu schnarchen. Ludwig Cannizzaro war sternhagelvoll.

Die Mappe hatte er zwar hinter dem Schrank verstaut, aber vorher nicht richtig geschlossen. Eines der Blätter rutschte heraus auf den Boden. Es sah halb unter dem Schrank hervor.

Etwa eine Stunde füllte das Schnarchen Ludwig Cannizzaros, sowie der Geruch nach Farbverdünner, Alkohol und saurem Schweiß das Atelier, bevor ein weiteres, akustisches Signal dazukam: das Handy des Malers in seiner Jacke, die an der Tür hing. Er hörte es nicht, auch nicht die in immer kürzeren Abständen erfolgenden weiteren Kontaktversuche. Eine Viertelstunde nach dem letzten Klingeln drehte sich ein Schlüssel im Schloss der Ateliertür, und eine höchst besorgte, nach wenigen Augenblicken aber ebenso empörte Frances Cope betrat den Raum. Das Schnarchen bewies, dass Ludwig nicht tot war, wie sie befürchtet hatte, sondern nur *wie* tot war, und ein einziger Atemzug der Atelieratmosphäre machte ihr klar, warum. Sie wurde ansatzlos wütend. Furchtbar wütend. Sie hatte ihn liegen sehen inmitten seiner Gemälde, vor einer Staffelei, der Pinsel daneben, der klammen Hand entfallen, die gebrochenen Augen an die Decke starrend, was sollte sie dann tun? Horror, aber auch schwarze Romantik, machen wir uns nichts vor; der Künstler, in der Blüte seiner Jahre vom Schicksal gefällt, aufgefunden von der Geliebten … und jetzt das. Nur ein Bsuff auf dem Sofa, seinen Rausch ausschlafend.

Dann löste sich die Anspannung, leichte depressive Verstimmung befiel sie. Was sollte sie hier noch? Sie entdeckte die Cognacflasche auf dem Tisch. Halb leer. Sie hatte nicht gewusst, dass er trank, sie hatte nicht einmal gewusst, dass in diesem Atelier überhaupt so etwas Hartes vorhanden war. Ungute Erinnerungen stiegen hoch, sehr ungute. An ihren Vater, der mit seiner Trinkerei die Familie zerstört hatte. Ein wunderbarer Mann, wenn er nüchtern war. War er auch gewesen, ziemlich lang sogar, aber dann hatte er die Stelle bei Bloomberg & Sacks verloren und war abgestürzt. Innerhalb eines Monats. Sie gingen dann alle noch vier Jahre durchs familiäre Alkoholikermartyrium, Mutter, Bruder und Frances, bis der Vater bei einem Autounfall starb. Die Parallele so offensichtlich, dass sie erschrak. Ludwig aus der Bahn geworfen – durch diese Russen. Dass er den Rembrandt gefälscht hatte, war kein Problem für sie gewesen, im Gegenteil. Sie hatte das als erfreuliche Initiative begrüßt. Endlich ein Künstler, der etwas aus sich machte, etwas anfing. Ihre früheren Künstlerfreunde hatten sich, was die Karriere betraf, durch erschreckende Antriebslosigkeit ausgezeichnet, von allen war sie enttäuscht worden, hatte in Ludwig Cannizzaro den Tatmenschen gesehen, den ersten, der ihr begegnet war. Aber nun, bei der ersten Schwierigkeit knickte er ein. Auf dieselbe Art wie ihr Vater. Das hätte er ihr nicht antun dürfen. Wenn er nach der Borodingeschichte ein halbes Jahr herumgejammert hätte – dann wäre ihr das Licht allmählich aufgegangen, das Licht der Erkenntnis, dass sie sich wieder einmal mit einem jämmerlichen Loser eingelassen hatte. Aber so war das ein Schock.

Sie wurde kalt, ganz innen drin. Frances Cope war nicht mit der Gabe des Verzeihens gesegnet. Sie war keine gütige Frau. Ihre Beziehung zu Ludwig Cannizzaro endete innerhalb weniger Minuten in seinem eigenen Atelier. Er wusste es nur noch nicht. Ihr Blick fiel auf die Zeichnung, die unter dem Schrank vorschaute. Sie griff danach, tastete nach hinten, bekam die Mappe zu fassen. Sie entdeckte die anderen Zeichnungen. Alle sehr gut. Zeichnen konnte er. Sie seufzte. Sie konnte ihr eigenes Seufzen kaum hören, es ging in seinem Schnarchen unter. Es hatte keinen Zweck. Kunst genügt nicht, Kunst kann dieses Andere nicht kompensieren, bei Weitem nicht.

Sie legte das herausgerutschte Blatt zu den anderen auf seinem Arbeitstisch. Ein kleiner Stoß. Ein kleiner, wertvoller Stoß aus altem Papier mit Zeichnungen aus deutlich jüngerer Tusche. Aber das wusste niemand. Was mochte das Häufchen wert sein? Zigtausende, wenn man die richtigen Leute kannte. Nicht Pictet natürlich, der war zu nah an der Sache dran. Aber es gab ja noch andere – Fachleute. Die Käufer vermitteln konnten. Sie hatte Kontakte aus ihrer Londoner Zeit. Die würde sie reaktivieren. Sie war sowieso schon zu lang hier. Nein, nicht zu lang. Es musste heißen: viel zu lang. Sie war nur wegen ihm dageblieben. Kunst. Künstler. Lebensmensch. Bullshit natürlich. Sie hätte es wissen müssen. Ludwig Cannizzaro war ja schon der dritte *Künstler*, der ihr etwas vorgemacht hatte, was er nicht war. Zwei Rockmusiker die ersten beiden. Versager, der eine wie der andere. Jeweils zwei Jahre hatte sie gebraucht, dahinter zu kommen. Und jetzt, beim dritten? Ein Jahr, sie wurde besser. Aber, fiel ihr ein, er hatte sie durch seinen alkoholischen Ausraster bei dieser Erkenntnis sehr unterstützt. Und noch etwas war dieses Mal anders. In die ersten beiden hatte sie investiert, zusammen sicher ein paar tausend Pfund. Kredite und so weiter, verlorene Zuschüsse. Das war bei Ludwig nicht so gewesen. Er hatte sie nie angepumpt. Das war das eine. Das andere: Sie würde dieses Mal mit den Zeichnungen positiv aussteigen. Vielleicht wurde sie ja wirklich besser … sie setzte sich auf den Boden und begann zu weinen.

Nach fünf Minuten war es vorbei. Sie würde sich rational verhalten. Das war für manche Frauen die einzig mögliche

Haltung. Zu denen gehörte sie, zu denen hatte auch ihre Mutter gehört, sie hatte es bloß nicht fertig gebracht, das Rationale, und damit dem Mann erlaubt, die Familie zu zerstören. Das konnte sie ihr nicht verzeihen, sie hatte seit Jahren kein Wort mehr mit ihr gesprochen. Sie würde nicht den Fehler ihrer Mutter machen; verzeihen und das alles.

Eine dumme Frau wäre mit den Zeichnungen einfach abgehauen. Frances Cope war keine dumme Frau. In dem Atelier gab es eine Werkzeugkiste. Daraus nahm sie den größten Schraubenzieher, den sie finden konnte. Sie fasste ihn mit einem Putzlappen an, nahm die Zeichnungen an sich und verließ das Atelier. Sie sperrte mit ihrem Schlüssel ab und brach die Tür mit dem Schraubenzieher wieder auf. Das war nicht weiter schwierig, die Tür taugte nichts. Dann machte sie Unordnung. Legte die Bilderstapel um, zog die Schubladen aus dem Kasten, in dem er die Farben aufbewahrte.

Dann legte sie den Schraubenzieher zurück und ging. Es sollte wie ein normaler Einbruch aussehen. Als Ludwig Cannizzaro Stunden später erwachte, brauchte er zwar volle zehn Minuten, bis er das Ausmaß des Geschehens begriffen hatte, dann allerdings zog er seine Schlüsse trotz Granatenkater, Dehydrierung und hämmernden Kopfschmerzen. Beschleunigt wurden die Denkprozesse durch die Entdeckung, dass die Zeichnungen weg waren. Ludwig Cannizzaro dachte keinen Augenblick an sie als Diebin. Der zweite Teil des Plans, einen normalen Einbruch vorzutäuschen, misslang zur Gänze, denn der Maler kam nie auf die Idee, es könne sich um einen Zufall handeln. Da hatte sich Frances vom Augenschein in die Irre führen lassen. Jedem Zufallseinbrecher wäre die unter dem Kasten vorgerutschte Zeichnung aufgefallen, denn in diesem Atelier herrschte, wie man es von einem Vorarlberger Künstler erwarten konnte, alemannische Ordnung, in der ein Zeichenblatt, das am Boden herumlag, herausstach wie ein Fehler im Weltgefüge, denn sonst lag in diesem Raum nichts so einfach herum; alles hatte Ort und Stand. Von der Regelwidrigkeit wusste Ludwig Cannizzaro aber nichts; er hatte nicht gesehen, wie das Blatt aus der Mappe gefallen war, für ihn steckte es mit den anderen Blättern hinter dem Schrank. Wenn die jetzt fehlten, dann nur, weil jemand danach gesucht hatte. Nur danach – und nach dem Original. Die Russen? Das verwarf er gleich. Die Russen hätten jeden Zentimeter in seinem Atelier untersucht. Aber so, dass er nichts davon gemerkt hätte. Das waren Profis. Er nahm sich Höchst 1b vor, prüfte es genau. Das Bild lehnte, wo er es hingestellt hatte, die doppelte Leinwand war unversehrt, nirgends ein Schnitt.

Die Bilder aus der Mappe hatte jemand anderer genommen. Jemand, der von ihrer Existenz wusste, vom gesamten Prozess der Fälschung. Wer also? Natürlich der Auftraggeber, Dr. Oswald Obwalter. Und warum? Aus Rache für den Verrat; dafür, dass er Borodin über den Rembrandt aufgeklärt hatte. Der Mann war verrückt, keine Frage. War es wahrscheinlich immer schon gewesen, aber bei Politikern merkt man das jahrelang nicht, dafür gab es Beispiele. Jetzt war er durchgedreht. Es wurde Zeit, dass ihm jemand Manieren beibrachte … Ludwig Cannizzaro konnte nicht zur Polizei gehen, um den Diebstahl anzuzeigen. *Bitte, Herr Inspektor, überprüfen Sie doch den Obwalter, er hat mir Zeichnungen gestohlen, ich bin mir sicher.*

Warum?

Aus Rache, weil ich einem Sammler gesteckt habe, dass der Rembrandt, den er vom Obwalter gekauft hat, eine Fälschung ist.

Eine Fälschung? Von wem denn?

Von mir.

Irgendwie kam das nicht so gut.

Er würde nicht zur Polizei gehen, er würde die Sache selber in die Hand nehmen.

7

Der Brand wurde trotz der frühen Stunde schnell von Passanten entdeckt, dennoch dauerte es eine Weile, bis die Feuerwehr eintraf. Inzwischen hatte das Feuer ganze Arbeit geleistet, das Auto, ein Lada Kombi, brannte lichterloh, was an den Unmengen an Brandbeschleunigern lag, die man angewendet hatte. Dass dies kein gewöhnlicher Unfall war, ersahen schon die Augenzeugen, die den Brand gemeldet hatten, an den zwei Personen, die in dem Auto nebeneinander auf dem Rücksitz saßen; auf dem Schoß hatte nämlich jeder von ihnen einen Holzstoß, der bis unters Dach reichte.

Der Lada stand in der Kleinen Patriarchengasse bei den sogenannten Patriarchenteichen. Die Gegend und die U-Bahn-Station heißen immer noch so, obwohl es mittlerweile nur noch einer ist; die Gasse liegt parallel zum einen Ufer, auf der anderen Seite verläuft die bekanntere Malaja Bronnaja, knapp innerhalb der Sadowaja im Nordwesten des Zentrums von Moskau. Das Aufsehen war enorm durch Art und Ort der Hinrichtung. Dass es sich um eine solche handelte, unterlag keinem Zweifel. Die Feuerwehr löschte mit Schaum, was offenbar erwartet worden war – man hatte es nicht auf eine Geheimaktion angelegt und nicht darauf, die Identität der Opfer zu verschleiern, im Gegenteil, verschleiert wurde gar nichts. Zwar hatten die Gesichter sehr gelitten, die dazu gehörenden Personen aber nicht, man hatte sie vorher erschossen. Die Identifizierung gelang dennoch leicht, weil bei jedem der beiden Männer ein kleines Blechschild mit eingraviertem Namen gefunden wurde. Teilweise erhaltene Fingerabdrücke bestätigten diese Namen, sie waren der Polizei bekannt. Es handelte sich bei der Aktion in der Kleinen Patriarchengasse um eine Inszenierung mit hoher symbolischer Bedeutung, allerdings kannte man den Code nicht, der hier verwendet worden war. Den Stellenwert der Opfer konnte man einigermaßen einschätzen. Die Polizeiakten stammten aus grauer Vergangenheit, Jugendsünden, danach waren sie nicht mehr aktenkundig, normale Geschäftsleute. Import-Export von allem Möglichen. Was nun in Wahrheit hieß, dass sie hoch aufgestiegen waren, man wusste nur nicht, in welcher Organisation. Infolgedessen wusste man auch nicht, an wen die Botschaft der Hinrichtung gerichtet war. Vor allem das mit dem Holz war bizarr. Einige kannten wohl die Hintergründe und setzten bestimmte Handlungen, aber davon erfuhr die Öffentlichkeit nichts.

Natürlich gab es Gerüchte. Die Art der Hinrichtung der beiden »Geschäftsleute« wies in eine bestimmte Richtung. Da ging es nicht um einen gewöhnlichen Machtkampf, Begleichung offener Rechnungen oder dergleichen – dann hätte man keine Opfer gefunden; solche Sachen wurden, je nachdem, wer involviert war, in aller Stille oder als blutiges

Spektakel durchgeführt. Letzteres dann, wenn irgendwelche heißblütigen Jungspunde sich in der einen oder anderen Organisation einen Namen machen wollten. Waren höhere Chargen beteiligt, ließ man die Öffentlichkeit unbehelligt und verschreckte die Bürgerinnen und Bürger nicht durch das Auftauchen von Leichen. Theatralische Inszenierungen wie der Brand in der Kleinen Patriarchengasse kamen nicht häufig vor.

Die Spezialisten kannten sich auch nicht aus. Es hatte keine Anzeichen eines Machtkampfes gegeben, keine Auseinandersetzungen über Gebietsgrenzen, es war auch kein Clanchef im Ausland verhaftet worden und deshalb auch kein Streit über sein »Erbe« entstanden. Jedenfalls wussten die Leute, die das sonst wissen, nichts darüber. Aus diesem Grunde herrschte bei den entsprechenden Organen der Staatsmacht größere Unruhe als beim Normalbürger. Aber alle Versuche zur Aufklärung der Hintergründe blieben ohne Ergebnis.

In Vorarlberg bekam man von diesen Vorgängen nichts mit. Die Zeiten waren nicht so ereignisarm, dass man die Berichterstattung mit der Schlagzeile »Bizarrer Mafiamord in Moskau« hätte auffetten müssen. Man hatte näherliegende Probleme. Flüchtlinge, leere Kassen und so weiter. Von den Personen, die in die bisher geschilderten Vorfälle verstrickt waren, nahmen nur Dr. Pictet und Martin Fries den Moskauer Autobrand bewusst wahr. Der Galerist las darüber in der FAZ, die er abonniert hatte, Fries erfuhr davon bei der Lektüre der Nachrichten im Internet. Er fiel sofort in Panik.

Als geübtem Rechercheur war ihm der kleine Nebensatz mit den Holzstößen gleich aufgefallen. Dieses Detail beseitigte den letzten Zweifel, dass er damit zu tun hatte: Die Kameraden in Moskau kopierten seine Methode. Was sollte er jetzt tun? Er rief Lukrezia an und vereinbarte ein Treffen – im Messepark in Dornbirn, weil das nicht so »auffiel«, wie er meinte; er hörte ihr genervtes Seufzen durchs Telefon, das war ihm aber gleich. Sie habe eigentlich keine Zeit, sagte sie, weil im Verein so viel Arbeit liegen geblieben war, aber gegen vier könne sie sich freimachen und in Gottes Namen im Restaurant »Piazza« im Messepark auftauchen, wie von ihm gewünscht. Er bedankte sich, legte auf und atmete durch. Fast hätte er sich hinreißen lassen – ihr seine Meinung zu ihren Aktivitäten zu verdeutlichen. Lukrezia, die umtriebige Macherin; Arbeit war liegen geblieben – wo denn? In einem Pimperl-Verein von geradezu exemplarischer Bedeutungslosigkeit. Hatte man sie nicht erst vor ein paar Tagen mit einem Gasbrenner malträtiert? Das schien sie zu verdrängen.

Er fuhr nach Gisingen zu Gundula. Er hatte Glück, sie war zu Hause, vorher anzurufen hatte er vergessen. Er erzählte, was passiert war. Sie blieb ruhig.

»Du bist völlig durch den Wind«, sagte sie, »komm erst einmal wieder runter!« Darauf erwiderte er nichts. »Ich mach uns Spaghetti«, setzte sie fort, »iss erst einmal was, dann sieht die Welt schon anders aus!« Er beschloss, zu vergessen, dass sie diese peinliche Nichtigkeit von sich gegeben hatte. Wo lebten diese Frauen bloß? Nicht in der realen Welt jedenfalls. Er schwebte in Lebensgefahr, aber das schienen sie nicht wahrzunehmen; bei Lukrezia in ihrer Oberschicht-Beschränktheit war das noch zu verstehen, aber die Reaktion seiner Gundula machte ihn fassungslos. Resignation befiel ihn. »Ich sehe«, sagte er, als sie zum Essen Platz nahmen, »du nimmst das Ganze recht locker. Hoffentlich tut dir das später nicht leid bei einem bestimmten Anlass …«

»Oh, düstere Andeutungen! Sprich klarer, mein Schatz!« Sie wickelte die erste Portion Nudeln auf die Gabel. »Welchen Anlass meinst du?«

»Mein Begräbnis. Da wirst du weinen. Hoff ich wenigstens. Aber dann …«

»… wird es zu spät sein!«, unterbrach sie ihn. »Gib zu, diesen Spruch wolltest du loswerden, seit du bei der Tür reingekommen bist!« Das brachte ihn zum Lachen, obwohl es nicht besonders witzig war, das ist, dachte er, wohl doch die wahre Liebe, was sonst sollte es sein. Er beruhigte sich. Die Spaghetti schmeckten ihm, der Serotoninspiegel fiel ihm ein, der steige an durch Nudeln, hatte er irgendwo gelesen. Bei hohem Serotoninspiegel verschwindet auch die Todesfurcht? Nein, nicht so ganz, aber die Panik hört auf. Nach dem Essen erzählte er ihr von seinem Treffen mit Lukrezia; ehe sie das kommentieren konnte, bat er sie, mitzukommen. Sie war einverstanden.

Lukrezia Obwalter war schon da, als sie um fünf vor vier das Restaurant »Piazza« im Einkaufszentrum »Messepark« in Dornbirn betraten. Sie saß in der hintersten Ecke des schütter besetzten Lokals, das ein Restaurant, gleichzeitig aber eine Pizzeria und eine Art Kaffeehaus war, es lagen zwei Dutzend

Zeitungen aus, eine davon las Lukrezia. Sie war also vor ihm gekommen, dachte er, da schau her! So verrückt war seine Verfolgungsidee wohl doch nicht; sie hatte nachgedacht und sich Sorgen gemacht. Das machte nun wieder ihm Sorgen. Längere Überlegungen zu diesem Punkt konnte er nicht anstellen, denn Lukrezia blickte auf, als sie zu ihr an den Tisch kamen. Sie war nicht erfreut.

»Ah, die liebe Gundula!«, sagte sie, ohne die *liebe Gundula* anzusehen. Die erkannte auf Grund ihrer Menschenkenntnis, die sie nur bei ihrem Bernhard im Stich gelassen hatte, worauf ein Geplänkel hinauslaufen würde. Darauf hatte sie keine Lust.

»Er hat mich erst vor Kurzem wiedergefunden und so weiter und so fort«, sagte sie und setzte sich. »Bei dir sind wir eingebrochen. Um diese Zeichnungen zu stehlen. Die hast du hinter dem Rücken deines Mannes verscherbeln wollen, um ihm den Hals zu retten, das darf und soll auch gesagt werden. Vor allem, weil dein lieber O.O. einen echten Rembrandt hat fälschen lassen. Von Cannizzaro. Und dadurch sich, besonders aber dich, teure Lukrezia, in grausame Schwulitäten gebracht hat. Ich glaube, das ist eine brauchbare Zusammenfassung, was meinst du?«

»Schwulitäten sagt man nicht mehr, das ist homophob.« Lukrezia nahm einen Schluck von ihrem Cappuccino. »Im Übrigen ist natürlich kein Wort wahr – von dem, was du da erzählt hast. Eine seiner Spinnereien …« Sie deutete auf Martin Fries, der mit vorsichtigen Bewegungen Platz nahm. »Typisch für ihn. Was soll das hier eigentlich? Wollt ihr testen, wie gut der Plot funktioniert? Für einen seiner Romane, nehm ich an. Tut mir leid, ich hab nicht gut aufgepasst. Krimis les ich sowieso nicht.«

»Ja, ja, schon verstanden, alles ausgedacht. Mir ist klar, dass du so argumentieren musst, aber ...«

»Entschuldige, mir ist das überhaupt nicht klar!«, unterbrach Martin. »Ich hab ihr alles erzählt« – er deutete auf Gundula – »also hör auf mit dem Scheiß, von wegen Erfindung oder so! In Moskau sind zwei Leute in einem Auto abgefackelt worden, man hat dazu Holz genommen – genau wie ich´s mit den beiden Schlägern gemacht habe, die du erschossen hast!« Er war laut geworden. Lukrezia blickte sich um.

»Ich bin hergekommen, weil er mich um eine Unterredung gebeten hat.« Sie sprach langsam, betonte jedes Wort. »Ihn wollte ich treffen, meinen Schulfreund, der offenbar erhebliche psychische Probleme hat, eventuell Wahnideen. Dich, meine Liebe, wollte ich nicht treffen.« Die Floskel »meine Liebe« sprach sie mit jenem Unterton, der den Mitgliedern ihrer Klasse eigen ist, von anderen nicht imitiert werden kann und schlimmer klingt als die wüsteste Beleidigung. Gundula seufzte. Sie kannte Lukrezia. Die würde alles abstreiten, was sie in Bedrängnis bringen konnte.

»Du verstehst da was nicht«, sagte Gundula. »Du brauchst weder etwas zuzugeben noch abzustreiten – lassen wir diesen ganzen Blödsinn doch in den Krimiserien, wo er hingehört! Es geht nur um ein Gedankenspiel, ein ›was wäre, wenn‹, verstehst du?«

»Ich glaube schon … du meinst, was wäre, wenn es sich tatsächlich so abgespielt hätte, wie er behauptet?« Martin Fries mischte sich ein. »Ja, von mir aus, du kannst es so betrachten. Das ist eine gute Idee, du bist wirklich die Beste, liebe Gundula!«

»Wenn ich mich darauf einlasse – ich muss vorausschicken, dass ich für solche fiktiven Sachen ganz ungeeignet bin, er ist dafür der Richtige, er ist schließlich der Schriftsteller, oder? Also, wenn ich da mitspiele, was hätte ich dann zu tun, was soll ich mir ausdenken?«

Er wollte etwas sagen, aber Gundula ließ ihn nicht zu Wort kommen. »Was würdest du tun?«, fragte sie. »In dieser Situation … Fiktion?«

Lukrezia Obwalter dachte nach. Die Minuten vergingen. Sie nahm einen Schluck Kaffee, der inzwischen nur noch lauwarm war, es schien sie nicht zu stören. Dann sagte sie: »Ich würde – in dieser fiktiven Situation, die keinerlei Verbindung zu mir oder meinem Mann hat – also, ich würde gar nichts tun.«

»Was?« Martin sprang halb auf, Gundula legte die Hand auf seinen Arm und drückte ihn auf den Stuhl. »Aber«, sagte sie, »in Anbetracht der Gefahr – diese Leute in Moskau in dem Auto; das hat doch etwas zu bedeuten, ich meine, man kann das – in der Fiktion – doch nicht einfach auf sich beruhen lassen …« Sie klang unsicher.

»Entschuldige, aber ich sehe wirklich nicht, was diese Moskauer Geschichte mit anderen – fiktiven – Ereignissen zu tun hat …«

»Verzeih, wenn ich dich unterbreche«, sagte Martin Fries, »aber wir müssen nicht bei allem, was wir sagen, das Adjektiv ›fiktiv‹ dazusetzen. Es ist alles fiktiv, es ist eine Storysitzung, okay? Wir suchen einfach die beste Fortsetzung des Plots … also, du würdest nichts unternehmen?«

»Wieso auch? Ich sehe auch nicht, was deine Figur … also du … in dieser Sache tun solltest oder müsstest! Diese Verbrennung in Moskau siehst du doch selber als Antwort auf die Verbrennung – wo war die gleich?«

»Bei Frastanz …«

»Ah ja, nun gut, Frastanz also. In deinem Plot hat ja offenbar meine Figur … was waren das übrigens für Probleme, die du für mich vorgesehen hast?«, wandte sie sich an Gundula.

»Entführung, um den Rembrandt wieder zu kriegen oder das Geld oder beides. Dann hättest du die Entführer, ich glaube, vorgesehen waren zwei …«

»Ja, zwei«, bestätigte Martin Fries.

»… dann hättest du diese Burschen umgebracht und Martin damit beauftragt, die Leichen zu verbrennen. – Soweit der Plot.«

»Mein Gott, wie melodramatisch! Sag einmal, Martin, ist das nicht unglaubwürdig? Warum sollte deine Figur sowas Hochillegales für meine Figur machen?« Martin Fries wurde rot im Gesicht, nicht aus Verlegenheit, sondern aus Wut. Er konnte aber nichts sagen, weil Gundula schon den Faden aufnahm.

»Er ist immer noch verschossen in dich – okay, in deine Figur, du warst die Schulqueen und so weiter, frag mich nicht, er behauptet, das funktioniert schon …«

»So, so, behauptet er …« Lukrezia lächelte zum ersten Mal seit Beginn der Unterredung. »Nun, wenn er das behauptet, wird es wohl stimmen, er ist ja der Schriftsteller, der die Herzen der Menschen kennt.« Das Letzte hatte sie mit großem Ernst gesagt. Sie blickte ihn an und lächelte nicht mehr. »Wenn diese Leute, die da betroffen sind, mich – also meine Figur im Plot – im Verdacht hätten, dann hätten die sich bei mir gemeldet, oder?«

»Und das haben die nicht?«

»Nun ja, es ist dein Plot. Wenn du nichts Entsprechendes vorgesehen hast, haben sie wohl nicht …« Sie verstummte. Nach einer Weile sagte sie: »Mir erscheint das Ganze überhaupt ein bisschen verfahren. Warum diese Geschichte in Moskau, warum hast du das erfunden?«

»Wegen des Russen«, antwortete er. Es klang lahm. »Weil der Käufer ein Russe war …« Er spürte, dass er das hier nicht gut konnte. So tun, als sei die Realität ein Romanplot, als sei alles, was wirklich passiert ist, seiner Fantasie entsprungen. So müssen sich Linkshänder fühlen, die man zwingt, mit der rechten Hand zu schreiben.

»Aber dein Unterbewusstsein«, fuhr sie fort, »hat dir doch die richtige Eingebung verschafft! Überleg doch: Diese Verbrennung in Russland ist ein Racheakt von diesem Bilderkäufer – wie heißt er?«

»Borodin«, sekundierte Gundula.

»Wie der Komponist? Merkwürdig … na, egal. Dieser Borodin hält jemand ganz anderen für den Brandstifter von Nenzing …«

»... eigentlich Frastanz«, sagte Gundula, »in der Nähe von Frastanz.«

»Schön, dann halt Frastanz. Das passt doch wunderbar in deinen Plot! Wer würde einer mittelalten Hausfrau wie mir zwei Morde zutrauen und dir, also deiner Figur eines untrainierten und ängstlichen Schreiberlings, so eine eiskalte Beseitigungsaktion? Ich hoffe, du hast ihn so angelegt und nicht etwa als getarnten Supermann – dann hättest du jetzt ein Problem ...«

»Nein«, bestätigte er mit säuerlicher Miene, »im Prinzip stimmt deine Beschreibung. Er ist untrainiert und – vorsichtig. Da wir schon dabei sind: Was hat eigentlich die Lukrezia – keine Angst, im fertigen Manuskript heißt sie dann anders – was hat sie veranlasst, ausgerechnet diesen Versager für den Einbruch zu engagieren? Ich weiß, hört sich komisch an, wenn ausgerechnet ich das frage, aber wie wir ja nun wissen, bin ich beim Schreiben von meinem Unterbewusstsein gesteuert – also, warum den Schreiberling?«

Lukrezia wiegte den Kopf hin und her. »Vielleicht hatte sie niemanden, dem sie trauen konnte. Und vielleicht sieht sie ihn nicht als Versager ...«

»... sondern?«

»... als einen Getreuen, der sie nicht verraten wird.« Sie blickte ihn an. »Der sie nie verraten wird.«

Er erwiderte ihren Blick.

»Ja«, sagte er mit leiser Stimme, »der Schreiberling wird dich nicht verraten, das stand nie zur Debatte ...«

Lukrezia packte ihr Handy ein.

»Dann ist ja alles geklärt! Das ist eine Fehde in der Moskauer Unterwelt, dein Unterbewusstsein hat dich gut beraten, Martin, das passt schon so, lass dich nur weiter davon leiten, das wird gut!« Sie stand auf, nickte Gundula zu und ging. Nach einer Weile sagte Gundula: »Sie hat recht.« Martin Fries sagte nichts. »Sie hat recht«, wiederholte die Freundin, »mit allem, was sie gesagt hat.«

***

Am Nachmittag hatte Ludwig Cannizzaro schon wieder Lust auf Alkohol. Das war ungewöhnlich. Er trank sonst fast nichts, ein Glas Wein ab und zu, und ja, einen Cognac, sonst nichts. Kein Bier. Kopfweh hatte er keines, das war unausweichliche Folge seiner seltenen jugendlichen Exzesse gewesen; Gelage mit Freunden im Urlaub. Danach hatte er am meisten von allen gelitten und fast eine Woche zur Erholung gebraucht, während die anderen schon am zweiten Tag wieder die Strandlokale unsicher machten. Er vertrug es halt nicht und hatte nach dem dritten oder vierten Mal jede Lust an der Wiederholung verloren. Von da an gab es keine Abstürze mehr. Er trank wie die meisten anderen mäßig – und nicht einmal regelmäßig. Die Flasche, die er am Vortag halb geleert hatte, war ein Geburtstagsgeschenk von vor ein paar Jahren, er kam nur nicht mehr drauf, von wem.

Er schenkte sich einen Cognac ein. Der schmeckte wunderbar, gleich der erste Schluck machte Lust auf den zweiten; es war die Wärme, die sich von der Körpermitte ausbreitete, ihn durchströmte, ganz und gar erfüllte. Warum hatte er das früher nicht so empfunden? Er studierte das Etikett, die Bezeichnungen sagten ihm nichts, es war nicht zu entscheiden, ob das teurer Cognac war oder billiger; edel sah die Flasche aus, aber das hieß heute ja auch nichts mehr. Ekkehard fiel ihm ein, konnte es ein, dass ihm Ekkehard einen teuren Cognac geschenkt hatte? Er kannte ihn von der Akademie her, sie waren befreundet – in dem Maße, wie bildende Künstler hierzulande befreundet sein konnten, nicht allzu sehr. Ich muss mich revanchieren, dachte Ludwig Cannizzaro, ich hab ihn eh schon lang nicht getroffen, gleich morgen fahr ich hin. Wenn die andere Sache erledigt ist. Er schenkte sich noch einen ein und trank schnell aus. Dann schloss er das Atelier ab, setzte sich ins Auto und fuhr nach Feldkirch. Er war guter Dinge, er würde die Sache ein für alle Mal klären. Er kam nicht auf die Idee, er könnte zu viel Alkohol im Blut haben; er war bis jetzt nie betrunken Auto gefahren, nicht mit Anstrengung und Überwindung, sondern automatisch. Wenn er mit dem Wagen unterwegs war, trank er nicht. Bis heute. Er fuhr auch zu schnell. Er raste die enge Straße auf den Ardetzenberg hoch, ohne Angst vor Gegenverkehr. Das war kein Thema, es fiel ihm nicht ein, dass hinter einer engen Kurve sein Schicksal lauern könnte. Nichts lauerte, nichts kam ihm entgegen.

Er fuhr mit kräftigem Schwung in die enge Auffahrt des Obwalter´schen Anwesens, wobei er die Begrenzungsmauer ein bisschen streifte, wirklich nur ein bisschen, ein Kratzer im Lack halt, aber eine Premiere, denn bis dato hatte er mit dem Auto nie etwas gestreift. Überhaupt noch nie. Jetzt merkte er es nicht einmal. Er fuhr bis vor das Haustor, stieg aus und klingelte. Den Wagen abschließen tat er nicht. Zu seinem Unglück war Oswald Obwalter daheim. Man könnte genauso gut sagen: Zu seinem Glück, denn niemand weiß, was der Maler angestellt hätte, wäre ihm nicht geöffnet worden. Darüber machten sich später alle handelnden Personen ihre Gedanken. Ludwig Cannizzaro befand sich in einem seelischen Ausnahmezustand, soviel war klar; Oswald als einziger Augenzeuge hatte keine Einwände gegen die Ferndiagnose, »seelischer Ausnahmezustand«, ganz klar. Allerdings vermied er es, zu erwähnen, dass ihm von diesem Zustand nichts aufgefallen war, als er die Haustür aufgemacht hatte. Cannizzaro war unleidlich wie immer, stürmte wortlos an ihm vorbei ins Haus. »Auch dir einen schönen Tag!«, rief ihm Oswald nach. Und was heißt überhaupt »Ausnahmezustand«? In so einem sind diese Künstler doch dauernd, ohne könnten sie doch keine Kunstwerke erschaffen, oder? Wenn sie normal wären, dann könnten das mit der Kunst doch die anderen Normalen auch – dann wäre es aber keine Kunst mehr … so legte sich Oswald Obwalter diese Dinge für sich zurecht. Um sich zu entlasten.

»Warum hast du mir die Zeichnungen geklaut?«, schrie ihn Cannizzaro an, als er ins Wohnzimmer gefolgt war. Die Reaktion des Dr. Obwalter hatte Cannizzaro nicht erwartet, auch sonst niemand, der den Expolitiker kannte. Regte sich nämlich nicht auf, keine Spur. Er polterte nicht los, kein »Frechheit!«, kein »Was fällt dir ein?«; auch nichts Ähnliches. Oswald Obwalter ging nur in sein Arbeitszimmer und kehrte mit einem Golfschläger zurück. Ludwig kannte sich mit Golf nicht aus, er bemerkte nur, dass die Spitze von dem Ding, oder das untere Ende (er hatte keine Ahnung, wie das hieß), als massiver Metallklumpen ausgebildet war. Von der Art, die einem den Schädel wie eine reife Melone zerplatzen ließ, wenn man damit getroffen wurde. Wenn jemand den Schläger schwang, der sich damit auskannte, jemand wie Oswald Obwalter, der, wie sich das gehörte, dem schichtspezifischen Zeitvertreib des Golfsports fröhnte. Und Oswald hatte den Schläger tatsächlich erhoben und sagte: »Noch ein Wort von diesen Scheißzeichnungen, und ich schlag dir alle Knochen kaputt.« Er sagte das bloß, hatte nicht einmal die Stimme erhoben. Ludwig Cannizzaro wurde nüchtern.

»Beruhige dich, um Gottes Willen, ich hab doch nur … ich meine, wer sonst sollte die … die Dinger denn …«

»Keine Ahnung. Lass mich damit in Frieden, ich sag´s dir im Guten. Ich will davon nichts mehr hören!« Er ließ den Schläger sinken. Er atmete schwer. »Ich hab nur Probleme wegen der Scheißzeichnungen … und Lukrezia haben sie … haben sie …« Dann begann er zu weinen. Cannizzaro erstarrte. Auf einen tobenden Obwalter war er gefasst gewesen, auf einen weinenden nicht. Obwalter fasste sich, legte den Schläger auf den Tisch und fragte: »Willst du was trinken?«

»Gern …«, sagte Cannizzaro. Mehr brachte er nicht heraus. Obwalter nahm eine bauchige Flasche aus dem Schrank.

Unauffälliges Etikett, bräunlicher Inhalt. Er goss in zwei Cognacschwenker ein, viel zu viel, wie Cannizzaro feststellte. Der nahm eins der Gläser und folgte Obwalter durch die Terrassentür ins Freie. Obwalter setzte sich an einen kleinen Tisch mit zwei Stühlen, Cannizzaro nahm gegenüber Platz. Beide tranken und schwiegen. Cannizzaro kam sich blöd vor. Was tat er hier? Saufen mit Obwalter, dem er doch hatte die Scheiße rausprügeln wollen – oder so ähnlich. Jetzt saß er bei dem Trottel und trank eine Art Cognac, der irgendwie komisch schmeckte, gar nicht wie richtiger Cognac, nur so ähnlich. Er selbst verhielt sich auch nicht wie ein Rächer, nur so ähnlich.

»Du hast eingebrochen«, sagte er dann.

»Wo?«

»Bei mir. Im Atelier. Die Tür aufgestemmt. Und die Bilder geklaut.«

»Aufgestemmt?«

»Mit einem Brecheisen vermutlich …«

»So, so, mit einem Brecheisen … und du glaubst, ich könnte das?«

»Was?«

»Eine Tür … aufstemmen?«

Cannizzaro antwortete nicht.

»Wenn ich deinen blöden Schädel mit einem Sechsereisen treffen soll«, setzte Obwalter fort, »dann krieg ich das hin, ich meine, ich würde treffen, ist die Übung vom Golfen. Aber Brecheisen … was meinst du, wieviel von all dem hier …« – er machte eine rundumweisende Geste – »hab ich mit meinen eigenen Händen erschaffen?« Cannizzaro blickte sich um. Das Haus, der Pool, die Sträucher im Garten.

»Nichts?«

»Richtig! Gut geraten. Genau – nichts. Ich hab kein Talent dafür. Meine Finger berühren die Tasten auf einem Computer, Kaffeetassen, Gläser und Flaschen, Essbesteck. Die Bedienelemente im Auto natürlich. Golfschläger. Aber damit hat es sich dann auch. Meine Frau lässt mich nicht einmal den Salat anmachen. Oder Wurst in Scheiben schneiden …«

»Weil du dich in die Finger schneidest?«

»Du hast es begriffen! Ich bin fürs Praktische nicht geeignet. Ich kann das nicht. Ich hab in meinem ganzen Leben noch keine Schraube wo reingeschraubt, keinen Nagel eingeschlagen, keinen Knoten geknüpft außer an den Schnürsenkeln. – Gibt es Blutspuren bei deinem Einbruch?«

»Nein, wieso?«

»Wenn ich es gewesen wäre, gäbe es sicher welche. Bei diesem … diesem Aufstemmen muss doch Kraft aufgewendet werden?«

»Nun ja …«

»Also kann man sich verletzen. Ich jedenfalls hätte mich verletzt, würde DNA-Spuren hinterlassen. Ich kann schon deshalb nirgends einbrechen, ich wäre sofort überführt. In diesem Haus machen alles dienstbare Geister, das heißt, das machten sie, solang ich sie mir leisten konnte. Kann ich nicht mehr, deshalb bleibt jetzt alles liegen. Lukrezia sagt, es sieht furchtbar bei uns aus. Sei ehrlich – stimmt das?«

Darauf gab Cannizzaro keine Antwort.

Er nahm noch einen Schluck, damit war sein Glas leer. Obwalter schenkte nach. Cannizzaro fühlte große Müdigkeit aufsteigen.

»Wenn du es nicht warst«, sagte er, »wer war es dann?«

»Das musst du die Polizei fragen. Du warst doch bei der Polizei?«

»Nein, war ich nicht. Was soll ich denen sagen, wenn sie mich fragen, was gestohlen wurde?«

»Ach ja, das hatte ich vergessen …«

Dann habe Cannizzaro gefragt, warum kein Wasser im Pool sei und Obwalter habe erklärt, wegen einer Revision der Zuleitungen, er kenne sich damit aber nicht aus, sie müssten warten, bis Lukrezia nach Hause käme, die wüsste Bescheid. Cannizzaro sei aufgestanden und habe gesagt, er wolle sich ein wenig die Beine vertreten, nur zu, habe Obwalter gesagt, er solle sich ruhig den Garten anschauen. Dann sei er, Obwalter, aufs Klo gegangen. Als er wieder rausgetreten sei, sei von Cannizzaro nichts zu sehen gewesen. Er habe nach ihm gerufen, aber keine Antwort erhalten. Er sei im ganzen Garten herumgelaufen und habe Cannizzaro nirgendwo entdecken können. Erst am Schluss habe er zufällig in den leeren Pool geschaut. Da drin sei Cannizzaro gelegen, mit dem Gesicht nach unten auf dem Boden. Er sei gleich die Treppe hinunter, Cannizzaro habe keinen Mucks von sich gegeben, aber geatmet. Darauf habe er die Rettung angerufen, die dann nach ein paar Minuten auch gekommen sei. Leider sei es aber zu spät gewesen.

Ludwig Cannizzaro verstarb noch auf dem Transport.

Die Obduktion ergab ein Schädel-Hirn-Trauma durch einen Sturz in den drei Meter tiefen, leeren Pool, wie die Polizei feststellte. Wahrscheinlich war Cannizzaro beim Umherwandern auf dem ihm fremden Grundstück am Rand des Pools über die Einfassung gestolpert und vornüber ins Becken gefallen. Dieser Hergang der Ereignisse wurde durch den hohen Blutalkoholspiegel von fast drei Promille gestützt, wenngleich die Polizei natürlich auch in eine andere Richtung ermittelte: Der Dr. Obwalter war schließlich seit seinem Ausraster in der Galerie Pictet gerichtsnotorisch. Oswald schlug sich aber gut. Ja, natürlich kannte er den Maler Cannizzaro, er hatte schließlich ein Bild von ihm gekauft. Das habe er allerdings an die Frau des Malers weiterverkauft, weil die sehr an dem Gemälde gehangen habe, es zeige nämlich ihr Elternhaus. Und er, Oswald Obwalter, wolle nicht die Ursache eines schweren Kummers bei anderen Menschen sein, da er doch selber in jüngster Vergangenheit unter schwerem Kummer zu leiden gehabt habe – wegen dieser Geschichte in der Galerie. Die, erklärte er, die Geschichte mit dem Schriftsteller Fries, habe sich just in dem Augenblick zugetragen, als er das Bild Höchst 1b eben käuflich erworben hatte. Just. Aha. Der aufnehmende Polizeibeamte stöhnte auf, freilich nur innerlich, denn wenn Oswald Obwalter in den Monaten seines unfreiwilligen Ruhestandes eines nicht verloren hatte, war es die Fähigkeit zu ausufernder Rede. Er war der beste Redner im Vorarlberger Landtag gewesen, was sogar vom politischen Gegner anerkannt wurde; Reden war das, was er am besten konnte. In Vorarlberg erfreut sich die

Gabe der Rede allerdings keiner gesteigerten Wertschätzung; dem Alemannen gilt sie als hohle Kunst der eigentlich Arbeitsscheuen, die lieber mit dem Munde werken als mit ihren Händen … wie dem auch sei, ausführliche Rede mit vielen Einzelheiten verliert sehr an Charme, wenn man, wie der ermittelnde Polizist, ihren Inhalt zusammenfassen und notieren soll. Der unterbrach Obwalter also mit der Zwischenfrage, was denn der verblichene Maler Cannizzaro hier gewollt habe?

»Sein Herz ausschütten!«, rief Obwalter. »Es ging ihm nicht gut, die Ehe war in einer Krise, er selber in einer Schaffenskrise, es lief alles nicht so recht – ich hatte den Eindruck, er will sich alles von der Seele reden. Also hab ich ihn hereingelassen, dann haben wir einen andalusischen Brandy getrunken …«

»Einen?«

»Ja, nur einen – soweit ich mich erinnere.«

Von einem Glas könne der Maler aber nicht auf drei Promille Blutalkohol kommen; er müsste dann schon bei seiner Ankunft betrunken gewesen sein. Ob da etwas aufgefallen sei?

»Nein, das kann ich nicht behaupten! Er war exaltiert, er hat geschwitzt, viel geredet, jetzt, wo Sie das erwähnen, Herr Inspektor … ja, es könnte sein. Für mich war sein Verhalten normal, ich meine, als Künstler! Gerochen hab ich nichts, ich hatte allerdings an diesem Tag selber schon Alkohol getrunken, es geht mir gegenwärtig nicht so besonders …« Dann begann er eine tiefschürfende Analyse seiner finanziellen Situation, die Fehleinschätzung des Marktes, Selbstüberschätzung und so weiter. Ein in düsteren Farben gehaltenes Bild des eigenen Versagens. »Wahrscheinlich«, schloss er, »hat er mich anpumpen wollen ... aber soweit ist es gar nicht gekommen. Ich ging auf die Toilette, als ich wiederkam, war er verschwunden. Aber das hab ich ja schon alles zu Protokoll gegeben.« Ja, das hatte er. Und Erhellenderes kam bei dieser Vernehmung auch nicht heraus. Zwei Schnapsdrosseln geben sich die Kante, einer fällt in den leeren Pool. So was kommt vor. Wäre statt des Malers der Schriftsteller Fries auf dem blauen Betonboden gelegen, hätte es für Obwalter anders ausgesehen, bedenklich. Dem Fries verdankte er seinen politischen Absturz. Aber eben: Nicht der Fries war in den Pool gestürzt, sondern der Cannizzaro. Die Witwe bestätigte die Angaben Obwalters bezüglich des Gemäldes Höchst 1b. Nirgendwo erschien auch nur die Spur eines Motivs, den Maler umzubringen.

Die Ermittlungen wurden eingestellt, Ludwig Cannizzaro unter großer Anteilnahme der Vorarlberger Kunstszene beerdigt. Es gab sogar einen TV-Bericht im Lokalsender, Nachrufe in beiden Tageszeitungen, überregional allerdings nichts.

Einige Wochen gingen ins Land, dann stand Herta Cannizzaro als Alleinerbin fest. Sie übertrug den Verkauf aller Bilder dem Dr. Pictet, sie selbst behielt nichts davon, kein einziges Bild. Als Martin Fries ein paar Tage später die Galerie betrat, fiel ihm Höchst 1b sofort auf, es bildete das erste Bild in einem Gemäldestapel an der Hinterwand des Ausstellungsraumes.

Dr. Pictet trat neben Fries.

»Ich weiß nicht, wie ich die sonst unterbringen soll«, erklärte er. »Zum Hängen fehlt der Platz.«

»Wieviel sind es denn?«

»Fast sechzig. Ich hab vorsortiert, die besten hier reingestellt. Ich hab ihr natürlich meine Bedenken dargelegt; es ist wie Geldverbrennen, was sie da tut. Aber sie blieb stur. Die Bilder müssen alle raus, hat sie gesagt. Hab ich vorgeschlagen, sie einzulagern, sagt sie: Kommt nicht in Frage, sie will sie verkaufen, alle! Sag ich: Aber ich bring die doch nicht alle los! Sagt sie, das sei egal, wichtig nur, dass sie zum Verkauf stehen, wörtlich: zum Verkauf stehen, können Sie sich das vorstellen?« Martin Fries konnte, vermied aber, auch nur ein Sterbenswort darüber zu verlauten. Laut sagte er: »Wahrscheinlich standen die beiden nicht mehr gut zueinander. Am Schluss, meine ich ... da können so irrationale Sachen schon vorkommen.«

»Vor allem das da soll ich möglichst schnell verkaufen«, sagte der und wies auf Höchst 1b. Das glaub ich gern, dachte Martin. Sagen tat er nichts. Er fragte: »Und? Gibt´s schon einen Käufer?«

»Wo denken Sie hin? Die Bilder stehen erst zwei Tage hier. Ich kann mich auch nicht so darum kümmern, ich bin allein hier. Miss Cope hat gekündigt. Zurück nach England.«

»Wie das?«

»Der Tod von Cannizzaro, das hat sie schwer mitgenommen, fragen Sie mich nicht, warum. Die standen sich vielleicht näher ...« Er verstummte, Martin Fries nützte die

Pause und verabschiedete sich. Er ging ins Café Feurstein, wo Gundula auf ihn wartete. Sie hatte auf dem Wochenmarkt eingekauft. Ihr fiel gleich auf, dass er schlechte Laune hatte. Das führte zu einer gewissen Verstimmung. Schlechte Laune hatte sie bei ihrem letzten Mann zur Genüge ertragen müssen, beim neuen würde sie nicht wieder damit anfangen.

»Was ist los?«, wollte sie wissen. »Und sag bloß nicht: Nichts. Ich warne dich, das kann ich nicht leiden!«

»Beruhige dich, es ist nur dieses Bild, du weißt schon. Es steht wieder drüben bei Pictet in der Galerie.«

»Na und?«

Er starrte sie an. »Na und, fragst du? Hast du schon vergessen, was alles passiert ist? Jeder Besitzer des Bildes, auch jede Besitzerin …«

»… hatte massive Probleme, ja, ja! Aber müssen wir uns deshalb den schönen Tag verderben lassen? Ich wollte das alles hinter mir lassen, ein für alle Mal …« Ihre Miene hatte sich verfinstert.

»Es ist doch nur, weil ich nicht weiß, was ich noch tun soll«, sagte er mit leiser Stimme. Es klang lahm und er wusste es. In Auseinandersetzungen war sie ihm überlegen; die kamen selten vor, aber sie kamen vor. Jetzt eben hatte eine begonnen.

»Was du tun sollst?« Sie klang spöttisch. »Meine Güte, gar nichts! Was geht dich dieses Bild an?«

»Jemand wird es aber kaufen – wahrscheinlich wird es jemand kaufen.«

»Na und?«

»Der hat es dann. Und das Unglück, den Fluch oder was immer du da einsetzen willst. Das hat er dann am Hals. Sollten wir das nicht verhindern?« Sie antwortete nicht, starrte in ihre Kaffeetasse. »Nichts zu tun«, fuhr er fort, »ist ja fast wie … wie soll ich sagen …«

»… unterlassene Hilfeleistung.« Sie seufzte. »Na schön, du gibst ja sowieso keine Ruhe. Was also willst du tun? Du hast doch einen Plan …«

»Nein, hab ich nicht. Ich habe keine Ahnung, was wir tun könnten.«

Nach einer Weile fragte sie: »Was, glaubst du, wäre passiert, wenn wir damals das Bild dort gelassen hätten?«

»Dann wäre dein Mann nicht wieder aufgetaucht, davon bin ich überzeugt. Frag mich nicht, wie es hätte gehen sollen: Aber er wäre nicht aufgetaucht, hätte dich nicht verprügelt, du wärst nicht ins Spital gekommen …«

»Und wir, was wäre mit uns?«

»Wir? Nun … wir würden glücklich und in Freuden leben, als ob nichts geschehen wäre.«

Sie blickte ihn an. »Das tun wir doch, oder?« Sie legte die Hand auf seinen Arm. »Das tun wir doch ohnehin, das glaube ich wenigstens. Glaubst du das auch?«

»Was? Natürlich! Natürlich leben wir … glücklich und in Freuden.« Sie hatte ihn aus dem Konzept gebracht. Kontrafaktische *Was wäre gewesen, wenn*-Überlegungen hatte er in dieser Causa noch nicht angestellt, ein Armutszeugnis für einen Schriftsteller. Seine einzige Entschuldigung lag in dem Bild Höchst 1b. Das verfluchte Ding war immer noch in der Welt. Gundula schien zu glauben, dass es seinen unheilvollen Einfluss verloren hatte. Schien zu glauben, die Geschichte sei *zu Ende*. Wenn er in seinem Beruf ein Gespür entwickelt hatte, dann dafür, wann eine Geschichte zu Ende war und wann nicht. War sie es nicht, funktionierte sie nicht, und die Leser merkten das besser als die Verleger. Diese Geschichte mit Höchst 1b war nicht zu Ende.

Gundula ließ sich mitreißen. »Wem gehört das Bild jetzt? Doch dieser Herta Cannizzaro, der Witwe. Also müsste sich der Fluch auf sie auswirken. Es trifft immer den Besitzer, infolgedessen nicht den Galeristen, der es ja nur für sie verkauft.« Sie hat sich das gemerkt, dachte er, sie hat sich seine krausen Überlegungen gemerkt und kann sie wortwörtlich wiedergeben! Welcher Mann ist schon mit so einer Frau gesegnet? Sie war die Richtige. Er umarmte sie, mitten im Lokal. Sie ließ es sich lächelnd gefallen.

»Ich weiß nicht, wie dieses Bild tickt«, sagte er. »Oswald hat es an Herta zurückgegeben. Also hätte sie das nächste Opfer sein müssen. Das war aber ihr Mann!«

»Das Monstrum hat keine Ehrfurcht vor seinem Schöpfer«, sagte sie mit großem Ernst. »Entsetzlich!« Er merkte zu spät, dass er auf den Arm genommen wurde. Er war beleidigt, aber nur ein bisschen.

»Wie dem auch sei«, sagte er, wobei er ihr die Hand wie beiläufig entzog, »wir haben keine Zeit für akademische Debatten. Das Bild muss gestoppt werden!«

»Das Bild muss gestoppt werden«, wiederholte sie mit leiser Stimme. »Hörst du dir eigentlich selber zu? Ein Bild stoppen, wie soll das gehen, die Luft aus dem Rahmen lassen?« Sie lachte auf, er grinste mit säuerlicher Miene.

»Die Sache ist so: Ich fühle ich mich der jüdisch-christlichen Wertegemeinschaft verpflichtet, Abendland halt. Ich kann deshalb nicht tatenlos zusehen, wenn das Böse unter uns wütet. Privat wär mir das wurscht, aber als Zeitgenossen müssen wir etwas unternehmen.«

»Mich irritiert, wie du im selben Satzgefüge ansatzlos vom Singular in den Plural wechselst. Ich darf doch annehmen, dass nicht der pluralis majestatis gemeint ist. Oder sprichst du jetzt von dir in der ersten Person Mehrzahl?«

»Das liegt mir fern.« Mit feierlicher Stimme sprach er: »Rühmet mich nicht …«

»… denn ich bedarf keines Ruhmes. Okay, okay, also: Wer ist *wir*?«

»Du und ich.«

»Ich hab's gewusst, ich hab's doch gewusst! Wieso bin ich nur hergekommen?«

»Wer mag das wissen? War es Pflichtgefühl dem Freunde gegenüber? War es gar – kaum wag ich es zu hoffen: Die Liebe selbst?« Er nahm ihre Hand und führte sie in feierlicher Geste an den Mund.

»Die Leute schauen schon!« Er ließ ihre Hand los.

»Was hast du vor?«, fragte sie.

»Anzünden.«

»Das Bild verbrennen?«

»Ich sehe keine andere Möglichkeit. Man muss schließlich einen Weg finden, den Besitz dieses Bildes zu beenden …«

»Verstehe. Um die Tatsache des Besitzens zu verhindern, muss die besessene Sache zerstört werden.«

»Du hast es erfasst! Ich hatte ja gehofft, durch die Rückkehr des verfluchten Gegenstandes zu seinem Erschaffer würde die Wirkung aufhören. Das war ein Irrtum. Im Gegenteil: Bei Cannizzaro war die Wirkung besonders intensiv.«

»Also schön. Wie willst du vorgehen?« Er schaute sie lange an, dann sagte er: »*Ich* will überhaupt nicht *vorgehen*. Ich bin Schriftsteller. Ich denke mir Aktionen aus, ich mache aber keine.«

»Außer, die Schulqueen von vor vierzig Jahren erheischt Hilfe …« Auf diese spitze Bemerkung ging er nicht ein, sondern sagte: »*Wir* können *vorgehen*, du und ich. Allein schaffe ich das nicht, kein Scheiß jetzt!«

»Ich sag es noch einmal: Also schön, was machen wir?«

Er erklärte es ihr.

Der Plan war, wenn man ihn in einem Wort charakterisieren müsste: verzweifelt. Martin Fries hatte sich von dem Sinnspruch des Friedrich von Logau leiten lassen: In Gefahr und großer Not bringt der Mittelweg den Tod! Sein Vorhaben bestand in nichts weniger als der vollständigen Niederbrennung der Galerie Pictet. Dass bei den beengten baulichen Verhältnissen in der Feldkircher Altstadt sein Plan auch zur Brandvernichtung derselben führen konnte, war ihm klar, er hoffte aber, diese Gefahr durch rechtzeitige, anonyme Alarmierung der Feuerwehr bannen zu können. Zu diesem Behufe musste er sich nur noch ein Prepaid-Handy anschaffen. Auch waren die Feuerwehren heute viel leistungsfähiger als zu Zeiten historischer Stadtbrände, denen oft fast das ganze bebaute Gebiet zum Opfer fiel, so 1697 etwa zu zwei Dritteln.

Gundula blieb skeptisch, ob tatsächlich eine so harsche Gewaltmaßnahme nötig war, um den »Bann des Bildes zu brechen«. (So drückte sie sich aus.) Allerdings konnte sie ihre Bewunderung, was die rein technischen Aspekte des Vorhabens betraf, nicht verhehlen; Martin Fries hatte sich eine Vorgehensweise ausgedacht, die erfolgversprechend schien und den Untersuchungsbehörden keine Hinweise auf den oder die Brandstifter liefern würde.

Ob dies dann so gekommen wäre oder nicht, bleibe dahingestellt, denn weder Gundula noch Martin kamen in die Verlegenheit, ihren Plan umsetzen zu müssen. Andere, weniger zögernde Kräfte entfalteten ihre Wirkung.

***

Dr. Hermann Pictet hatten die Aufregungen der letzten Wochen schwerer getroffen, als er sich selbst eingestehen mochte. Der erste Schock war der Ausraster des Politikers Obwalter in seinen Geschäftsräumen gewesen. Das Verrückte war, dass ja beide Beteiligten, der Schreiberling Fries und der Politiker, von der Malerei so viel Ahnung hatten wie der Hahn vom

Eierlegen, Oswald Obwalter ging einfach mit seiner Frau zu solchen Anlässen, mit der Obfrau des Vereins »Kunst«. Als öffentlich sichtbare Unterstützung, eine politische Geste, nichts weiter. Er begleitete sie auch in die Galerie, wenn Lukrezia etwas mit Pictet zu besprechen hatte, und sah sich inzwischen die ausgestellte Kunst an. Pictet erinnerte sich noch, dass Obwalter von Höchst 1b beeindruckt war, hatte dem aber keine Bedeutung beigemessen, bis der Politiker ein paar Tage später wieder hereinkam, frank und frei bekundete, den Cannizzaro erwerben zu wollen, und nicht um den Preis feilschte. Pictet kannte solche »Erweckungsereignisse« von anderen Personen; sie waren selten, kamen aber vor: Leute, die mit Bildern nichts am Hut hatten, verguckten sich in eine bestimmte Arbeit und kauften sie. Manchmal begannen sie dann zu sammeln, öfter nicht.

Mit diesem Kauf hatte es begonnen. Pictet verstand bis heute nicht, was am selben Tag, ja fast im selben Augenblick, den Schriftsteller Fries in die Galerie getrieben hatte – nur um dann mit Obwalter einen Streit über Kunst anzufangen. Über *Kunst!* Seit wann hat Romane schreiben etwas mit Kunst zu tun? Alle beide, Obwalter wie Fries, konnten doch ein Kunstwerk nicht von einem Loch im Boden unterscheiden. Also, was sollte der Aufstand? Er hätte in diesem Augenblick den Kontakt zu Obwalter abbrechen sollen. Einfach behaupten: Tut mir leid, Herr Doktor, ich kenne keine Käufer für Rembrandtzeichnungen, wofür halten Sie mich denn? So etwas kann man sowieso nicht verkaufen wie einen Sack Kartoffeln, da braucht es Gutachten und so weiter, wenden Sie sich an ein Auktionshaus! Das hätte er sagen sollen. Und damit auf eine Provision verzichten, die er bitter nötig hatte. Und dann Borodin. Natürlich – diese »Bisnessmen« aus Russland hatten alle ein gewisses Rüchlein. Na und? Westliche Sammler verdankten ihren Reichtum ja alle ihrer Hände harter Arbeit, oder? Das war ja lächerlich, sich deswegen Vorwürfe zu machen …

Er zündete sich eine Zigarette an. Er hatte seit dem verheerenden Auftritt Borodins in der Galerie wieder zu rauchen begonnen. Gleich mit einer Schachtel pro Tag. Inzwischen knabberte er schon die zweite an. Rauchen beruhigte ihn. Auf seinem Schreibtisch türmten sich Papiere, Geschäftskorrespondenz, Steuer. Seit Frances Cope weg war, kam er mit dem Schreibkram nicht mehr gut zurecht. Borodins Raub (anders konnte man es nicht nennen) hatte ihn wütend gemacht, Copes Weggang traurig, nur tief traurig. Er dachte an die beiden Bilder, die der Russe »beschlagnahmt« hatte. Gerold Hirn war vor ein paar Wochen gestorben, seither hatten die Preise angezogen. Die Zigaretten ließen ihn das Gute sehen: Er hatte noch einige Hirns.

Jemand betrat den Laden. Pictet stand auf, ging nach vorn. Der Besucher hatte den zweiten Ausstellungsraum betreten. Er stand vor Höchst 1b. In Betrachtung versunken. Pictet erkannte es auf dem Grund jahrelanger Beobachtung. Wenn ein Mensch vor einem Gemälde steht, das ihn fesselt, ändert sich seine Körperhaltung. Dr. Hermann Pictet hätte nicht zu sagen gewusst, in welcher Weise; es gab kein isoliertes Detail, es war eine Sache ganzheitlicher Schau. Die Spannung, die das Betrachten des Bildes auslöste, übertrug sich auf den Beobachter des Betrachtenden. Bei dem Besucher war das der Fall.

»Dreißigtausend«, sagte Pictet. Maler tot – doppelter Preis, das war noch konservatives Gebaren. Der Besucher drehte sich um.

»Ich grüße Sie, Herr Dr. Pictet«, sagte er mit gewinnendem Lächeln.

Pictet blieb ruhig und sagte nichts. Er empfand kein Bedürfnis, mit dem Kunstsammler und Geschäftsmann Porfirij Alexandrowitsch Borodin eine Unterhaltung zu führen. Borodin wandte sich wieder dem Bild zu. »Es ist gut«, sagte er, »sogar sehr gut. Warum haben Sie mir diesen Maler unterschlagen?«

»Das hab ich nicht. Sie kennen ihn sogar. Ludwig Cannizzaro.«

»Das weiß ich doch. Steht ja da. Ich wollte sagen, Sie haben mir nicht gesagt, dass der so gut malen kann. Nicht nur zeichnen …« Borodin lächelte wieder.

Pictet ging nicht darauf ein. Er wandte sich um. Der Russe folgte ihm ins Büro. Pictet setzte sich an den Schreibtisch, Borodin blieb stehen, stellte eine schmale Aktentasche ab und machte sie auf.

»Ich will es kaufen«, sagte er. Die Stimme war kalt, das Lächeln verschwunden. »Ich nehme an, das geht. Obwohl ich spüre, dass meine Gegenwart Ihnen nicht angenehm ist. Das geht vielen Menschen so, ich werfe Ihnen nichts vor. Also?«

Pictet nickte. Borodin holte ein Bündel Scheine aus der Tasche und begann, dreißigtausend Euro abzuzählen, alles Fünfhunderter. Pictet nickte, unterschrieb eine Quittung.

»Nehmen Sie es gleich mit?«, fragte er.

»Mein Wagen steht draußen. Wenn Sie so freundlich wären …«

Pictet nahm das Bild ab, packte es in Schutzfolie ein und half beim Transport in Borodins Mercedes. Gesprochen wurde nichts mehr. Als Borodin aber einstieg und den Motor anließ, beugte sich Pictet zum Seitenfenster und sagte: »Ich wünsche eine gute Reise, Porfirij Alexandrowitsch!« Borodin lächelte, nickte und fuhr los. Er fuhr heute selbst, Sandmeyer hatte sich entschuldigt. Er lag im Bett, Grippe. Das war gelogen. Sandmeyer lag nicht im Bett, sondern saß auf einem Stuhl. Mit Klebeband gefesselt. Außer dem Stuhl und Sandmeyer gab es im fensterlosen Raum noch einen Tisch, einen weiteren Sessel und zwei Personen. Einer saß in dem Sessel, das war der Chef. Der andere musste stehen und Sandmeyer die Mündung einer abgesägten Schrotflinte vor die Geschlechtsteile halten. Mit der anderen Hand hielt er das Handy an Sandmeyers Kopf.

»Es ist nur Zwölfer-Schrot«, hatte der Chef erklärt. »Das sind ganz kleine Körnchen. Du bist also nicht gleich tot, wenn er abdrückt. Verstehst du?«

Sandmeyer versicherte, er habe die Konsequenzen eines eventuellen Waffengebrauchs verstanden und lieferte den verlangten Entschuldigungsspruch ab. Danach bestand eine gewisse Wahrscheinlichkeit, sofort erschossen zu werden, aber logisch wäre es nicht. Denn mit dem angerufenen Borodin sollte etwas »Nasses« passieren, so viel war klar. Unklar blieb, wieso er dann von Borodin isoliert worden war; diese Leute hatten ja keine Skrupel wegen Kollateralschäden. Wenn der Gehilfe dabei war, dann war es eben so … da in dem Raum nichts mehr gesprochen wurde, hatte Sandmeyer Muße, über seine Lage nachzusinnen. Ausgangspunkt seiner Überlegungen war die Tatsache, dass er sie überhaupt anstellen konnte, weil er nach dem Anruf eben nicht erschossen worden war. Das beruhigte ihn, er konnte logisch denken, Heinrich Sandmeyer gehört zu den Menschen, die andere als »kaltblütig« beschreiben und deswegen bewundern; es ist aber nur ein bestimmter Mangel an Fantasie und Empathie, die solche Leute wenig empfinden, aber auch wenig fürchten lässt.

Wenn die Typen ihn nicht umbrachten, dann nur, weil sie ihn noch brauchten. Sandmeyer war für viele Zwecke brauchbar wie ein Multi-Tool und wusste das auch. Der Chef auf dem Stuhl sprach Deutsch, der Gehilfe mit der Pistole wahrscheinlich nicht, das war jemand aus der russischen Unterwelt, Sandmeyer kannte den Typ, er kannte viele dieser Kameraden; eine besondere Art, sich zu bewegen, Blicke schweifen zu lassen. Wenn er alles zusammen betrachtete, ging es hier um einen Konflikt zwischen zwei Parteien, verbunden mit einer Übernahme des Personals. Also nichts Persönliches. Das war natürlich positiv für ihn, es ließ erwarten, dass er aus der Sache heil herauskam. Hätte schlimmer kommen können.

Ein Handy klingelte, der Chef nahm das Gespräch an. Gespräch war es dann keins, jemand meldete etwas, der Chef hörte nur zu. Dieser Jemand saß in einem geparkten Auto in Feldkirch und beobachtete ein anderes Auto, das vor der Galerie Pictet stand. Nun hatte der Jemand gesehen, wie Borodin und der Galerist aus der Tür traten und ein flaches, rechteckiges Paket im Fond des Wagens verstauten. Pictet kehrte in den Laden zurück, Borodin stieg ein und fuhr los, in Richtung Mühletor. Das meldete der Beobachter per Handy. Das Paket erwähnte er nicht, von einem Paket war nicht die Rede gewesen, nach dem Besuch einer Galerie war es wahrscheinlich ein Bild, aber darauf kam es nicht an, ob jetzt ein Bild im Auto war. Es kam nur darauf an, dass Borodin drin saß.

Der Chef trat hinter Sandmeyer und gab ihm eine Apparatur in die gefesselte Rechte. Es fühlte sich an wie der Joystick von einem Computerspiel aus den Achtzigern.

»Drück auf den Knopf«, sagte der Chef. »Jetzt.«

Sandmeyer drückte.

Die Mechaniker der Organisation wussten, wie sie ihren Gebieter zufriedenstellen mussten, und hatten sich etwas ausgedacht, was Saitzews Hang zu Theatereffekten entsprach. Durch das Sandmeyer'sche Knopfdrücken wurde ein Funksignal in Borodins Auto übertragen und dort empfangen. Man hatte mit einigem Aufwand unter dem Motor eine Vorrichtung eingebaut, die dem vordersten Teil eines Gerätes entsprach, das unter der Bezeichnung »RPG 7« traurige Berühmtheit in Vietnam und Afghanistan erlangt hatte. Es handelte sich allerdings nicht um die Standardvariante mit panzerbrechender Wirkung, sondern um einen »thermobaren« Sprengkopf, der durch feinverteilte Metalle eine besonders heftige Flammenwirkung erzeugt; eine Art Superbrandsatz und für einen normalen PKW absurd überdimensioniert. Der Raketentreibsatz und die üblichen Aufschlag- und Verzögerungszünder waren entfernt und durch einen Sofortzünder ersetzt worden; eine komplizierte Operation, die nicht von einem Laien durchgeführt werden konnte, auch von keinem sehr begabten, dazu brauchte es eine Fachkraft aus dem Umkreis des Militärs, die mit dem RPG 7 vertraut war. Die Wahl des Sprengkopfs wie sein Umbau sollten in diese Richtung weisen, es war eine Botschaft an Borodins Organisation: Auf unserer Seite stehen Leute, mit denen ihr euch besser nicht anlegt! Für Borodin selbst gab es keine Botschaft mehr, denn sein Auto verschwand in einem gleißenden Feuerball von knapp zehn Metern Durchmesser, als er etwa zweihundert Meter weit gefahren war. Das Auto befand sich zu dieser Zeit auf einem freien Platz am Ausgang der Vorstadt in der Nähe des bekannten »Saumarkttheaters«. Diesem Umstand war es zu verdanken, dass keine gröberen Schäden an Gebäuden entstanden, nur am Theater wurde die Glastür eingedrückt. Die Temperatur erreichte, wie die Sachverständigen später feststellten, durch die fein verteilte Magnesium-Aluminium-Füllung fast zweitausend Grad, sodass der Kunstsammler und Geschäftsmann Porfirij Alexandrowitsch Borodin bis zur völligen Unkenntlichkeit verbrannte.

Der Fall erregte ungeheures Aufsehen, mit der Feuerwehr kam das erste TV-Team an, am Nachmittag trafen Journalisten aus Deutschland ein. Es gab Pressekonferenzen und umfangreiche Berichterstattung. Die Identifizierung der Brandleiche geschah in Rekordzeit. Die Identität Porfirij Alexandrowitschs enthüllte ein anonymer Anrufer nicht nur der Polizei, sondern auch der Austria Presse Agentur. Das brachte die erwartbaren Schlagzeilen über »Mafiamord«, »Russenfehde« und so weiter – und zwischen Betroffenheit und Sorge changierende Pressekommentare. Was bedeutete es, dass die Ostmafia ihre Konflikte jetzt schon im westlichen Ausland austrug? Darauf gab es als Antwort nur die abgebrühte Gegenfrage: Was heißt Ausland? Noch nie von Globalisierung gehört? Die Wahrheit war viel simpler: Borodin hatte es vorgezogen, nach der Moskauer Aktion der Heimat fernzubleiben. Je länger man wartete, bis er es sich doch anders überlegte, desto mehr würde der Charakter eines Vergeltungsschlages verschwimmen. Deshalb musste die Liquidierung Borodins zeitlich nah zum Brand an den Patriarchenteichen erfolgen, ganz egal, wo er sich aufhielt.

Dr. Pictet entging nur sehr knapp einem Nervenzusammenbruch, konnte der Polizei aber schon kurz nach dem Anschlag verwertbare Angaben machen. Er bestätigte die Identität des Opfers als Porfirij Alexandrowitsch Borodin, russischer Kunstsammler. Der habe nur zwei Minuten vor der Explosion ein Bild als Leihgabe mitgenommen. Höchst 1b von dem bekannten, kürzlich verschiedenen Maler Ludwig Cannizzaro. Das Bild sei für eine Ausstellung in Moskau gedacht gewesen. Unterlagen über den Vorgang gab es nicht, nur eine Empfangsbestätigung mit unleserlicher Unterschrift. Er habe, beteuerte Dr. Pictet, zu Porfirij Alexandrowitsch uneingeschränktes Vertrauen gehabt, sie kannten sich seit Jahren. Von dem Bild fand sich in dem ausgebrannten Wrack natürlich nicht einmal eine Materialspur.

Als die Beamten gegangen waren, befiel Dr. Pictet ein Zittern am ganzen Körper. Dieses Symptom sollte ihm noch lange zu schaffen machen, es trat bei lauten Geräuschen auf und hielt zwischen zehn Sekunden und einer vollen Minute an. Begleitet wurde der Tremor von der quälenden Idee, was aus ihm geworden wäre, wenn die Explosion nur Sekunden früher erfolgte, als Borodins Wagen noch vor der Galerie stand, einen Meter von der Glasfront entfernt. Da war er selber zwei Meter weiter im Inneren, vielleicht drei. Erst hätten sich tausende Splitter in seinen Körper gebohrt, dann hätte ihn der Feuerball verbrannt, aber eben nicht so, dass er gleich tot gewesen, sondern erst nach qualvollen Wochen in einer Spezialklinik gestorben wäre.

Er hatte Mühe, sich auf die Galerie zu konzentrieren; ein Lichtblick war seine Fähigkeit, auch in höchster psychischer Anspannung, noch im Zustand des Schocks, seinen Vorteil zu suchen, gleichsam instinktiv die Geschichte mit der Leihgabe durchzuziehen und die dreißigtausend Euro schwarz zu kassieren. Ein Schmerzensgeld für den erlittenen Schrecken.

Gut war auch, dass die übrigen Umstände seine Arbeit erleichterten. Der Presse war der Konnex zwischen Höchst lb und Borodin nicht verborgen geblieben, sonst aber alles, was mit dem Fall zu tun hatte. Das machte nichts, die Kunst der Journaille besteht darin, aus Langweiligem Interessantes zu machen. So kam der Name »Cannizzaro« in bestimmte Medien, es entstand ein Rumor um den Künstler, angereichert mit Verschwörungstheorien. Wichtige Menschen wurden auf den Maler aufmerksam. All dies hatte einen erfreulichen Effekt: Die Preise stiegen. Herta hatte als Alleinerbin den Nutzen davon, einen Nutzen, den sie ihr ganzes Leben nicht erwartet hätte. Hermann Pictet beriet seine Klientin mit Sachkenntnis und Geduld. Er konnte sie doch noch davon abhalten, alles auf einmal zu verkaufen. Die Preise, sagte er voraus, würden noch viel weiter steigen. Damit hatte er recht. Die Heirat mit Ludwig hatte Herta am Ende doch noch zum Reichtum geführt. Dazu hatte er sterben müssen. Aber sogar dieser Tod war ihr sozusagen abgemildert worden: Durch seinen Verrat. Freilich wäre das alles, wie sie sich eingestand, psychisch leichter zu verkraften gewesen, wenn es sich zeitlich gedehnt hätte; auf ein Jahr statt wenige Tage. Aber sie konnte nicht alles haben. Sie war nun nicht glücklich, das nicht, aber sie kam dem Gefühl näher als jemals die letzten zwanzig Jahre. Das Bewusstsein, Geld zu haben, half dabei.

Heinrich Sandmeyer wurde, wie er es erwartet hatte, von der Organisation Saitzews übernommen; seine Fingerabdrücke auf dem Zündapparat – da hatte er keine Wahl. Nach dem Anschlag verfrachteten ihn die beiden Bewacher im Kofferraum eines Autos in den Wald bei Göfis, ließen ihn aussteigen und wissen, er würde bald von ihrem Chef hören. Dann fuhren sie weg. Sandmeyer war zufrieden. Die hatten sich wirklich Mühe gegeben, ihn aus der Sache rauszuhalten; das wäre ganz leicht gegangen; dann säßen eben zwei verkohlte Klumpen in dem ausgebrannten Wrack statt einer. Aber seine Fähigkeiten als Mitarbeiter wurden offenbar so geschätzt, dass man sich anders entschieden hatte. Das erfüllte ihn mit tiefer Befriedigung. So wandert er aus dem Wald von Göfis und aus dieser Erzählung, neuen Aufgaben und neuen Verbrechen entgegen.

Martin Fries erfuhr von dem Anschlag aus dem Fernsehen. Er saß mit Gundula beim Abendessen. Der Bericht lief, die Galerie Pictet wurde genannt, auch das Gemälde Höchst 1b. Dann ging auch schon das Telefon. Lukrezia Obwalter.

»Was machen wir jetzt?«, fragte sie. Der unüberhörbare, hysterische Unterton gefiel ihm nicht. »Hör zu«, sagte er. »Es sind da verschiedene Sachen zu klären. Ich schlage vor, wir treffen uns und bereden alles, am besten gleich.«

»Wer ist ›wir‹?«

»Alle, die mit dem Bild zu tun hatten. Du, dein Cousin Ewald, Oswald, Gundula und Herta Cannizzaro. Ludwig Cannizzaro ist tot …«

»… und dieser Russe. Die kleine Engländerin …«

»Frances Cope.«

»Ist heimgefahren nach Old merry England.«

»Wir treffen uns am besten bei uns. Du rufst deinen Cousin an, ich die Cannizzaro-Witwe.«

»Moment: Was heißt bei uns? Bei dir in Göfis?«

»Ach woher! In Gisingen, bei Gundula! Ich … wohn da jetzt.«

»In *dem* Haus?«

»Natürlich in dem Haus! Wo denn sonst? Die Gefahr geht von dem Bild aus, nicht von dem Haus. Aber vielleicht verhilft uns der genius loci zu einer Einsicht, wie das alles zusammenhängt!«

»Du machst das doch nur, um möglichst oft den Ausdruck genius loci verwenden zu können!«

»Auf dieses Niveau begebe ich mich nicht. Ich erwarte euch dann hier, sagen wir, in einer Stunde!« Er legte auf. Ihr Einwand war lächerlich, Akademikerbashing, wie es in Mode gekommen war. Natürlich hatte sie recht.

Ewald Bucherer kam als erster. Er hinkte immer noch und sprach wenig. Der Unfall hatte ihn verändert, er war sich nun seiner Sterblichkeit bewusst. Gundula servierte Tee. Martin Fries erschien das unpassend, er hätte lieber etwas Stärkeres getrunken, er sagte aber nichts. Sie saßen in dem Wohnzimmer von Höchst 1b, das gleichwohl nicht in der Gemeinde Höchst am Bodensee stand, sondern weiter südlich. Als die Obwalters kamen, führte Gundula sie durchs ganze Haus.

»Falls es mit der Literatur nicht mehr so läuft«, sagte Ewald, »verlangt ihr Eintritt. Haus des Schreckens oder so. Mit Führung. Sie macht das gut.«

Martin seufzte tief. »Du bist zum Zyniker geworden, weißt du das?«

»Vielleicht liegt es daran, dass ich bei einem Autounfall fast draufgegangen wäre …«

»Mag wohl sein. Aber eben nur fast, wie du ja selbst sagst. Oder wärst du lieber tot?«

»Du bist ein Arschloch. Immer schon gewesen. Warum ist mir das früher nie aufgefallen?«

»Weil du jung und dumm warst. Jetzt bist du alt und verbittert.«

»Es ist überraschend gemütlich«, fand Lukrezia, die eben vom Rundgang mit Oswald und Gundula zurückkam, »wenn man bedenkt …«

»Danke sehr!«, sagte Gundula, »Ich weiß ja nicht, was du erwartest hast. Vermutlich eine Siebziger-Jahre-Kleinbürgerhölle mit altdeutscher Schrankwand und einer Hausbar drin.«

»Das wollte ich damit nicht sagen …«

»Schon gut! Es gab tatsächlich so eine Schrankwand. Wir haben alles rausgerissen, als wir das Haus gekauft haben. Totalrenovierung.«

»Eine schöne Arbeit«, sagte Lukrezia und deutete auf ein abstraktes Gemälde über dem Sofa. »Gerold Hirn?«

»Ja, eins von den frühen. War damals noch günstig. Seit er tot ist, gehen die Preise durch die Decke.«

»Fein, dass ihr einen Diskurs über Kunst anfangt«, sagte Martin Fries, »aber haben wir keine anderen Probleme?«

»Martin hat recht«, sekundierte Oswald Obwalter, »dieser Anschlag auf die Galerie: Was heißt das für uns? Was sollen wir jetzt machen?«

»Ich rede nur über Kunst, weil mich das beruhigt«, erklärte seine Frau. »Ich weiß auch gar nicht …« Sie wurde von der

Türklingel unterbrochen. Gundula ließ die Besucherin ein. Es war Herta Cannizzaro.

»Ich habe auch Frau Cannizzaro hergebeten«, sagte Martin Fries, »weil sie in diesem Haus aufgewachsen ist! In dem Haus, dessen Darstellung auf einem uns allen wohlbekannten Bild zu zahlreichen unschönen Vorfällen geführt hat.« Sie setzten sich. Oswald und Lukrezia auf das Sofa, Herta Cannizzaro daneben. Ewald Bucherer, der seine Cousine flüchtig begrüßt hatte, saß auf Distanz am Wohnzimmertisch neben Gundula. Martin Fries saß nicht, er stand in der Mitte des Raumes. Wenn er schon reden musste, ging das im Stehen besser.

»Ich will es kurz machen«, begann er. »Die Vorfälle sind im Wesentlichen allen bekannt. Dieses Bild, dieses vermaledeite Bild…«

»… das ja nun zerstört ist«, unterbrach ihn Ewald.

»Ja, das Bild ist zerstört. Aber reicht das?«

Sie blickten ihn an wie einen … wie einen … er kam nicht drauf; etwas Unerfreuliches.

»Ich habe mir gedacht, wir haben uns zu sehr auf das Bild konzentriert, auf den Gegenstand, versteht ihr. Das ist aber bei einem Gemälde nicht das Ausschlaggebende. Sondern …«

»… das, was drauf ist.« Gundula hatte leise gesprochen.

»Das Haus«, sagte Martin. »Das Haus ist abgebildet.«

»Du meinst«, sagte Lukrezia, »das Haus benutzt das Bild als Arm – oder als Werkzeug. Das wäre ja auch effektiver, weil das Bild in der Welt herumkommt, das Haus aber am selben Ort bleiben muss.«

»Ja, genau!«, rief Oswald. »Du hast recht, meine Liebe. Das Haus selbst könnte immer nur die Personen vernichten, die darin wohnen. Mit dem Bild, dem *Abbild* kann der böse Geist des Hauses umherschweifen und viel mehr arme Schweine erwischen!«

»Ein böser Geist?«, fragte Gundula. »Wieso geht es jetzt auf einmal um einen bösen Geist? … Der einzige böse Geist in diesem Haus war mein Exmann, und der war Alkoholiker!«

»Na schön!«, warf Ewald ein, dem der Diskurs Spaß zu machen begann. »Und wann hat er angefangen zu trinken?«

»Ich weiß nicht … vor Jahren …«

»Hat er oder hat er nicht: Hier gewohnt?«

»Ja, schon, aber …«

»Keine weiteren Fragen!«

»Das heißt doch nicht …«

»Das Gericht muss dem Herrn Staatsanwalt recht geben«, warf Oswald ein. »Die Schuld des Hauses ist klar erwiesen! Hat die Verteidigung noch Fragen an die Zeugin?« Alle Blicke richteten sich auf Martin Fries.

»Es ist traurig, dass ihr alles ins Lächerliche ziehen müsst! Ich hab mich wirklich bemüht …«

»Also keine sachlichen Einwände«, rief Oswald mit Donnerstimme, »nur das übliche Advokatengefasel! Die Staatsanwaltschaft hat das Wort!« Die Staatsanwaltschaft in Person des Ewald Bucherer erhob sich.

»In Anbetracht der Schwere der Verbrechen dieses Hauses kommt nur die Höchststrafe in Frage. Auch und gerade aus Gründen der Generalprävention, damit nicht andere Häuser mit ähnlichem historischem Hintergrund auf dumme Gedanken kommen. Ich beantrage also die restlose Einäscherung des Hauses, damit der Fluch von uns weichen möge!«

»So sei es!«, rief der Richter Obwalter. »Dem Antrag der Staatsanwaltschaft wird stattgegeben! Die Verhandlung ist geschlossen. – Wo sind Streichhölzer?«

»Schön, dass euch offenbar der gute Humor nicht verlassen hat«, sagte Martin Fries mit säuerlicher Miene, »aber ist das alles, was ihr beitragen könnt?«

»Das Haus ist völlig in Ordnung«, sagte Gundula, »ich hab mich hier sehr wohl gefühlt.«

»Es kommt wohl darauf an, wer drin wohnt«, sagte Herta. Alle Blicke richteten sich auf Herta Cannizzaro, die bis jetzt nichts zur Unterhaltung beigetragen hatte.

»Wie meinen Sie das?«, fragte Martin. »Jetzt wohnt Gundula hier. Früher Ihre ganze Familie. Wollen Sie andeuten ...«

»Er will wissen«, rief Ewald Bucherer, »welche unbeschreiblichen Gräuel sich hier drin abgespielt haben, Sie wissen schon, sexueller, sadistischer, allgemein perverser Natur! Ob vielleicht jemand jahrelang im Keller angekettet war, diese Sachen halt. Wo wir als Österreicher in der ganzen Welt bekannt dafür sind ...«

»Ich bewundere immer wieder, wie feinfühlig du so heikle Materien formulieren kannst!«, sagte Martin. Ewald verbeugte sich leicht. »Aber im Grunde ist es das, was wir alle wissen wollen. Irgendwo muss der unheilvolle Einfluss ja herkommen! In Amerika täten wir uns leicht, da ist es halt ein durch Hausbau geschändeter Indianerfriedhof, aber damit können wir in Gisingen nicht dienen. In der Nähe steht nicht einmal eine Kirche. Was also ist es? Die einzige Person, die dazu Auskunft geben kann, sind Sie, Frau Cannizzaro. Sie haben hier gewohnt, Sie kennen die Menschen, die sonst noch hier gewohnt haben.«

Herta Cannizzaro sagte lange nichts. Als sie zu sprechen begann, klang es so leise, dass die anderen Mühe hatten, sie zu verstehen. Mit der Zeit wurde ihre Stimme fester und klarer.

»Ich hab mir gedacht, als Sie mich angerufen haben, dass es auf so etwas hinausläuft. Diese Fantasien über meinen Vater. Was hat er bloß gemacht? Welche Verbrechen begangen im Schutz des Hauses? Inzest mit der Tochter, solche Sachen halt. Aber das ist alles Unsinn. Das einzige Verbrechen, dass er begangen hat, war der Bau …«

»Wie bitte?«, fragte Lukrezia. »Der Bau des Hauses?«

»Lass sie halt ausreden!«, rief Oswald Obwalter, der in seinem Leben selten jemand hatte ausreden lassen.

»Ja, der Hausbau!«, setzte Herta Cannizzaro fort. »Er hat ihn ruiniert. Finanziell. Und die Gesundheit. Wir hatten das Geld nicht, er war ein kleiner Beamter. Mama musste arbeiten gehen, sonst wär es überhaupt nicht gegangen. Für das Familienleben war das nicht gut. Sie haben sich gestritten. Dann wurde Mama krank und ist gestorben. Krebs. Ich war siebzehn. Dann hab ich den Ludwig kennengelernt. Papa war dagegen, Künstler und so, nichts Richtiges. Wir haben geheiratet, Vater hat mich rausgeschmissen, wir haben nichts mehr miteinander geredet. Nie mehr. Bis zu seinem Tod. Ludwig hat das Haus gemalt, nach einem Foto … und eines Tages sagt er, er verkauft das Bild.« Sie verstummte. Die anderen sagten nichts. Es wurde lastend. Martin Fries kam der Gedanke, die Zeit würde stehen und sie alle für immer in dem Haus gefangen bleiben, wenn er das Schweigen nicht brach.

»Aber das«, sagte er, »ist doch eine Geschichte, die sich hierzulande tausendfach zugetragen hat …«

»… bis auf die Heirat mit dem Künstler«, wandte Oswald ein. »So viele gibt´s nicht.«

Es wurde still. Die Einsicht kehrte bei jedem und jeder ein: Sie hätten sich schon etwas - anderes erwartet. Nicht grad Inzest, aber halt eine mittelschwere Tragödie aus der unteren Mittelschicht; aushäusiges Sexualverhalten, uneheliche Nachkommen. Alkoholismus, Spielsucht. Irgendwas halt. Dann schämten sie sich. Ein bisschen.

Die Stille brach Herta nach einiger Zeit mit der Bemerkung: »Kalt habt ihr´s hier.« Die anderen stimmten zu, froh, Herta Cannizzaro recht geben zu können.

»Die Heizung spinnt schon wieder«, sagte Gundula.

»Was hat sie?«, fragte der technikaffine Ewald Bucherer, der, wie von ihm erhofft, von Gundula aufgefordert wurde, sich die Sache anzusehen. Die Hausherrin ging voran, dann Martin Fries, der von einer kaputten Heizung nichts wusste, dann Herta Cannizzaro und endlich das überhaupt nicht an Technik interessierte Ehepaar Obwalter. Die beiden wollten nicht in dem fremden Wohnzimmer allein bleiben.

»Bis jetzt hat die Pumpe gut funktioniert«, erklärte Gundula. »Keine Probleme …«

»Was für eine Pumpe?«, fragte Oswald. »Ihr heizt mit einer Pumpe?«

»Eine Wärmepumpe«, sagte Martin. »Eine der ersten im Land. Läuft mit Grundwasser.« Im Heizungskeller wurde es mit den sechs Personen eng. Die Wärmepumpe aus der zweiten Hälfte des zwanzigsten Jahrhunderts war ein klobiger Apparat, von Staub bedeckt. Ewald ging in die Hocke und betrachtete ein Detail an einem Rohr. »Ist das immer so braun?« Er deutete auf ein Schauglas, in dem braungraues Wasser stand. Gundula beugte sich hinunter. »Das ist mir noch gar nicht aufgefallen …«

»Braun?« Herta Cannizzaro drängte sich vor. »Das Wasser muss klar sein, ganz durchsichtig.«

»Wieso?«, wollte Martin wissen.

»Weil es das Speisewasser ist, das Grundwasser für die Pumpe. Das war immer klar, vom ersten Tag an, das weiß ich noch, dass der Installateur gesagt hat, was wir für ein Glück hätten mit dem Grundwasser …«

»Das sieht wie Lehm aus«, sagte Ewald. »Wahrscheinlich ein verstopfter Filter.« Ewald zeigte eine ernste Miene. »Da ist eine Sicherung, dass nichts kaputt geht von dem Dreckwasser. Drum hat sie abgeschaltet.« Gundula kämpfte mit den Tränen. Martin musste etwas unternehmen.

»Macht nichts, wir können den großen Ofen anheizen!« Er klang munter wie ein Motivations-Coach, aber einer aus den unteren Rängen. Alle bemühten sich nun, so schnell wie möglich aus dem Keller zu kommen. Herta verabschiedete sich als erste. Sie erfand nicht einmal einen Vorwand für ihr Gehen. »Es war schön, es noch einmal zu sehen«, sagte sie. »Die Einrichtung ist natürlich total anders, das macht es leichter ... ja, ich glaube, ich kann es jetzt loslassen.« Sie ging zur Haustür, ohne sich noch einmal umzudrehen.

»Was meint sie mit loslassen?« Oswald blickte in die Runde. »Ich meine, wenn ich etwas loslasse, fällt es runter. In der Regel ist es dann kaputt. Loslassen ist keine Option.«

»Na, für dich bestimmt nicht!« Lukrezia Obwalter lachte. »Wir müssen jetzt auch gehen. Kommst du mit, Ewald? Wir hätten noch was zu besprechen, wenn du Zeit hast.«

»Was denn?«

»Familiäres.« Sie gingen alle drei.

»Erstaunlich, wie schnell eine kaputte Heizung Leute aus dem Haus treiben kann.« Gundula ging schnell zurück ins Wohnzimmer. Es ist nicht die Heizung, dachte Martin, oder nicht nur. Es ist etwas an dem Haus, die Heizung nur ein Symptom. Diesen Gedanken behielt er für sich. Sie sprachen an dem Abend nicht mehr über die Besucher oder die Heizung. Sie sahen sich einen österreichischen Film im Fernsehen an. Er war nicht interessant, führte aber zu einer gewissen Bettschwere wie ein Quantum Alkohol. Sie gingen früher als sonst schlafen.

Am nächsten Morgen rief Martin einen Installateur an. Der kam schon am Nachmittag, weil ihn Martin Fries in einem seiner Krimis kaum verhüllt als wichtigen Zeugen in einem Mordfall verewigt hatte – als Dank für eine sehr kulante Rohrbruchreparatur. Der Installateur las zwar keine Kriminalromane, überhaupt keine Bücher, aber seine Frau. Und das genügte. Der Meister der Rohre und Fittings liebte keine Umschweife.

»Ende und aus!«, sagte er, als er die Sachlage begutachtet hatte. »Das kommt manchmal vor. Wissen Sie, das Grundwasser steht ja nicht, das fließt, das sehen Sie auch am Baggerloch, da treibt alles immer in eine bestimmte Richtung. Es sieht aus, als ob das Wasser steht, aber das stimmt nicht. Es fließt, langsam halt.«

»Und was hat das mit der Wärmepumpe zu tun?«, wollte Gundula wissen.

»Na ja, das ist das Wichtigste am Wasser – wo kommt es her, wo fließt es hin? Bis jetzt hatten Sie einen Grundwasserstrom aus dem Flussschotter. Alles schön klar und sauber, Trinkwasserqualität. Aber der Strom hat seine Richtung geändert. Sie kriegen jetzt Wasser aus einer anderen Richtung. Läuft jetzt durch irgendwelche Erdschichten, drum die braune Farbe. Kommt allerhand Dreck mit. Die Pumpe verträgt das nicht.«

»Und wie kommt sowas?«, fragte Martin. »So plötzlich?«

»Keine Ahnung. Müssten Sie jemand vom Umweltinstitut fragen, oder vom Wasserbau bei der Landesregierung. Wissen Sie, das Zeug da unten, die Ströme, Schichten, Sandbänke und was weiß ich noch alles – das kennt in Wirklichkeit kein Mensch so genau. Und das ist alles in Bewegung. Ich habe Kunden, da hat es zwanzig Jahre funktioniert, und dann war Schluss, und andere, da war das schon nach fünf Jahren. Bei der Pumpe haben Sie sowieso Glück gehabt …« Es folgte das Befürchtete: Die alte Wärmepumpe sei nicht mehr zu retten und sowieso weit über ihre Lebensdauer und so weiter, also eine neue, aber nicht mehr mit Grundwasser, sondern mit Luft, das gehe am schnellsten mit dem Einbau, sei auch die billigere Lösung verglichen mit Erdsonden … Martin hörte nicht mehr richtig zu, die Entscheidung musste Gundula treffen, es war ihr Haus. Er würde sich finanziell beteiligen.

Dazu sollte es nicht mehr kommen. Zwei Tage später erfasste Gundula beim Aufstehen ein Schwindelgefühl, das sie taumeln ließ. Sie dachte sofort an einen Hirnschlag. Hielt sich am Bett fest und rüttelte Martin Fries wach.

»Was ist los?«

»Mir ist schwindlig, ein Schlaganfall …«

Er rollte auf sie zu, dazwischen lag ihre Bettseite, es ging ganz leicht, wie mit leichter Unterstützung. Er schwang die Beine aus dem Bett, sie klammerte sich an ihn.

»Du hast keinen Schlaganfall. Das Zimmer steht schief.«

»Was?« Sie richtete sich auf, musste mit dem linken Fuß ausgleichen, sonst hätte sie Übergewicht nach hinten bekommen.

»Sogar ziemlich schief«, sagte er und erhob sich mit Vorsicht. Die Lage war klar. Das Zimmer stand schief, neigte sich in Richtung der Fensterseite. Nicht viel, vom Anschauen her bemerkte man nichts, aber bei der ersten Bewegung. Zum Fenster hin ging es leicht bergab, in Richtung Tür bergauf. Natürlich hatte sich nicht das Zimmer aus dem Mauerverband gerissen, das ganze Haus stand schief. Als sie von außen kontrollierten, entdeckte sie auf der Seite, die der Neigungsrichtung gegenüberlag, über der Bodengleiche einen Streifen der Grundmauer über die ganze Längsseite des Hauses. Der hatte vorher unter der Erde gelegen, jetzt war er sichtbar, etwa dreißig Zentimeter breit. Soviel hatte sich das Haus auf der einen Seite gehoben, auf der anderen war es um dieselbe Strecke eingesunken. Beim ersten Blick auf die Giebelseite, wie es der Ansicht des Gemäldes Höchst 1b entsprach, fiel nichts weiter auf, beim zweiten aber schon: Das Haus hatte sich geneigt. Nach links.

Gundula war verzweifelt. Martin Fries versuchte sie zu trösten, es gelang nicht. Sie wusste schon, wie das enden würde. Und genauso kam es auch. Zunächst wurden natürlich Experten hinzugezogen. Viel war die Rede von der Verlagerung der Grundwasserströme, die zum Versagen der Wärmepumpe wie zur Instabilität des Untergrunds geführt hatte. Viel war auch die Rede von Stabilisierung, Betoninjektionen, Pfahlgründung und so weiter und so fort; höchst sinnreiche Gedankengebilde, die alle nur an zwei Umständen litten: Man wusste nicht genau, ob sie funktionieren, dagegen genau, was sie kosten würden. So viel, dass es sich »nicht rentierte«. Sollte heißen, es käme billiger, ein neues Haus zu bauen. Während der Beratungsphase nahm der Neigungswinkel des Gebäudes weiter zu. Nach vierzehn Tagen war es nicht mehr bewohnbar. Gundula musste zu Martin Fries nach Göfis ziehen. Der entsorgte seine hässlichen Möbel und stellte die schönen von Gundula auf, was ihr den Umzug erleichterte. Außerdem war Göfis sonniger als Gisingen, das von den Herbstnebeln der Flussauen der nahen Ill heimgesucht wurde.

Über die Ursache des geologischen Unglücks wurde nicht viel gesprochen, das am Bild Höchst 1b haftende Unheil hatte sich bei der Zerstörung des Gemäldes auf den gemalten Gegenstand übertragen – das Haus. Da das Bild untergegangen war, musste auch das Haus untergehen. Ganz einfach eigentlich. So sah es jedenfalls Martin Fries, der sich nach Gundulas Umzug, wie versprochen, dem Manuskript des Oswald Obwalter widmete. Das war eine seltsame Erfahrung. Nun, beim zweiten Lesen, erschien es ihm längst nicht mehr so unterirdisch miserabel wie beim ersten Mal. Stilistisch holprig, das schon, aber inhaltlich auf eine seltsame Art faszinierend. Das Opus bestand fast nur aus Anekdoten und längeren Geschichten aus der in Vorarlberg herrschenden politischen Klasse; diese Fallbeispiele hatte der Autor aber so gewählt, dass sie sich verallgemeinern ließen – wie sich später durch viele Zuschriften herausstellte, erinnerten die geschilderten Umstände und Verhältnisse das lesende Publikum an eigene Erfahrungen, nicht nur in Österreich, sondern auch in Deutschland. Das war nicht Obwalters Absicht gewesen, ein glücklicher Instinkt hatte ihn geführt, und Martin Fries zergrübelte sich das Hirn über die Frage: Wie zum Geier hatte er das übersehen können?

Er verbesserte mit leichter Hand die »Schreibe«, legte das Ergebnis Oswald Obwalter vor. Der las das geänderte Manuskript in Martins Beisein, Seite für Seite, ohne ein einziges Mal aufzublicken. Martin saß daneben im Obwalter'schen

Arbeitszimmer, bis ihm langweilig wurde. Er ging in die Küche. Lukrezia bereitete eine Ente zum Braten vor.

»Du könntest mir die Äpfel für die Füllung kleinschneiden«, sagte sie, kaum war er eingetreten. Das konsternierte ihn, er sagte aber nichts, sondern schnitt die Äpfel in Spalten. Boskop. Lukrezia rieb die Ente innen mit grauem Gewürzpulver ein.

»Was ist das?«, fragte er.

»Beifuß.«

»Nimmt man das nicht eher für Gans?«

»Jawohl, Herr Schriftsteller, man kann es aber auch für Ente nehmen. Und wenn du mitessen willst, würde ich mäklerische Kommentare unterlassen.«

»Gut, ich unterlasse sie, obwohl ich nicht mitessen werde, aber danke für die Einladung. Gundula kocht heute Abend, ich werde erwartet.«

»Was denn?«

»Keine Ahnung. Etwas mit Kalb, glaub ich …«

Sie sah ihn an, er las Mitleid in ihrem Blick und musste lachen. »Kalbfleisch ist super!«, rief er, »ich liebe Kälbernes!«

In diesem Augenblick kam Oswald Obwalter herein.

»Genial!«, rief er. »Absolut genial!« Er trat auf Martin zu und umarmte ihn mit großer Geste. »Ich habe es immer gewusst, von unserer Klasse bist du das einzige Genie. Es liest sich jetzt absolut flüssig«, wandte er sich an seine Frau, »spannend, fetzig …«

»Spannend ist es, weil du es so geschrieben hast«, sagte Martin. Was hätte er nach so einer Loblawine sonst sagen sollen? Schriftsteller sind leicht zu lenken. Lobt sie und sie fressen euch aus der Hand. So dachte Martin Fries in diesem Augenblick und verachtete sich für seine Reaktion, aber nur ein bisschen. Nachdem nun Oswald mit seinen Korrekturen einverstanden war, versprach Martin, für das Werk einen Verlag zu suchen, ohne Erfolgsgarantie natürlich. Die Obwalters sahen das ein und luden ihn zum Essen ein, Gundula auch, er solle sie doch holen, die Ente reiche für alle; er wiederholte, er werde daheim zum Essen erwartet (das hatte Lukrezia schon wieder vergessen), dann verabschiedete er sich und ging.

Gundula war sehr aufgeregt, als er ankam. Jemand von einer Versicherung habe mit ihr Kontakt aufgenommen. Martin schwante Übles, was konnte *Versicherung* schon anderes bedeuten als irgendwelche Scherereien? Aber nein, es war alles anders: Ihr Exmann Bernhard Curtius hatte sich mit seinem Auto überschlagen und das Genick gebrochen. Kein Fremdverschulden, rund zwei Promille Blutalkohol. Kein ungewöhnlicher Abgang für einen Mann seines Schlages. Wichtiger war, dass er vergessen hatte, seine Lebensversicherungspolizze zu ändern. So bekam Gundula Hofmann fünfhunderttausend Euro. Das war eine Zäsur. Denn eine Woche vorher hatte man ihr Haus in Gisingen abgerissen – und gegen »Erdbruch«, wie es offiziell hieß, war sie nicht versichert gewesen.

Martin Fries fand einen Verleger für Oswalds Manuskript, einen lokalen Kleinverleger, nichts Besonderes. Das Buch wurde gedruckt, erschien unter dem Titel *Der Mönch* – und wurde verkauft. Die erste Auflage innerhalb einer Woche. Die zweite ebenso schnell und so weiter, man kennt das ja:

Wenn es läuft, dann läuft es richtig, das ist wie eine Lawine, das kann keiner aufhalten. Überregionale Medien wurden aufmerksam, es gab TV-Interviews, Presseberichte, Oswald Obwalter saß in Talk-Shows, wo er die anderen an die Wand redete und die Politikerkaste lächerlich machte. Den Leuten gefiel das. Martin Fries gefiel es auch, er bekam nämlich zwanzig Prozent. Als Ghostwriter, sie hatten einen Vertrag, darauf hatte Oswald bestanden. An seiner eigenen Karriere änderte sich nichts.

Dr. Hermann Pictet gelang es, die Niederländer für Lukrezia zu einem sehr guten Preis zu verkaufen. Obwohl das gar nicht mehr nötig gewesen wäre, Oswald konnte seine Finanzprobleme mit Eigenmitteln lösen. »Denn wer da hat, dem wird gegeben werden und er wird die Fülle haben; wer aber nicht hat, dem wird auch, was er hat, genommen werden.« Matthäus 25, 29.

Somit war alles wieder so, wie es Herkommen und gute Ordnung der Dinge vorschreiben ... wie meinen? Ewald Bucherer? Was soll schon sein mit Ewald Bucherer! Er und Lukrezia haben sich ausgesöhnt. Ja, natürlich finanziell, was glauben Sie denn? Er hat aus den Zeichnungen von Lobry de Bruyn und van Ekenstein auch etwas gekriegt – ja, nur er, nicht die übrige Verwandtschaft von Lukrezia. Wieviel, ist nicht bekannt, Ewald hat aber einen zufriedenen Eindruck gemacht und ist gleich danach auf die Kanareninsel El Hierro gefahren, keine ganz billige Destination. Frances Cope (falls sich noch jemand an sie erinnert), hat in London einen Job gefunden, wieder in einer Galerie, einer großen, nicht vom Schlag Pictet in Feldkirch. Was sie mit den »mitgenommenen« Zeichnungen Cannizzaros gemacht hat, ist nicht bekannt, vielleicht tauchen die als Rembrandts irgendwann auf. Geheiratet hat sie auch, einen Banker oder so was Ähnliches … apropos Rembrandt. Die eine Zeichnung, die Lukrezia Obwalter unter so großen Schmerzen und Gefahren wiedergewonnen hatte, diese eine Zeichnung liegt in einem Bankschließfach. Wo? In Vaduz natürlich, wo denn sonst? Lukrezia hält sie für einen echten Rembrandt. Nur Gott, der alles sieht, und Leserinnen und Leser, die alles lesen, wissen, dass der echte Rembrandt zusammen mit Höchst 1b in Borodins Auto verbrannt ist. Mit Borodin. Aber können wir da so sicher sein? Vielleicht hat Cannizzaro die Sachen verwechselt, er war ja schon ziemlich blau … Gott weiß es natürlich genau, Leser und Leserin wissen es nicht genau und dürfen spekulieren. Recht sicher ist dagegen Folgendes: Irgendwann wird dieser Cannizzaro/Rembrandt wieder aus den Gewölben einer Liechtensteiner Bank auftauchen. Das ist immer so.

Nichts bleibt, wie es ist. Das sei denen gesagt, die jetzt mäkelig fragen, wo denn die poetische Gerechtigkeit bleibe? Ja, die gibt es nicht. Man erzeugt sie nur, um eine Geschichte enden zu lassen. Geschichten sind aber keine Schirennen oder Fußballspiele. Sie haben kein Ende, sie gehen immer weiter. Wenn eine Geschichte zu enden scheint, beginnt eine neue. Auch diese wird nicht enden, sondern sich vielleicht sogar aufspalten, verzweigen wie eine Wurzel, ein Ast. Es gibt aber keine Wurzelspitze und kein äußerstes Blatt. Das sieht nur so aus, weil diese Punkte das jetzt sind, die Gegenwart. Schon morgen geht es von dort aus weiter. Und schon morgen, oder noch heute Abend, können Sie, liebe Leserin, geneigter Leser, Oswald Obwalter begegnen. Wie er zu einer Lesung eilt. Oder zu einer Versammlung der herrschenden Partei (die ruhend gestellte Mitgliedschaft ist reaktiviert worden: Denn wer da hat … siehe oben!). Oder seiner Frau Lukrezia auf dem Weg nach Vaduz. Oder Sie treffen Martin Fries. Eher nicht auf dem Weg zu einer Lesung. Oder Gundula Fries (sie haben geheiratet). Oder Herta Cannizzaro, oder den Galeristen Dr. Hermann Pictet, Martins Freund Mathias Kolbe, Frances Cope, Ewald Bucherer. Oder – Gott behüte! - Heinrich Sandmeyer und Michail Alexandrowitsch Saitzew.

Und wenn Sie schon gestorben sind, begegnen Sie vielleicht dem Malergenie Ludwig Cannizzaro, dem Kunstsammler Porfirij Alexandrowitsch Borodin, dem Alkoholiker Bernhard Curtius!

Sie sehen, es geht immer weiter.

Immer weiter und weiter.

Bis an der Welt Ende.

Danksagung

Mein Dank gilt dem Vorarlberger Künstler Ingmar Alge, der mich in malereispezifischen Fragen beraten – und durch seine suggestiven Häuserporträts inspiriert hat.

Ferner danke ich Dr. Wolfgang Burtscher. Seine Villa am Feldkircher Ardetzenberg war eine weitere Quelle der Inspiration, einer der Handlungsorte des vorliegenden Romans. Ich betone, dass weder Ingmar Alge etwas mit dem Maler Cannizzaro, noch Wolfgang Burtscher etwas mit dem Politiker Obwalter zu tun hat!

Christian Mähr

wurde 1952 in Nofels geboren. Das ist ein kleiner Ort in Vorarlberg, nahe der Grenze zur Schweiz. Aufgewachsen ist er in Feldkirch. Nachdem er das humanistische Gymnasium besucht und 1970 maturiert hat, begann er in Innsbruck Chemie zu studieren. Abschluss mit einer Promotion in Organischer Chemie, hat den Beruf eines Chemikers aber nie ausgeübt. Nach dem Zivildienst beim Roten Kreuz in Innsbruck fing er an, für den ORF zu arbeiten, vor allem für das Landesstudio Vorarlberg und für den Kultursender Ö1. Von 1982 bis 2010 war er als ständiger freier Mitarbeiter in den Bereichen Umwelt und Wissenschaft tätig, seither als freier Schriftsteller. Zahlreiche Veröffentlichungen und Preise.

Christian Mähr

wurde 1952 in Nofels geboren. Das ist ein kleiner Ort in Vorarlberg, nahe der Grenze zur Schweiz. Aufgewachsen ist er in Feldkirch. Nachdem er das humanistische Gymnasium besucht und 1970 maturiert hat, begann er in Innsbruck Chemie zu studieren. Abschluss mit einer Promotion in Organischer Chemie, hat den Beruf eines Chemikers aber nie ausgeübt. Nach dem Zivildienst beim Roten Kreuz in Innsbruck fing er an, für den ORF zu arbeiten, vor allem für das Landesstudio Vorarlberg und für den Kultursender Ö1. Von 1982 bis 2010 war er als ständiger freier Mitarbeiter in den Bereichen Umwelt und Wissenschaft tätig, seither als freier Schriftsteller. Zahlreiche Veröffentlichungen und Preise.

Volker Kaminski
Rot wie Schnee
Roman / Hardcover mit Schutzumschlag
ISBN 978-3-903091-18-4
248 Seiten

In seinem spannend und temporeich erzählten Roman zeigt Volker Kaminski die Kunst als akribische Forschungsarbeit, als Grenzwanderung zwischen Rationalem und Irrationalem und als große Reise ins eigene Herz.

»Tom war sich sicher, dass der Junge nach ihm rief. Er glaubte seine helle Stimme zu hören, während er den Flur zwischen Küche und Atelier durchquerte. Er knipste das Neonlicht an und betrat das Atelier. Mach dich nicht verrückt, dachte er, es ist doch nur ein Bild.«

VERLAG
WORTREICH

Informationen über das Verlagsprogramm und Veranstaltungen

www.verlag-wortreich.at
facebook.com/verlagwortreich